Un coup de tonnerre presque assez fort pour faire trembler les murs fit sursauter Owen et attira son attention sur les fenêtres et sur l'obscurité nuageuse. Il avait aperçu des éclairs pendant le dîner, mais il pouvait maintenant voir l'orage à son paroxysme, un de ces impressionnants éclairs passant d'un nuage à l'autre dans une danse sans fin.

— Peur des orages ? demanda Cal.

— *J'adore* les tempêtes, déclara Owen.

Puis, dans une montée d'adrénaline, il sauta de sa chaise pour tirer Cal de la table et les précipiter vers la porte-fenêtre du balcon. Cal laissa échapper un rire très étonné et très profond.

— Vite, avant qu'il ne commence à pleuvoir ! J'ai une vue magnifique d'ici. Regarde, dit-il en soulignant de la main l'écart dans le paysage urbain entre les lumières de Nye Industries et de Walker Tech, où on ne voyait rien d'autre que le ciel et les éclairs scintillants dans le noir. Ce sont les orages que je préfère. N'est-ce pas magnifique ?

Il était tellement subjugué par la ligne d'horizon qu'il ne sentit pas le regard de Cal sur lui avant d'entendre :

— À couper le souffle.

Et il réalisa que son compagnon ne regardait pas l'orage.

La chaleur qui envahit le visage d'Owen l'empêcha de répondre à ce commentaire. Cal était de nouveau tourné vers l'horizon, son visage éclairé par intermittence par des éclats de lumière, lorsque le jeune homme osa jeter un coup d'œil.

Ils restèrent un moment sur le balcon, à contempler l'orage, le spectacle de la lumière naturelle au milieu d'une ville illuminée, tranquilles, mais heureux en compagnie l'un de l'autre, jusqu'à ce qu'un autre grondement de tonnerre annonce le début des averses de pluie, et ils replongèrent à l'intérieur

UN MODÈLE D'ESCORT

Amanda Meuwissen

UN MODÈLE D'ESCORT

Amanda Meuwissen

DREAMSPINNER PRESS

Publié par
DREAMSPINNER PRESS

5032 Capital Circle SW, Suite 2, PMB# 279, Tallahassee, FL 32305-7886 USA
www.dreamspinnerpress.com

Un modèle d'escort
Copyright de l'édition française © 2021 Dreamspinner Press.
Titre original : Model Escort
© 2019 Amanda Meuwissen.
Première édition : mars 2019
Traduit de l'anglais par Marie A. Ambre.

Illustration de la couverture :
© 2019 Bree Archer
http://www.breearcher.com.
Conception graphique :
© 2021 L.C. Chase
http://www.lcchase.com.
Les éléments de la couverture ne sont utilisés qu'à des fins d'illustration et toute personne qui y est représentée est un modèle

Édition e-book en français : 978-1-64108-294-5
Édition imprimée en français : 978-1-64108-295-2
Première édition française : septembre 2021
v 1.0

Édité aux États-Unis d'Amérique.

AMANDA MEUWISSEN écrit principalement de la romance gay, elle est aussi responsable des Opérations Marketing pour la société de logiciels Outsell. Elle est titulaire d'une licence en Lettres, option Création littéraire, de l'université St Olaf, et est une fervente consommatrice de fictions par le biais du cinéma, de la prose et des jeux vidéo. Auteur de la trilogie romantique paranormale *The Incubus Saga*, du roman Young Adult *Life as a Teenage Vampire*, de la nouvelle *The Collector* et de la duologie des superhéros *Lovesick Gods* et *Lovesicks Titans*, Amanda assiste régulièrement aux conventions locales de comics pour s'amuser et rencontrer ses fans. Elle y est souvent vue en costume de l'un de ses personnages de fiction préférés. Elle vit à Minneapolis, dans le Minnesota, avec son mari John et leurs deux chats, Helga et Sasha (aucun lien avec l'incube du même nom), et vous pouvez la trouver sur www.amandameuwissen.com.

Pour Jim. Je doute que je serais ici ou ailleurs
sans la chance que tu m'as donnée.

Chapitre Un

TOUT avait un modèle. L'astuce pour comprendre les données se trouvait dans les modèles. Les algorithmes. Les points le long d'une ligne de temps qui indiquaient la probabilité de ce qui arriverait ensuite.

Le monde entier d'Owen tournait autour des modèles, mais certaines choses étaient imprévisibles. Il repensait à ce que sa mère lui avait dit un jour, chaque fois que cela se produisait.

— Affronte chaque surprise de la vie comme si tu avais un plan depuis le début.

Il n'avait pas de plan.

Il réalisa qu'il n'avait pas non plus de meubles en regardant son appartement. Il se souvenait d'un autre déménagement, dans une autre ville, sans meubles ; il avait simplement oublié combien il serait ennuyeux de vivre ainsi jusqu'à ce qu'il sorte et achète quelque chose. Tout ce qu'il avait maintenant, c'était des cartons remplis de vêtements, d'appareils électroniques, d'ustensiles de cuisine et de souvenirs.

Il était assis sur l'un des plus grands cartons, au milieu du désordre, face aux portes-fenêtres allant du sol au plafond qui menaient à son balcon. La vue au-delà vous rendait tout petit, onze étages de hauteur pour regarder les lumières de la ville, niché au cœur de celle-ci. Owen avait toujours préféré les paysages urbains aux atmosphères bucoliques des forêts. Il avait rêvé d'avoir un jour un appartement comme celui-ci et, finalement, il avait un travail qui l'autorisait à se le permettre. Il avait simplement espéré le partager.

Il n'était pas doué pour les nouveaux départs. Il devait être fou pour avoir choisi de partir à trois cents kilomètres de chez lui juste pour échapper à son ex.

Non pas que Harrison soit la seule raison pour laquelle il avait choisi Atlas City. Le maire lui-même lui avait proposé un poste de consultant pendant que ses nouveaux modèles prédictifs étaient programmés au sein du service de police. Son implication personnelle dans la mise en œuvre était une des conditions qu'Owen imposait à toute organisation privée ou gouvernementale utilisant ses brevets. Le maire King avait accepté et l'avait fait venir afin de travailler à temps partiel pour la mairie le temps que tout se mette en place. Déménager à Atlas City lui avait également ouvert les portes de Walker Tech et de Nye Industries afin de vendre ses modèles à des fins industrielles. Il ne manquerait plus jamais de rien avec les opportunités et l'argent qui se présentaient.

Pour l'instant, l'ACPD [1] utilisait les algorithmes qu'il avait créés pour prédire où les activités criminelles étaient les plus susceptibles de se produire. Cela permettait de positionner les agents d'une manière plus efficace et de maximiser la couverture dans les rues. Les modèles d'Owen permettraient à la ville d'économiser des millions en optimisant ses ressources actuelles, et peut-être même de sauver des vies. C'était tout ce qu'il avait toujours voulu, et si tout se passait bien ici, ses modèles pourraient aider encore plus de gens dans le pays.

Il aurait dû être heureux. Il aurait dû être extatique. Mais une ombre planait sur lui à cause de la façon dont cela s'était terminé avec Harrison à Middleton.

L'habitude poussa Owen à enrouler ses doigts autour de son avant-bras. Les ecchymoses avaient disparu, sans dommage durable, mais il ressentait parfois une douleur fantôme en pensant à son ex. L'homme plus

---

1 Atlas City Police Department. Police d'Atlas City.

âgé avec qui il était sorti pendant des années, avec qui il vivait depuis des années, qu'il pensait être la seule personne avec qui il rentrerait chez lui ne lui avait jamais fait mal physiquement avant cette soirée-là. Les sévices infligés par Harrison étaient différents, plus profonds, voire aussi plus visibles que les bleus d'autrefois.

La sonnerie de son téléphone le fit sursauter, alors qu'il était assis, seul, dans l'obscurité de son appartement en majeure partie vide. Il s'empressa de se rappeler où il avait mis son appareil avant de réaliser qu'il était dans sa poche.

— Allô ?

— Oh, oh. Ne me dis pas que l'entreprise de déménagement a perdu quelque chose ? On dirait que tu es à deux doigts de dévorer un litre de Häagen-Dazs pour le dîner.

Alyssa. Sa sœur avait un don étrange pour savoir exactement quand il avait besoin d'entendre sa voix, depuis qu'il avait été adopté par sa famille à l'âge de dix ans.

Il sourit malgré lui.

— Je n'apprécie pas ce stéréotype.

— Moi non plus, si je ne t'avais pas surpris à le faire plusieurs fois avant que tu ne déménages.

Ils partagèrent un petit rire, bien que le souvenir de la véracité de cette affirmation le fasse grimacer.

Il aurait pu aller voir son père adoptif le soir où il avait quitté Harrison, mais Doug n'avait jamais approuvé cette relation. *Il a deux fois ton âge !* était la plainte la plus fréquente.

Il n'avait pas deux fois l'âge d'Owen, mais pas loin, puisque Owen avait vingt et un ans et Harrison trente-huit lorsqu'ils s'étaient rencontrés. C'était quatre ans auparavant, son « petit ami » avait alors la quarantaine, ce qui n'aurait pas dû compter, mais Doug n'avait jamais laissé tomber. Il voulait bien faire, il aimait Owen comme sa chair et son sang et avait toujours été là pour lui, mais parfois, il s'affichait comme la figure paternelle dominante classique. Maintenant, Doug pouvait enfin dire « je te l'avais dit ».

Au moins, il ne l'avait jamais dit. Mais Owen ne voulait pas faire face à son jugement, alors il était allé voir Alyssa à la place. Son mari, Casey, était l'un des amis les plus proches d'Owen. Ils comprenaient, mais cela avait été gênant d'être la troisième roue du carrosse chez eux pendant des mois avant que l'appel pour Atlas City n'arrive.

3

Owen avait besoin d'un changement. Il espérait simplement ne pas avoir fait une terrible erreur, uniquement parce qu'il était devenu trop difficile de rester dans sa ville natale à cause d'une mauvaise rupture.

— Je trouverai de quoi me sustenter une fois que j'aurai rassemblé assez de volonté pour quitter ce carton, dit-il en tapotant sur le côté afin qu'Alyssa puisse entendre les coups dans le téléphone. Comme du thaï ou une pizza.

— Owen...

— Hé, je n'ai pas encore de vaisselle. Ou de nourriture dans le réfrigérateur. Ou de meubles, d'ailleurs.

— Je t'ai dit de ne pas laisser Harry tout avoir dans le divorce.

— Ce n'était pas un divorce, protesta Owen en fronçant les sourcils.

Tous ses amis en parlaient ainsi, ce qui ne faisait qu'aggraver la sensation de perte, car il avait toujours voulu se marier un jour. Il le voulait toujours. Il détestait juste l'idée de repartir à zéro.

— Et je ne voulais pas de ses affaires.

— Certaines de ses affaires étaient les tiennes.

— Rien de tout cela n'était à moi, Lys. Il a tout choisi dans cet appartement. C'était toujours à lui, jamais à moi, jamais à *nous*. Et je ne suis pas complètement dépourvu de commodités. J'ai un lit.

— Tu as un matelas, dit-elle, alors qu'Owen regardait à sa gauche par la porte de la chambre pour le voir posé sur le sol, telle une moquerie minimaliste. *Mon* matelas, que Casey et moi t'avons donné pour que tu ne dormes pas par terre cette nuit. Tu as toujours besoin d'un cadre de lit, d'une commode, d'une table...

— Je ne peux pas penser à ça pour l'instant. Je rencontre le maire et tous mes nouveaux contacts demain. Je ne dormirai probablement même pas. Je m'occuperai des meubles après le travail demain.

— Et si tu stressais ce soir ?

— Lyssa...

— Relax, O. Regarde dans le grand carton marqué Cuisine que j'ai aidé à emballer.

Owen se leva de son siège et scanna l'appartement jusqu'à ce qu'il aperçoive le plus grand de ses cartons marqué « CUISINE ». Il s'attendait à ce que des ballons ou des confettis explosent lorsqu'il l'ouvrirait pour le faire sourire, ce qui aurait pu fonctionner, mais Alyssa avait pris son ton

4

sérieux et pratique. Elle ne pouvait pas cacher un appartement entier rempli de meubles dans ce carton.

Mais elle l'avait fait, d'une certaine manière… Avec un gros catalogue.

Un catalogue pour un magasin de meubles en livraison express et comprenant des locations trônait sur le dessus du carton. Même juste en regardant la couverture, Owen pouvait voir que les meubles étaient plus de son style que tout ce que Harrison n'avait jamais autorisé. Owen aimait la couleur, le caractère et la lumière. Harrison était trop rigide pour cela.

— Ce truc semble…

— Incroyable.

— Cher.

— Rien n'est hors de ta gamme de prix pour le moment, vu ce qu'ils te payent. Fais-toi plaisir. De plus, tu pourrais te détendre et choisir ce que tu aimes ce soir, passer la commande en ligne et te faire livrer demain pendant que tu es au travail. Si tu tombes amoureux de quelque chose, tu peux l'acheter. Si tu détestes une pièce une fois que tu l'as vue, tu peux la rendre et en obtenir une nouvelle. Je l'ai feuilleté et j'ai vu des trucs que tu pourrais aimer.

Owen était déjà en train de le feuilleter et il tomba sur une page cornée alors qu'elle disait cela. Il y avait une petite table de cuisine avec quatre chaises, chacune d'une couleur différente, rouge, bleu, jaune et noir. Harrison aurait détesté cette asymétrie, ce qui signifiait qu'il les désira immédiatement.

— Tu es la meilleure, Lys.

— Je sais. Tu nous manques déjà, à Casey et à moi. Papa tient le coup, mais il grogne toujours sur le fait que tu déménages à *des milliers* de kilomètres, ses mots, peu importe combien de fois je lui dis que c'est une simple excursion en voiture ou un vol rapide.

— J'espère qu'il n'est pas trop en colère. Harry m'a tenu quatre ans à l'écart, me laissant à peine passer du temps avec vous ou avec mes amis, et maintenant, alors que nous avions commencé à nous retrouver, je déménage. C'était peut-être une mauvaise idée…

Il regarda de nouveau l'appartement autour de lui, se sentant petit et étouffé par tant d'espace et de kilomètres entre les personnes qui l'aimaient et lui.

— Papa s'en remettra, Owen. C'est important pour toi, quelque chose que tu as toujours voulu, le projet sur lequel tu travailles depuis ton enfance, et la seule chose que Harry n'a pas pu transformer en un de ses brevets.

— Parce que je le lui ai caché.

— Tu n'étais pas le méchant. Ce serait lui qui côtoierait l'élite d'Atlas City si tu avais partagé ces modèles avec lui. Au lieu de cela, c'est toi, comme tu le mérites, comme tu l'as gagné. N'aie pas peur. Ce sera tellement bon pour toi. Mais je prendrai le premier avion si tu commences à déprimer et à avoir le mal de pays.

Owen sourit en s'installant en tailleur sur le sol afin de continuer à parcourir le catalogue.

— Merci, Lys. Je peux faire ça. Je ne me sens pas encore chez moi avec seulement des cartons autour de moi. Je vais commander le dîner et m'amuser à choisir des meubles. Je t'enverrai des photos une fois que j'aurai décoré l'endroit. Marché conclu ?

— Marché conclu.

— Hé, dit-il, en fronçant les sourcils alors qu'il arrivait à une autre page cornée, mais avec une carte de visite coincée dans le pli. Qu'est-ce que c'est ?

Alyssa avait été d'une très grande aide pour l'aider à déménager, de la recherche du bon appartement à l'embauche de la société de déménagement. Elle lui avait même fait des listes de restaurants à fréquenter, de magasins dans son quartier pour faire ses courses et d'activités à essayer au hasard pour qu'il ne reste pas assis chez lui à ne rien faire lorsqu'il n'était pas au travail. C'était une bonne sœur et une amie fidèle. Mais la découverte de la carte de visite le faisait douter de tout cela.

— *Alyssa*, protesta-t-il. Tu m'as recommandé un service d'escorts ?

— Écoute-moi…

— Je n'ai pas besoin *d'engager* quelqu'un…

— Je ne suggère pas de le faire ! J'ai juste pensé qu'il serait plus facile d'avoir quelqu'un de prévu pour les dîners et les évènements si tu n'étais pas encore prêt à sortir et si tu n'avais pas envie de répondre à des questions sur ta vie amoureuse. Un escort pourrait te soulager, c'est tout.

Owen, apaisé par sa logique, essaya de pas trop s'inquiéter des implications. La carte était de couleur bleu marine, avec une écriture argentée, juste le nom, un site Web et un numéro de téléphone.

— Mais n'est-ce pas comme… du sexe sous-entendu ?

— Pas légalement.

— Lyssa !

— Il n'y a rien de sous-entendu, O. Est-ce plus facile pour les gens de détourner le regard si des moments sexy arrivent, oui…

Elle grogna à son choix de mots.

— Mais cela ne veut pas dire qu'il y a une obligation de chaque côté. Certaines personnes engagent vraiment des escorts pour les *escorter*. Non pas que je te jugerais si tu avais besoin de plus que cela…

— La dernière chose dont j'ai besoin en ce moment, c'est de sexe sans lendemain. C'est tout ce que j'étais pour Harry. Son petit trophée. Pratique et obéissant. Je préfère avoir quelqu'un qui tient à moi. Oh, merde, s'exclama-t-il en s'allongeant doucement en arrière, étendant ses jambes devant lui. On dirait une carte de vœux ratée.

— Owen, s'exclama sa sœur en riant avant de passer à une compréhension sincère. Chacun a besoin de choses différentes à différents moments de sa vie, et aucun besoin n'est plus ou moins valable qu'un autre. J'aimerais pouvoir être là pour te serrer dans mes bras, chéri. Je voulais vraiment te proposer cela comme une option pour les évènements sociaux, sans mauvaise blague ou pression. Tu peux totalement l'ignorer.

— Désolé, je ne suis pas fâché, affirma Owen, les yeux fixés sur son plafond. C'est logique. Je n'ai même pas pensé aux évènements sociaux. Je ne veux pas avoir de vrais rendez-vous en ce moment, mais avoir la possibilité d'éviter la conversation « alors, vous voyez quelqu'un ? » serait un vrai soulagement. Divulguer que je sors tout juste d'une relation à long terme ferait de moi le « projet » de quelqu'un, et ils commenceraient à m'arranger un rendez-vous avec le colocataire du cousin de leur voisin et… argh, je vais peut-être appeler cette agence.

Alyssa rit de nouveau, mais affectueusement, pas moqueuse.

— Mais d'abord, dîner et meubles.

— D'accord. Dîner. Meubles. Désastre d'une vie amoureuse. Ça semble être le bon ordre.

— Ça va aller, dit-elle après un autre rire partagé. Tu passes à autre chose. Tu prends une nouvelle direction, tout ça pour toi. Tu es bien plus que Harrison Marsh.

C'était ce qu'Owen se disait depuis des mois. Il savait au fond de lui que c'était la vérité ; il avait prouvé qu'il pouvait réussir tout seul. Il souhaitait simplement ne pas se sentir si seul.

— Je sais. Embrasse Casey pour moi. Je vous rappelle bientôt.

— Tu as intérêt. Je t'aime, O.

— Je t'aime aussi, Lys.

Owen se rassit, raccrocha et remit la carte de visite dans le catalogue tout en continuant à le feuilleter. Il ne pouvait pas s'imaginer appeler un étranger pour l'escorter à un évènement aussi prestigieux que celui auquel le maire l'avait convié, mais l'idée n'était pas complètement ridicule. Il avait à peine fréquenté quelqu'un avant d'être pris dans le tourbillon de Harrison Marsh. Il avait probablement besoin d'un professionnel à ce stade.

Mais non, il ne pensait pas avoir le courage d'appeler un escort, bien qu'il ait aimé le nom de l'agence et le fait qu'il sous-entendait la rapidité en cas d'urgence. Il avait la possibilité d'appeler le service d'escorts *Nick of Time* pour le sauver s'il était vraiment désespéré.

— **SERVICE** d'Escorts Nick of Time [2]. Comment puis-je vous aider ?

Daphné, la réceptionniste, répondait au téléphone au moment où Cal passa devant son bureau.

Il détestait venir ici. Alors que son nom, sa photo et des statistiques de base comme sa taille et son âge figuraient tous dans le catalogue en ligne de l'agence, les entreprises qui comptaient sur l'anonymat de leurs clients avaient tendance à ne pas avoir d'heures d'ouvertures au public. Le service de paye, la réceptionniste et les agents de service avaient des heures de bureau. Celles de Cal incluaient rarement *les bureaux* et encore plus rarement la journée.

Il devait régler un problème avec le PDG ce matin.

— Monsieur Mercer, en quoi puis-je vous aider ? demanda Richard Raine Williams III.

---

2 Quelque chose qui se passe à ce moment précis. Exactement, juste à temps.

Ce dernier, que Cal appelait, pas vraiment affectueusement, *Dick*, [3] jeta à peine un coup d'œil à la porte lorsque Cal entra fougueusement dans son bureau, Daphné essayant de le dissuader de faire irruption à l'improviste. Mais elle avait appris à laisser les forces de la nature suivre leur cours.

— Merlin est de nouveau sur mon planning, dit Cal en se plantant devant Dick. Je l'ai refusé la semaine dernière.

— Et vous avez le droit de le faire. Mais…

Il leva les yeux de l'écran de son ordinateur.

— Si vous souhaitez retirer un client de votre agenda, vous devez suivre les procédures et vérifier les plannings et la comptabilité. Si vous ne le faites pas, la chaîne de commandement est interrompue et quelqu'un passe du temps à faire des changements qui auraient pu être évités.

— Comme *moi* ?

—Je m'apprêtais à dire Kendra de la comptabilité.

L'insupportable impassibilité de Dick irritait Cal comme peu de choses pouvaient le faire.

— Mais je réalise que votre temps est plus précieux que celui du reste d'entre nous.

Cal croisa ses bras sur son costume sur mesure, tenant bon. Sa nature précise, sans parler de son physique, était son meilleur argument de vente auprès des clients.

— Ne me racontez pas de conneries, Dick. J'ai dit à Lara que je laissais tomber. La paperasse ne devrait-elle pas être sous sa responsabilité ?

— C'est le cas. Vous devez quand même signer. Et mettez quelque chose dans le rapport de refus, en dehors du fait que vous avez un « mauvais pressentiment » sur lui.

Cal se souvenait de sa dernière rencontre avec *Merlin*, un homme aux moyens considérables et aux goûts de luxe, dégoulinant d'assurance et de sarcasme, un peu comme Cal lui-même, et il grimaça.

— C'est un *sentiment*. Qu'y a-t-il d'autre à expliquer ? Mon instinct m'a-t-il jamais trompé ?

Le regard fixe de son patron prouvait qu'il n'avait pas oublié les clients que Cal avait demandé à l'agence de refuser par le passé, et pas toujours parce que c'étaient les *siens*, et qu'ils s'étaient révélés peu recommandables pour une raison ou une autre.

---

3 Diminutif de Richard, mais aussi mot ordurier pour le sexe masculin.

— Non, mais plutôt que de couper les liens avec monsieur Merlin, j'aimerais donner à d'autres escorts l'occasion…

— Je ne le recommande pas.

Dick soupira, mais Cal ne céderait pas. Atlas City était assez grande pour que l'agence puisse se permettre de lâcher de riches connards comme Merlin sans faire baisser ses quotas. Il n'avait jamais eu de problème avec cet homme. Il le traitait bien, menait une bonne conversation, suivait les règles quand cela devenait plus intime, mais Cal ne pouvait pas se défaire du sentiment que quelque chose était bizarre chez lui.

— Faites-le disparaître de mon emploi du temps et de la liste.

— Bien sûr, monsieur Mercer, concéda Dick. Le confort de mes escorts passe avant tout, toujours.

Il était sincère. Cal n'en avait jamais douté, ce qui était la raison principale pour laquelle il restait fidèle à l'agence et le resterait toujours, même si le reste du temps le PDG était un abruti.

— Merci.

Il prit congé en se retournant vivement.

— Et, s'il vous plaît, remplissez les heures vacantes dans les prochaines semaines si vous le voulez bien. Nous sommes un peu surchargés. Vous pourriez peut-être envisager de prendre un nouveau client régulier.

Cal se hérissa alors qu'il arrivait à la porte, et il lança un regard glacial par-dessus son épaule.

— Je verrai.

Nick of Time permettait à ses escorts de contrôler et de refuser toute personne les choisissant pour une soirée, surtout si cette soirée devenait un évènement régulier. Le client ne serait pas informé du refus, mais simplement de l'indisponibilité de l'escort. Cal avait un emploi du temps chargé et ne prenait que très rarement de nouveaux clients. Il était pointilleux sur les personnes avec qui il passait son temps, surtout lorsqu'il s'agissait de rejoindre celles-ci dans un lit, et c'était toujours le cas au travail. Il ne prenait pas de clients qui cherchaient juste un faire-valoir. Il connaissait ses points forts.

Pour Nick of Time, le côté sanitaire était également sans égal, et les clients devaient passer par un processus d'approbation avec des dossiers médicaux à jour, tout comme les escorts. Après avoir été acceptés sur la liste, les clients pouvaient opter pour un premier choix pour la personne qu'ils voulaient pour la soirée, mais ils étaient encouragés à choisir une deuxième ou troisième option, car les escorts de premier choix étaient souvent populaires et déjà réservés. Si l'emploi du temps d'une escort était complet, elle était retirée du catalogue jusqu'à ce qu'elle soit de nouveau disponible, mais la décision finale revenait toujours aux escorts elles-mêmes, si elles étaient prêtes à accepter qui les avait choisies.

Cal avait parfois accepté de voir un client pour une soirée, mais s'il le jugeait inapte à devenir un client régulier, même si l'homme ou la femme désirait sa compagnie à l'avenir, c'était terminé. Il avait gardé Merlin sur son emploi du temps bien trop longtemps.

Cal quitta rapidement le bureau de Dick et se dirigea vers son contact, Lara Tyler. De fait, elle était plus garde du corps que secrétaire, mais cette partie de son CV ne figurait pas dans les registres. Il n'avait jamais fait appel à ses services pour cela, mais quelques escorts l'avaient fait, et les histoires qu'ils racontaient expliquaient en partie pourquoi tant de cadeaux et de fleurs s'empilaient sur son bureau à Noël.

Il contourna son bureau, la bouche ouverte, se préparant à parler lorsqu'il fut interrompu par une pile de papiers frappant sa poitrine. Il toussa en regardant la main parfaitement manucurée qui la tenait.

— Ce sont les formulaires que j'ai négligé de signer ?

— Qu'est-ce qui les a trahis ? dit Lara, un léger sarcasme suintant à travers son sourire.

Un sourire mortel, rendu encore plus létal par des lèvres rouges encadrées par un joli visage. Lara aurait fait une excellente escort elle-même, non que qui que ce soit oserait le lui dire.

— Je suppose que tu t'es déjà plaint auprès de Richard.

— Que puis-je dire, je déteste le côté bureaucratique de ce travail, dit Cal en acceptant les papiers et en la suivant jusqu'à son bureau. Je préfère être plus… manuel.

Lara lui tendit un stylo, insensible à son sourcil levé.

— Mets tes mains au travail avec ça, Calvin, dit-elle avant de faire tourner son ordinateur vers elle alors qu'elle se perchait sur le coin de son bureau. As-tu besoin d'un planning à jour sans Merlin ?

— S'il te plaît.

Il commença à parcourir ses documents ; c'était une pile très épaisse à son avis.

— Piper est revenu de vacances. Je me demandais si tu pouvais l'inscrire pour ce soir.

— Avec plaisir.

Cal avait surnommé ce client Piper [4] parce qu'il jouait de la clarinette solo dans l'orchestre philharmonique d'Atlas City, qu'il était facile à satisfaire avec de bonnes louanges pour son jeu et des propos condescendants sur l'art que ses parents achetaient et qu'il méprisait donc.

Cal aimait l'art et la musique, et Piper, bien que jeune, était digne de tous les éloges qu'il lui avait faits. Mais une grande partie de la haute société, dont était issue la majorité des clients de Cal, était des ordures se faisant passer pour des perles rares, ce qu'il ne pouvait pas supporter.

— Sinon, Prince a dû reporter sa visite à mercredi. Sans Merlin, tu es libre ce jour-là, alors je lui ai donné un peut-être.

— Tu peux confirmer. As-tu vu Rhys dans les parages…

— Où est mon fichu bonus, Tyler ?

Une voix retentissante précéda l'un des plus chers amis et collègue escort de Cal, Rhys Kane. Il pouvait être un irrésistible charmeur, être tout ce qu'un client voulait, mais il était bourru et franc quand il était lui-même. Cal trouvait cela rafraîchissant.

— Ta prime de recommandation sera sur le prochain chèque de paye, Rhys. Je te l'ai dit, déclara Lara. À la fin du mois.

L'homme grogna. Il mesurait bien trois centimètres de plus que le mètre quatre-vingt-six de Cal et était deux fois plus large. Sa carrure plus grande et musclée attirait un groupe plus restreint de clients, mais son emploi du temps était toujours chargé.

— Johnny devrait me verser directement un bonus pour celle-là. Tu aurais dû voir sa tête lorsqu'il est revenu de sa première soirée avec cette nana, dit Rhys avec un sourire en coin à l'attention de Cal. Le pauvre bougre est amoureux.

— Comment l'a-t-il surnommée ?

— Jane.

— C'est un peu barbant, non ? dit Cal en fronçant les sourcils.

— Comme *Tarzan* et Jane. Elle a apparemment un penchant pour les safaris, et tu sais combien Johnny aime voyager.

— Rhys, intervint Lara. Nous ne sommes pas un service de rencontres. Arrête de faire des parrainages avec des arrière-pensées pour éliminer tes concurrents.

— Qui a des arrière-pensées ? répliqua Rhys en haussant les épaules.

---

4 Joueur de pipeau

12

Johnny n'était pas aussi grand que lui, mais il touchait une population similaire, et plusieurs anciens escorts avaient démissionné après que Rhys leur avait donné des références. L'homme jurait que c'était une coïncidence, mais Cal se posait parfois la question.

— Je me suis dit qu'elle aimerait bien cet homme, alors je lui ai passé sa carte à une soirée. C'est à ça que servent les recommandations. Qu'est-ce que tu as de beau ? dit-il en reportant son attention sur Cal.

— Piper et Prince, cette semaine.

— Merlin aussi ?

— *Dehors*, dit Cal en signant son nom avec une fleur sur la dernière page.

— Ce n'est pas trop tôt.

— Tu n'as jamais rencontré cet homme, intervint Lara, en reprenant les formulaires signés et son stylo.

— La parole de Cal me suffit.

Lara mit les papiers dans sa bannette d'envois en secouant la tête.

— Vous savez combien Richard désapprouve ces conversations de couloir.

— C'est pour ça que nous utilisons des noms de codes pour les clients. Tout va bien. Pas d'identités égarées.

— Pourquoi tu l'appelles Merlin, déjà ? demanda Rhys.

— Parce que c'est un magicien, Rhys. Je n'arrive pas à percer ses secrets.

Cal était libre pour la journée et ses soirées étaient nouvellement planifiées, alors il décida de profiter de sa rencontre avec son ami.

— Petit déjeuner ?

— Avec plaisir, mon pote. Mais jusqu'à ce que j'aie ce bonus, c'est toi qui payes, dit-il en frappant l'épaule de Cal.

Ce dernier s'y attendait. Il se retourna en sortant du bureau afin de dire au revoir à Lara, mais elle était déjà devant lui, pressant un autre papier sur sa poitrine. L'emploi du temps qu'il n'avait pas vu.

— Comme tu préfères le contact direct, dit-elle, bien qu'elle lui enverrait un e-mail et un SMS plus tard. Mais la prochaine fois… la paperasse d'abord.

— Oui, madame, dit Cal en saluant. On n'importune pas Rhys pour ces choses-là, tu sais.

Les yeux de Lara contenaient toujours une étincelle de danger, surtout lorsqu'elle détenait la vérité.

— Ne laisse pas des aboiements forts te tromper, Calvin. Rhys est le plus fiable de toute la bande.

— Mais je suis le plus populaire, répliqua-t-il avec un clin d'œil, avant de suivre son ami, fier du sourire qu'il lui avait arraché.

Chapitre Deux

OWEN avait clairement fait une terrible erreur.

Il n'était pas fait pour les feux de la rampe, le tapage mondain et être traité comme une célébrité, simplement pour avoir franchi la porte d'entrée pour une réunion avec le maire. Il était un informaticien qui portait l'un de ses trois seuls bons costumes dans un placard rempli de tee-shirts design et de jeans, et sa seule paire de belles lunettes depuis que les lentilles de contact avaient asséché ses yeux, son autre paire datant de plusieurs années avec une ordonnance de retard.

Alyssa lui avait dit de faire une liste chaque fois qu'il se rendait compte qu'il avait besoin de quelque chose de fondamental. Il avait noté cela pour plus tard, mais il pouvait se le permettre maintenant.

Il tapa rapidement EXTRA PAIRE DE LUNETTES sur son téléphone sous VESTE DE COSTUME, MAIS PAS BLEUE et CHAUSSURES, MAIS PAS DES CONVERSES. Comment avait-il pu ne pas remarquer que

15

ses trois blazers étaient juste de différentes nuances de bleu ? Il espérait que personne ne le remarquerait au cours des prochains jours.

Il avait fait exprès de ne pas porter de cravate parce que (1) il les détestait, (2) il haïssait *particulièrement* celle-là et (3) il était censé être un jeune type cool de la Silicon Valley qui avait mis au point ces algorithmes et des brevets viables à vingt-cinq ans. À l'heure actuelle, dans un de ses rares tee-shirts blancs sous son blazer, le seul « type » qu'il représentait *avait tout d'un nerd*.

— Le maire vous attend, monsieur Quinn. Par ici, dit la jeune femme qui l'avait accueilli avec un geste de la main vers la porte au bout du couloir. Puis-je vous offrir quelque chose ? De l'eau ? Du café ?

— Oh, euhhh… du café ? Mais avec, genre, trois sucres et beaucoup de crème, jusqu'à ce que ça ressemble à peine à du café, si… ça vous va ?

Pourquoi avait-il été autorisé à sortir en public ?

— S'il vous plaît ?

— Je le prends ainsi, répondit la femme en souriant. Le maire King est le seul fou qui l'apprécie noir et sans sucre. Vous vous en sortirez bien.

Elle lui sourit de nouveau et fit demi-tour dans le couloir.

Attendez, le maire était fou ? Ou était-ce censé être une marque d'affection ? Owen ne lui avait parlé qu'indirectement jusqu'à présent.

Il mit son téléphone dans sa poche, ajusta le tout nouveau sac à bandoulière en cuir qu'Alyssa et Casey lui avaient offert en cadeau de départ, puis il frappa à la porte avant de jeter un coup d'œil à l'intérieur.

— Monsieur le Maire ?

— Owen ! C'est si bon de vous rencontrer enfin en personne. Entrez, s'exclama celui-ci en se levant de son bureau avant de s'avancer afin de le rencontrer à mi-chemin et de lui serrer vigoureusement la main.

Il était jeune, surtout pour diriger une si grande métropole, mais toujours plus âgé qu'Owen. C'était un homme politique avec une poignée de main ferme, un contact visuel direct et un costume élégant pour le flatter… *waouh*, il était séduisant.

C'était la dernière pensée qu'Owen devrait avoir à propos de son patron marié. Mais il l'était. Grand, bien bâti, avec une forte mâchoire.

— Bonjour ! bégaya-t-il en se reprenant. Je veux dire… ravi de vous rencontrer également, monsieur le Maire. Merci beaucoup de m'avoir donné cette opportunité.

— Appelez-moi Wesley, s'il vous plaît. Mon personnel prend cela très à cœur, mais vous êtes un cas particulier, n'est-ce pas, Owen ? Vous êtes plus comme mon patron dans ce domaine, alors assurons-nous d'honorer votre travail. Asseyez-vous.

Owen était le patron ? Il était tellement dépassé.

— Bien sûr ! Merci… euh, Wesley.

— Nous y voilà. Une boisson ? demanda Wesley en retournant à son bureau.

Owen s'assit sur le siège en face de lui.

— Mademoiselle McCabe me prépare un café.

— Bien, bien. Maintenant, ne nous lançons pas dans quoi que ce soit avant que ce nouveau programme soit prêt. Il y a d'autres choses à prendre en compte pendant que mon équipe étudie vos recommandations pour la réorganisation de nos agents.

— Bien dit Owen, en se forçant à rester sceptique quant à l'orientation que pourrait prendre le maire avec ça.

Il ne serait pas un béni-oui-oui. Il ne se laisserait pas intimider en autorisant quelqu'un à utiliser ses modèles d'une manière qu'il n'approuvait pas, et son sac en bandoulière était rempli de suggestions afin de s'assurer que cela n'arriverait pas.

— Une fois que ce sera mis en route, il y aura beaucoup de presse autour de cette affaire, autour de vous et de mon bureau, poursuivit Wesley. Et la dernière chose que nous voulons, c'est que cela nous explose à la figure. Comme vous le savez, Atlas City a connu une forte augmentation des activités criminelles au cours des dernières années. C'est en partie pour cela que j'ai été élu, parce que j'ai promis de faire quelque chose à ce sujet. Mais placer davantage d'agents dans les quartiers les plus susceptibles de voir des activités criminelles émerger pourrait conduire à un profilage et une agitation générale parmi les citoyens. Mes concitoyens veulent se sentir en sécurité, et non ciblés. C'est pourquoi nous comptons sur vous pour nous aider à préparer nos agents de manière appropriée afin de garantir une transition sans heurts qui tienne compte de chaque citoyen, en particulier de ceux qui vivent dans des zones à forte criminalité.

L'esprit d'Owen sombra lorsqu'il réalisa que Wesley lui disait exactement ce qu'il espérait entendre. Il avait préparé tant de discours maladroits, mais le maire le précédait déjà.

— Vous comprenez ce que je veux dire, Owen ?

17

— Oui ! s'exclama-t-il une fois qu'il eut réalisé que Wesley attendait une réponse.

Il se redressa et commença à sortir des notes de recherche de son sac.

— Oui, monsieur. Je ne pourrais pas être plus d'accord. J'ai plusieurs autres modèles préliminaires dont j'aimerais discuter concernant le comportement de la police en fonction de l'équipement disponible, comme les caméras-piétons, la mentalité de groupe par rapport aux déploiements d'un seul officier ou d'un partenaire, et bien d'autres choses encore, qui devraient nous aider à préparer vos agents à responsabiliser tout le monde.

Il prit une grande inspiration pour ralentir, parce qu'il oubliait parfois que le reste du monde n'avançait pas à sa vitesse.

— Je veux aider les gens, m… Wesley. Pas qu'ils aient peur de la police plus qu'ils ne craignent les criminels.

Le sourire de Wesley semblait vraiment authentique pour un homme politique.

— Ceci sonne comme de la musique à mes oreilles, Owen. Vous nous responsabilisez afin que nous puissions responsabiliser à notre tour nos agents et protéger cette ville, ensemble.

— Merci, dit Owen, alors que les nerfs bourdonnants de son abdomen commençaient à se transformer en excitation. C'est pour cela que j'ai choisi Atlas City, vous savez, parmi tous ceux qui se sont battus pour piloter ce programme. À cause de vous.

— Moi ? Pas parce que notre taux de criminalité est très élevé ? demanda Wesley en souriant.

— Eh bien… ça aussi, mais vous avez accepté ma proposition sans essayer de changer mes exigences. J'ai fait des recherches sur les différents fonctionnaires avec lesquels je travaillerais dans chaque ville, et vous étiez le seul qui semblait vraiment s'en soucier et qui ne voulait pas abuser de ce que j'essayais de faire, ou regarder ailleurs si quelqu'un dépassait les limites. C'est bon de voir que ce n'est pas juste du vent pour l'élection. No… non que j'aie supposé…

Le maire éclata de rire.

— Oh, je vous aime bien, Owen. Je suis content que vous soyez prêt à parler franchement. Je veux faire ça bien, pour que l'année prochaine, lors des élections, je prouve que mon programme n'était pas juste du vent. Bien, dit-il en frappant ses cuisses avant de se lever, allons rencontrer mon équipe afin qu'elle puisse vous montrer sur quoi elle travaille et que vous puissiez lui montrer vos rapports. Nous avons beaucoup de travail avant d'arriver à la grande couverture médiatique dans quelques semaines. J'ai bien sûr fait quelques déclarations aux journaux en préparation de votre arrivée.

— D'a… d'accord, dit Owen en essayant de ne pas trébucher en se levant de son siège.

— Pas habitué à l'attention ?

— Pas vraiment. Je préfère généralement me cacher derrière les données.

Owen réalisa qu'il serrait ses papiers contre sa poitrine, se cachant littéralement derrière, et il les rangea dans son sac.

— Dans mon ancien travail, je… Quelqu'un d'autre était chef de file.

Harrison. Il s'était d'abord intéressé au corps d'Owen, quand ils s'étaient rencontrés, puis à son esprit, dès qu'il avait appris que leurs intérêts s'alignaient. Harrison était directeur de la technologie pour la composante logicielle d'Orion Labs et y avait trouvé un emploi pour Owen. De nombreuses idées d'Owen avaient contribué à ce service de l'entreprise ces dernières années, et Harrison s'était attribué le mérite de chacune d'elles. C'était finalement à Owen que revenait le mérite de tout cela. Il ne voulait pas laisser ses angoisses le lui enlever.

— Vous vous en sortirez très bien. Je le vois déjà.

Tout le monde le disait sans cesse, ce qui signifiait soit qu'Owen était une boule de stress évidente, ce que les gens regrettaient, soit qu'ils avaient honnêtement confiance en lui. Probablement les deux.

— Allons chercher ce café chez mademoiselle McCabe. Vous en aurez besoin. Ce sera sans arrêt à partir de maintenant, juste pour vous avertir.

— Ce n'est pas grave, répondit Owen, plus détendu qu'il ne l'avait été lorsqu'il avait parcouru la première fois ce couloir. Je préfère lorsque ça va vite. Je n'ai jamais été bon pour rester assis sans bouger.

— Attendez de rencontrer ma femme après le déjeuner, dit le maire en riant. Elle est pareille.

— Oh, euhhh… j'ai une réunion avec le PDG de Nye Industries.

— *Owen*, s'exclama Wesley en riant plus fort. Personne ne vous l'a dit ? Keri Nye est ma femme.

Owen s'était tellement concentré sur la carrière politique de Wesley qu'il avait manifestement négligé des détails personnels importants, cruciaux.

— Vraiment ? Waouh, vous êtes un couple de pouvoir sérieux.

19

— C'est ce qui se dit, surtout elle. Ah, nous y voilà, dit Wesley en interceptant mademoiselle McCabe qui transportait des cafés pour chacun d'eux.

Il devina facilement, d'un seul coup d'œil, lequel était celui d'Owen.

— Merci, Cynthia. Owen, prêt à vous mettre au travail ?

Owen s'attendait à ce que le bourdonnement et l'excitation s'estompent par la suite, mais ils restèrent constants, surtout lorsqu'il se rendit à Nye Industries dans une voiture que Keri lui avait envoyée et qu'il put rencontrer en personne la Première Dame d'Atlas City.

— Owen ! Nous allons vous montrer que nous en avons dans *la culotte* aujourd'hui, s'exclama la femme en lui serrant la main avec encore plus de ferveur que son mari.

Ils étaient comme Barbie et Ken Business, remarqua Owen… Elle était époustouflante.

— Pas littéralement, bien sûr, continua-t-elle, avec un clin d'œil. Bon sang, est-ce que je viens de donner une première impression de harcèlement sexuel ? Nous pouvons recommencer.

Owen ne put répondre que par un rire nerveux, mais elle fit à peine une pause avant de passer à autre chose. L'agitation de Keri Nye et la rapidité avec laquelle elle avait repris un contrôle total après avoir trébuché sur ses mots, c'était à cela qu'il aspirait un jour. Il ne s'était jamais fait d'illusion quant à son rétablissement complet de sa maladresse sociale, mais elle n'était même pas ébouriffée.

— Voyons si vous considérerez que nous sommes prêts à détourner une partie de votre temps au bureau du maire.

— Est-ce vraiment correct ? s'inquiéta Owen en la suivant dans le grand gratte-ciel au design moderne qui rendait le bureau du maire humble.

— Un conflit d'intérêts avec le maire, voulez-vous dire ? Pas d'inquiétude à avoir. Je n'ai demandé aucune faveur à mon mari. Vous avez accepté de me rencontrer de votre propre chef, vous vous souvenez ?

— Bien sûr ! Non, je sais, mais ne sera-t-il pas fâché que je partage mon temps ? Il y a tellement de tâches à effectuer…

— C'est votre affaire, Owen, dit-elle, le menant vivement à l'ascenseur pour lui faire visiter l'immeuble, comme si elle était juste une autre employée de bureau au lieu d'être la PDG. Vous décidez de ce que vous voulez. Vous n'êtes engagé qu'à temps partiel à la mairie, précisément parce que vous vouliez du temps pour d'autres opportunités. Eh bien, c'est pour ça que je suis là.

Owen avait l'impression de courir un marathon lorsque la porte de l'ascenseur se referma derrière eux, les amenant au 32e étage.

— Je n'ai pas l'habitude d'avoir…

— Des options ?

La liberté.

— Oui.

— C'est votre moment, dit Keri en lui donnant un coup de coude, trahissant sa jeunesse et sa nature facile, ce qui faisait partie de ce qu'Owen avait aussi aimé chez Wesley.

Ceux qui étaient trop coincés pour être à l'aise avec leurs pairs et ceux qui étaient techniquement en dessous d'eux ne pourraient jamais comprendre les gens ordinaires.

— Nous essayons de vous plaire aujourd'hui. Profitez-en.

C'était pour Nye Industries et Walker Tech qu'Owen avait finalement choisi Atlas City. Toutes deux étaient des sociétés de logiciels locales et florissantes qui faisaient bien plus que créer des plates-formes de marketing ou des technologies informatiques dématérialisées. Walker Tech travaillait sur des nanomachines afin d'obtenir une meilleure distribution de la thérapie génique aux patients en phase terminale, et Nye Industries avait développé un prototype de puce à impulsions électromagnétiques qui pourrait aider des milliers de personnes souffrant de lésions débilitantes de la colonne vertébrale. Si ses modèles prédictifs pouvaient d'une manière ou d'une autre aider ces entreprises dans leurs projets futurs, il voulait en faire partie.

— J'espère que Keri ne vous a pas encore fait peur, déclara Frank Holtz après avoir fait visiter les laboratoires de R&D à Owen.

Keri avait une réunion d'investisseurs et elle avait confié ce dernier à Frank pour la durée de sa visite. L'homme avait été l'ingénieur principal dans la mise au point de la puce du bio stimulateur pour les patients paralysés, en tant que directeur de Design Innovation, et Owen tenait à connaître son point de vue sur l'orientation de l'entreprise.

Le jeune homme avait également eu l'impression que Keri avait un faible pour les personnes ayant les mêmes tendances à divaguer, ce que Frank avait à profusion. Owen pouvait admettre que cela le soulageait d'être près de quelqu'un qui formulait les choses encore plus maladroitement que lui.

— Vous êtes gay, n'est-ce pas ? lâcha Frank, alors qu'ils passaient devant un groupe de personnes rassemblées devant une fontaine à eau.

Owen faillit trébucher.

— C'était inapproprié. C'est juste que… je suis gay aussi. Du moins, mon mari le pense, expliqua-t-il en donnant un coup de coude à Owen en riant.

Il se tut en voyant qu'Owen n'était pas sûr de savoir comment réagir.

— Encore une mauvaise blague. Désolé. Je veux juste dire… J'avais entendu dire que vous étiez gay, et vous savez comment nous avons tendance à nous déplacer en groupe, donc si vous vous sentez préoccupé pour une raison quelconque d'être dans une nouvelle ville, Keri et le maire sont, genre, super cool, en plus d'être des gens authentiques et extrêmement attirants. Non que je pense à l'attrait du maire !

Owen fut obligé de rire. La gêne avait atteint un point critique, mais, pour une fois, il n'en était pas la cause.

— Vous allez vous rendre droit chez Walker Tech sans regarder en arrière, n'est-ce pas ? dit Frank.

— Non ! Non. J'aimerais travailler avec les deux entreprises. Et aussi, oui… je suis gay. Mais rien de plus à dire pour le moment. Je n'ai simplement rien à dire pour le moment.

— Rupture difficile ?

Owen hésita une fois de plus. Si Frank savait qu'il était gay, cela voulait dire qu'il savait pour Harrison. Orion Labs à Middleton était bien connu, même si l'activité logicielle n'était pas aussi importante qu'ici. Les initiés connaissaient probablement son ex sans qu'il ait eu à dire un mot.

— Dont vous ne voulez évidemment pas parler, dit Frank en se lançant sur un autre sujet. Mais si vous avez besoin de visages amicaux pour une soirée jeux ou un verre au bar, mon mari et moi avons des visages incroyablement amicaux. Lui encore plus, car je pense qu'il est parfait. C'est pour cela que je l'ai épousé. Il est aussi un meilleur causeur, je vous le promets.

Même si Owen se sentait mal par rapport à Harrison, il n'était pas fâché contre Frank.

— J'apprécie, mais je suis encore en train de m'installer. En fait, j'espère avoir des meubles lorsque je rentrerai chez moi.

— C'est pour ça que vous avez ce catalogue dans votre sac ? Non pas que je fouinais, dit Frank, en levant les mains pour se défendre. Je l'ai juste… remarqué.

— Oui. Au cas où je n'aurais pas eu de nouvelles d'eux, mais ils m'ont envoyé un texto il y a quelques minutes pour me dire qu'ils…

Et juste à cet instant, alors qu'il décidait de sortir le catalogue, la carte de visite qui aurait dû être bien rangée dans sa page vola comme pour s'évader, et Frank se pencha pour la récupérer.

— Je l'ai.

— Attendez…

— Service d'Escorts Nick of Time ?

Merde.

— Hé, je connais cet endroit ! s'exclama Frank avant de blanchir en voyant l'expression d'Owen. Pas comme ça. Peut-être une ou deux fois avant mon mari, évidemment, je ne… je… ne juge pas, c'est ce que je veux dire.

Il rendit la carte à Owen.

Génial. Au moins, il n'y avait personne près d'eux dans le couloir en ce moment. Owen devait se rappeler de blâmer Alyssa s'il se retrouvait avec une « réputation » au travail.

— C'est pour les rendez-vous seulement, si j'en avais besoin pour des évènements ou autre chose. Non pas que je pense l'utiliser. Probablement jamais. C'est juste que je n'ai pas envie de sortir avec quelqu'un pour de vrai en ce moment, vous voyez ?

— J'ai compris, affirma Frank, et cela sembla vraiment être le cas. En plus, je suis plutôt content que ça soit arrivé.

— Vraiment ?

— Maintenant, quand vous vous souviendrez de votre premier jour chez Nye Industries, j'espère que vous vous souviendrez de votre embarras totalement injustifié et non de mon humiliation totalement justifiée.

Owen rit. Keri et Frank lui donnaient le sentiment qu'il pouvait se sentir à sa place ici afin d'échapper à la tâche plus intimidante de gérer le programme du maire. Il pourrait y arriver, si ce qu'il avait vécu ces dernières heures était une indication des prochaines semaines, des prochains mois et, il l'espérait, de ceux à venir.

CAL entra dans son appartement avec un torticolis, mais traversé par un sentiment de satisfaction. Piper avait tendance à le tordre dans des positions intéressantes, mais, comme toujours, la soirée avait été intéressante et lucrative.

Il était tard, et maintenant qu'il avait l'occasion de se détendre, Cal attendait avec impatience une longue douche et espérait ne pas être dérangé jusqu'au matin. Il était un oiseau de nuit par nature, et ses heures d'éveil avaient tendance à se prolonger, mais il avait généralement la liberté de faire la grasse matinée.

Il ôta sa veste et se dirigea vers son système de sonorisation. Il choisit son mélange de crooners classiques. Rien ne le détendait plus qu'Ella Fitzgerald ou Tony Bennett. La version de Tony de *Cold Cold heart* débuta, et Cal ferma les yeux pour se détendre dans son espace privé et ses pensées personnelles. Sa maison était à lui et à lui seul. Un endroit intouchable où rien de ce qu'il faisait en dehors de ces murs ne pénétrait. Seuls Rhys et Lara entraient, ainsi que sa sœur, qui lui rendait rarement visite. C'était lui qui se rendait plus souvent à Middleton, car cet... cet espace était son échappatoire.

Il fronça les sourcils, parce que l'ancienne sensation de paix ne le remplissait plus comme avant. Dernièrement, son foyer tranquille lui semblait plus étouffant qu'il ne voulait l'admettre, et il ne comprenait pas pourquoi. Crise de la quarantaine, l'avait taquiné sa sœur après ses quarante ans. Peut-être. Et si c'était le cas, c'était ennuyeux. C'était tellement ordinaire et attendu. Ce n'était pas parce qu'il vieillissait qu'il devait avoir un désir secret de s'installer. Cela ne signifiait pas qu'il se sentait seul et attendait quelque chose que ses clients ne pouvaient pas lui offrir. Il était parfaitement satisfait.

Du moins, il s'efforçait d'être satisfait, sachant que le bonheur était rare. C'était toujours agréable, mais il le ressentait de moins en moins fréquemment. C'était peut-être pour cela qu'il se sentait mal avec Merlin, alors que l'homme lui-même ne cachait rien. Il ne pouvait plus en être sûr, et cela le dérangeait que la paix qu'il désirait soit chassée par une paranoïa erratique.

Il prit quand même sa douche, longue et chaude, fredonnant au son de la musique diffusée par les haut-parleurs câblés dans son appartement. C'était un studio, mais grand, blanc, gris et bleu marine, avec seulement quelques placards et la salle de bains séparée, tandis que seul un mur bloquait la vue sur son lit et sa chambre depuis l'entrée. Il n'avait pas besoin d'une intimité excessive puisqu'il vivait seul.

Cal s'essuya, s'enveloppa dans son peignoir le plus doux et passa sa main dans ses cheveux courts. Puis il s'assit à son bureau près de la fenêtre pour consulter son calendrier. Comme prévu, Lara lui avait envoyé une copie mise à jour de son emploi du temps par e-mail.

Merlin avait envoyé une nouvelle demande, parce que le système était trop long et qu'il était toujours sur la liste jusqu'à ce que la paperasse soit terminée. Cal ne voulait pas répondre. Il en avait fini avec l'homme, même s'il réagissait de manière excessive, et bon débarras. Ses autres habitués suffisaient.

Il vérifia ses comptes, puis son planning personnel, qui comprenait des évènements de la haute bourgeoisie à éviter pour ne pas rencontrer des clients, passés ou présents. Sa sœur et ses quelques amis proches le traitaient de méticuleux en face et de coincé derrière son dos. Cela ne le dérangeait pas. Cela le réconfortait d'avoir le contrôle jusqu'au moindre détail. Il existait probablement des articles de psychologie sur la façon dont les enfants négligés et maltraités par leurs parents cherchaient des moyens destructeurs de contrôler leurs vies… un véritable manuel. Cal n'était pas esclave de la prévisibilité ou du destin, mais il ne prétendait pas que certains de ses choix de vie n'avaient pas été dictés par une mère portée disparue et un père dont il aurait préféré se passer.

Mais ce qu'il voulait maintenant, c'était quelque chose lui permettant de bousculer la monotonie qui lui donnait l'impression que quelque chose manquait dans sa vie, quelque chose qu'il ne pouvait pas nommer.

Il composa le numéro de sa sœur après avoir regardé l'horloge afin de s'assurer qu'il n'était pas trop tard.

— Ma douce voix te manque, Cal ?

— Toujours, sœurette, répliqua-t-il en se laissant aller dans son fauteuil et en regardant par la fenêtre.

Ce n'était pas la vue la plus spectaculaire de la ville, mais c'était quand même charmant. Il avait peut-être simplement besoin d'entendre la voix de Claire au lieu de celle de Tony Bennett.

— Comment vont les enfants ?

— Bonne fournée cette année. Ils commencent juste le patinage artistique pour débutants.

— Ton sport favori.

— À quand remonte la dernière fois que tu as enfilé une paire de patins ?

— Dieu seul le sait, dit-il en riant. Activité entre frère et sœur la prochaine fois que je serai en ville ?

— D'accord.

Claire dirigeait les programmes pour les jeunes au centre communautaire de Middleton. Elle ne s'était pas « installée » non plus, pas de mari ni d'enfants, mais elle avait une bonne dizaine d'années de moins que lui.

— Comment vas-tu, Calvin ? As-tu déjà ajouté des princes à tes clients ?

Elle posait toujours cette question, se demandant quand il serait embarqué dans une vie de luxe par un bienfaiteur bienveillant, mais la vraie vie ne ressemblait pas à celle de *Pretty Woman*.

— Une princesse, d'une certaine manière, mais je l'ai surnommée Prince dans le registre, juste pour toi.

— Vraiment ? Comme une vraie princesse ? D'où vient-elle ?

— Tu sais que je ne peux pas divulguer les détails, sœurette.

Rabat-joie.

Il pouvait l'entendre bouder au téléphone, mais c'était déjà une concession suffisante qu'il parle de Prince puisqu'il la voyait depuis un moment déjà.

— Que puis-je dire, continua-t-elle, ton style de vie glamour est parfois séduisant.

— Tu aimes ta vie, dit-il, ce qui était tout ce qu'il avait toujours voulu pour elle.

— Je l'aime. Tu aimes la tienne ?

— Bien sûr, pourquoi ne l'aimerais-je pas ?

— Tu as encore ce ton…

— Quel ton ? demanda-t-il, fronçant les sourcils en voyant à quel point elle lisait bien en lui, même au téléphone.

— *Nostalgique*. Comme si tu réfléchissais trop. Je veux juste que tu sois heureux.

—Je ne suis pas… malheureux

26

Il grimaça, voyant qu'il ne pouvait pas soutenir le mensonge qu'il avait préparé, et il tâtonna pour continuer.

— J'ai le contrôle total de ma vie.

— Ah oui ? Eh bien, il faut parfois perdre le contrôle pour faire bouger les choses. Ne t'oppose pas aux surprises inattendues.

— Tu es quoi maintenant, mon horoscope ?

— Juste ta sœur inquiète, gros malin. Je déteste que tu sois tout seul si loin.

Cal détendit ses épaules et poussa son fauteuil afin de se rapprocher de la fenêtre, regardant par-dessus les gratte-ciel, qui étaient très différents de ceux avec lesquels il avait grandi. Il avait déménagé ici pour mettre une certaine distance entre son père et lui quelques années auparavant, mais Claire n'était pas la seule chose qui lui manquait.

— Je viendrai bientôt te voir. Et je ne suis pas seul. J'ai Rhys.

— Et de quand date votre dernière conversation profonde ?

— J'ai Lara pour ça.

— Avec qui tu es presque sorti.

— Nous n'avons pas failli sortir ensemble, se défendit Cal. Je lui ai volé un baiser sous le gui dans son bureau à Noël dernier. Règle numéro deux : ne jamais sortir avec un collègue.

— Quelle est la règle numéro un ? demanda Claire.

Cal se battit pour retenir un ricanement incompréhensible avant de répondre.

— Ne jamais sortir avec un client. On se rappelle, d'accord ?

— D'accord, Cal, mais comme je l'ai dit, un changement pourrait être bon pour toi. On en reparlera bientôt.

Un changement. Il en aurait bien besoin, mais il n'avait aucune idée vers quoi.

LA première semaine d'Owen s'était merveilleusement bien passée. Vraiment. Tout le monde était formidable, et il avait l'intention d'accepter l'offre de Frank de reprendre son statut de troisième roue de carrosse pour un couple marié un soir prochain. Mais il était épuisé et il souhaitait avoir quelqu'un qui n'était pas un collègue de travail ou à des centaines de kilomètres de là chaque fois qu'il rentrait chez lui après une longue journée.

Il accrocha sa veste et regarda son appartement nouvellement meublé, réfléchissant au week-end à venir sans aucun projet... et se demandant ce que Harrison pouvait bien faire.

La sonnerie de son téléphone l'interrompit.

— Allô ?

— Ne l'appelle pas, dit la voix de son meilleur ami.

— Mario ? Comment le sais-tu ? demanda Owen en s'installant dans le canapé.

C'était un grand canapé d'angle moelleux, d'une couleur bordeaux intense, qui aurait pu facilement permettre à deux hommes adultes de s'étendre de chaque côté. Owen s'allongea ainsi, regardant le côté vide en face de lui.

— Je te connais, mec, répondit Mario, l'un des rares amis d'université avec qui Owen s'était lié, et quelqu'un qui l'avait connu avant qu'il ne rencontre Harrison. Tu es à des centaines de kilomètres de tes amis, et tu ne t'en fais pas facilement de nouveaux. Tu es probablement assis seul chez toi, à te languir de cet enfoiré parce que tu te sens seul.

— Pourquoi as-tu toujours raison ? grogna Owen.

Tout le reste était parfait, et Harrison arrivait encore à gâcher sa soirée.

— Fais-moi une faveur, mec, d'accord ? Sors. Rencontre quelqu'un. Qui que ce soit. Ne cède pas, ne l'appelle pas. Il s'est passé plusieurs mois. Tu as enfin franchi l'obstacle. Et tu l'as quitté pour une raison, souviens-toi. Tu mérites tellement mieux.

Sans Alyssa, Casey et Mario, Owen serait probablement retourné auprès de Harrison après les premiers jours, juste parce qu'il avait peur.

— J'aimerais simplement éviter la partie difficile de rencontrer quelqu'un, tu sais, aller droit au but... avoir quelqu'un pour partager un dîner, quelqu'un qui me parlerait, me prendrait dans ses bras et ne voudrait pas seulement de moi pour le sexe.

C'était reparti, on aurait dit un film de Lifetime Channel, mais c'était la vérité.

Mario ne l'avait jamais rabaissé une seule fois pour cela.

— Je comprends, mon pote. Dommage que tu ne puisses pas engager quelqu'un pour ce genre de choses.

Owen regarda son sac à bandoulière par terre, qui contenait encore le catalogue parce qu'il avait réfléchi toute la semaine à la possibilité de commander plus de meubles, mais le mobilier sur ses pages était la dernière chose qui lui venait à l'esprit.

— Oui…

— Je plaisante, mec !

— Moi aussi ! répliqua Owen en se redressant et en se tournant vers la table basse. Ce serait… totalement bizarre.

— Je suis sérieux, O, affirma Mario. Sors. Amuse-toi. Fais-toi confiance. Je viendrai te voir un jour, mais seulement une fois que tu seras installé et que tu pourras me faire visiter.

Alyssa avait dit quelque chose de similaire plus tôt dans la semaine.

— Ça semble génial.

— Porte-toi bien, mec, d'accord ? Tu vas tout déchirer sur ton passage, je le sais.

— Merci, Mario. Et je vais suivre ton conseil, promis.

Il le voulait. Après tout, Mario le connaissait presque aussi bien qu'Alyssa. Ils s'étaient liés après avoir suivi plusieurs cours ensemble, et son ami était devenu ingénieur. Ils pouvaient parler de nombreux sujets ou simplement s'éclater pendant des heures sur des bandes dessinées et des films de science-fiction. Mais le plus grand attrait de Mario en tant qu'ami était qu'il savait parfois quand Owen était sur le point de faire quelque chose de profondément stupide et qu'il intervenait, comme s'il avait un sixième sens.

Owen tenta de faire abstraction de sa nervosité lors de son premier vendredi soir en ville en tapotant ses doigts sur sa nouvelle table basse brillante. Il n'était pas du genre à faire la fête. Il ne voulait pas aller dans un bar ou un club ou quoi que ce soit d'autre. Il voulait un rendez-vous sans avoir à en trouver un, et pas non plus un coup d'un soir. Il ne voulait pas de sexe. Prendre, prendre, prendre, c'était tout ce que Harrison avait toujours voulu de lui. Owen voulait de la compagnie sans les à-côtés émotionnels.

Il attrapa son sac sur le sol avant de pouvoir se remettre en question et en sortit le catalogue. Il avait laissé la carte de visite à l'intérieur toute la semaine alors qu'il aurait pu facilement la jeter. Il sortit ensuite son ordinateur portable et tapa l'adresse Web indiquée sur la carte, une autre chose qu'il n'avait pas osé faire de toute la semaine.

Le site présentait une mise en page assez élégante, tout bien considéré, et Alyssa avait eu raison de dire que tout était formulé de manière à ce « qu'on ne s'attende pas à du sexe, mais que c'était totalement établi » pour des raisons juridiques. Mais c'était à lui de fixer les règles ; il pouvait avoir ce qu'il voulait, sans qu'il soit nécessaire d'avoir des « moments sexy ». Il pouvait même choisir le type d'homme qu'il voulait, un peu comme il avait choisi ses meubles, ce qui était un truc horrible à penser à propos d'une personne, et pourtant, il était là, à regarder *un catalogue* d'hommes séduisants.

Ils y listaient des informations comme la taille, l'âge, l'origine ethnique, les goûts et les aversions, et même les talents.

Owen se dit qu'il ne s'accrochait pas à Harrison juste parce qu'il avait filtré la sélection des hommes de plus de quarante ans.

Il y avait même une note en haut de la page indiquant un coût supplémentaire pour la catégorie « tout est possible ». Waouh, c'était raide, mais considérant que ce qu'il voulait était loin d'être la norme, que quelqu'un le tienne peau contre peau sans que rien de plus sordide ne se produise, il entrait peut-être dans cette catégorie. Il avait l'argent, et il avait besoin de quelque chose qu'il pouvait contrôler, juste cette fois.

Il sentit son cœur remonter dans sa gorge alors qu'il composait le numéro, mais il refusa de se dégonfler.

— Service d'Escorts Nick of Time. Comment puis-je vous aider ?

Chapitre Trois

DICK aurait été fier. Cal avait accepté un nouveau client. Pour la soirée du moins. Il doutait que cela se transforme en quoi que ce soit de continu, mais il n'avait pas pu retenir sa curiosité lorsque la demande était arrivée et il avait accepté de travailler une soirée.

— Owen Quinn ? Celui dont le maire a parlé et qui va mettre fin aux activités criminelles de la ville ?

— Celui-là même, avait répondu Lara au téléphone.

Elle appelait toujours si une demande était urgente et venait d'une personne qui n'était pas actuellement sur la liste de l'agence.

— Il est bon ?

— Tout est bon. Les dossiers médicaux n'ont que deux semaines, probablement pour le déménagement. Peut-être même demandés par le maire. Ou peut-être qu'il voulait un nouveau départ de Middleton. C'est de là que tu viens, n'est-ce pas ?

— Ne change pas de sujet. Qu'est-ce que son profil dit d'autre ?

31

— Je t'ai transmis la demande. Regarde-le. Il te veut pour ce soir, le plus tôt possible. Je sais que tu ne veux pas de client de dernière minute, mais j'ai pensé que cela pourrait te faire rire. Il n'a même pas sélectionné d'autres choix.

Cal s'installa devant son ordinateur et récupéra l'e-mail avec un lien vers le formulaire de demande. Il contenait une liste d'éléments similaires à ceux que les escorts mettaient sur leurs profils, ainsi que le rapport médical et une photo, qui le fit renifler.

— C'est la photo qu'il a envoyée ?

Lara arrivait à peine à retenir son ricanement en répondant.

— Il n'avait pas de photo récente, alors il s'est pris en selfie.

Elle n'était pas horrible, mais l'image était trop proche pour être flatteuse. Cal ne pouvait distinguer qu'un sourire idiot, des lunettes à monture noire et une mèche de cheveux bruns. L'homme avait l'air encore plus jeune que ce que son profil laissait supposer.

Owen Quinn était un informaticien de vingt-cinq ans, originaire de Middleton, de la taille de Cal, avec un bilan de santé impeccable. Il aimait la musique de salon, les émissions télé, les films de science-fiction et les soirées tranquilles… pile dans les cordes de Cal… comme s'il n'avait pas déclaré qu'il n'aimait que les clubs et la foule.

Puis il arriva à la note en bas de page… *tout est possible*. Il s'agissait d'un terme un peu inapproprié, car les escorts avaient toujours la prérogative de dire non, mais avec les frais supplémentaires que cela impliquait, il était rare que la demande soit si étrange qu'elle soit refusée. En général, ce que le client exprimait était plus embarrassant à dire à voix haute que dépravant ou dangereux. Cal était intrigué malgré tout.

— Dis-lui que c'est bon. Je serai là dans trente minutes.

—Sérieusement ?

Le profil était si inoffensif pour quelqu'un qui demandait « tout ce qui est permis », et cette photo, bien que ridicule, l'amenait à se demander à quoi l'homme pouvait ressembler en vrai. De plus, il avait un créneau vide à remplir, et son instinct le trompait rarement.

— Une de ces trois choses se passera lorsque j'arriverai, dit-il en se penchant sur son siège afin de fixer le profil. La première, c'est qu'il s'avérera être un insupportable petit morveux qui a fait fortune jeune et qui veut faire des folies pour son premier vendredi en ville. La deuxième, tout cela n'est qu'une farce élaborée par certains de ses amis, et il n'aura aucune idée de la raison pour laquelle je me présente à sa porte. Ou la troisième, il me surprendra. Si c'est la première option, je me réserve le droit de partir s'il ne se calme pas. Si c'est la deuxième, je serai à peine déconcerté et je rentrerai, mais si c'est la troisième...

Il sourit, alors qu'une vague d'excitation s'agitait dans son ventre.

—... qui sait ce que la soirée pourrait apporter ?

— Toujours joueur, Calvin ? dit Lara.

— Trente minutes, répéta-t-il, et il raccrocha dès qu'elle accepta.

Ces trente minutes étaient maintenant écoulées, et il en restait deux, alors que Cal montait dans l'ascenseur d'une des plus belles tours d'Atlas City. Il était possible qu'il soit tombé à côté avec sa tenue pour la soirée, mais il voulait qu'Owen soit bouche bée lorsqu'il ouvrirait la porte.

Cal avait choisi son plus beau costume trois-pièces, avec une chemise bleue et blanche, une cravate à motif cachemire marine et argent, un gilet croisé, mais une veste simple avec un manteau en laine gris bruyère et un foulard à carreaux bleu et gris pour compléter l'ensemble. Il avait même ajouté un mouchoir rouge dans la poche supérieure de sa veste pour la couleur.

Il s'approcha juste à temps de la porte du penthouse et frappa deux fois. Il entendit le bruit de pas hésitants de l'autre côté, mais au lieu que la porte s'ouvre, il y eut une pause, comme si l'occupant se remettait en question avant d'ouvrir lentement la porte.

Le premier aperçu que Cal eut d'Owen Quinn était déjà une agréable surprise. Le selfie ne lui avait pas rendu justice, car il y avait des fossettes dans cette peau pâle et des yeux noisette étincelants derrière les lunettes. Il portait ses cheveux assez élégamment, mais avait moins de succès dans le domaine de la mode, étant donné le pull boutonné qui recouvrait sa chemise. Il était très bien assorti, avec quatre couleurs distinctes, gris, rouge, bordeaux et noir, mais il ne ferait la couverture d'aucun magazine. Le jean moulant lui allait bien cependant, et il... hum... ne portait que des chaussettes.

— Sa... salut ! bégaya Owen, un rougissement s'étalant rapidement sur ses joues en un écarlate rosé.

Pas un gamin insupportable, donc.

— Vous êtes de... Je veux dire, vous êtes le...

Il s'arrêta pour respirer.

— Calvin, c'est ça ?

— Cal, corrigea celui-ci, bien que quelques contacts aient insisté pour utiliser son nom complet. Cal Mercer. Et vous êtes Owen Quinn.

Ce n'était plus une question, il était définitivement le client de Cal « soirées tranquilles, aimant les films de science-fiction » pour la soirée.

— C'est moi, répondit le jeune homme en se grattant l'arrière de la tête, comme s'il ne restait jamais un seul instant sans bouger.

Cal l'aurait pris pour un puceau très nerveux s'il n'avait pas mis « il y a quelques mois » pour sa dernière activité sexuelle.

Owen était suffisamment préoccupé par l'apparence de Cal pour ne rien ajouter d'autre tout de suite ou qu'il ne s'écarte pas de la porte pour le laisser entrer. La partie de la soirée où il était bouche bée était un succès retentissant.

— Eh bien, Owen, vu que vous ne portez pas de chaussures, je suppose que nous ne sortons pas, alors… vais-je entrer ?

— Oh, bien sûr ! s'exclama Owen en faisant de la place afin que Cal puisse passer devant lui dans l'appartement. Et non, nous ne sortons pas. Je préfère rester ici, si c'est d'accord ?

Si c'est d'accord.

— Je pense que vous ne comprenez pas comment ça fonctionne.

Cal s'abstint de garder sa bouche ouverte lorsqu'il vit l'appartement, avec des fenêtres sur tout un mur, qui mettaient à mal sa propre vue sur Atlas City, et un niveau de goût éclectique, mais agréable, dans la décoration, qu'il trouva immédiatement charmante. L'espace devait être deux fois plus important que celui de son propre appartement.

— Quoi que vous vouliez, c'est bon. Vous mettez en scène, et je m'exécute selon vos spécifications. Ça vous semble amusant ? dit Cal en reportant son attention sur Owen après un rapide examen de l'appartement.

— O… oui, répondit-ce dernier, expirant en fermant la porte. Désolé, je sais que j'ai l'air d'une épave nerveuse. Je manque d'entraînement avec… l'interaction humaine, apparemment.

Il se moquait de lui-même, se grattant à nouveau l'arrière de la tête, avant de se jeter en avant comme s'il avait oublié un truc important.

— Laissez-moi prendre votre manteau.

— Merci, dit Cal en permettant au jeune homme de lui prendre son manteau, écharpe comprise, et de l'accrocher sur un portemanteau, près de la porte.

Adorable et poli. Cal était de plus en plus séduit par sa décision de venir ici.

— Et vous pouvez vous détendre. Il n'y a aucune raison d'être nerveux. C'est mon travail de vous mettre à l'aise. Que ferons-nous ce soir si nous… restons ici ? dit-il en jetant son regard le plus séduisant à Owen, un mouvement des yeux vers le bas et de nouveau sur le visage de son hôte, avec un sourire tordu.

Owen faillit trébucher sur la partie inférieure du portemanteau et Cal dut se demander jusqu'où descendait l'écarlate sur ce cou élancé.

— Je voulais commencer par le dîner, dit-il d'une voix grinçante, puis il s'éclaircit la gorge et se retira précipitamment vers la cuisine.

Le jean moulant lui allait *très* bien.

— J'ai enfin fait des provisions et j'avais envie de quelque chose de fait maison, expliqua-t-il pendant que Cal le suivait vers le long îlot qui séparait la cuisine du reste de l'appartement. J'ai continué à manger sur le pouce, parce que la semaine a été très chargée. Je ne suis pas très doué en cuisine, mais un des plats de ma mère est parfait. Si vous n'avez pas encore mangé ?

Il regardait Cal avec une inquiétude soudaine.

Cal avait mangé. Il mangeait toujours un peu avant de voir un client, car il ne savait jamais si un repas serait inclus, mais il s'était contenté d'une collation légère, au cas où.

— Ça sent bon.

C'était vrai. À base de tomate, peut-être un peu de fromage, épicé.

Owen retira la poêle et éteignit les brûleurs, son sourire creusant davantage ses fossettes. Il prépara des assiettes avec des portions de salade, attendant qu'on leur adjoigne le plat principal. Une table à manger pittoresque avec des chaises de différentes couleurs se trouvaient derrière Cal, à gauche de l'entrée. Deux verres et une bouteille de vin les attendaient également.

— C'est une sorte de goulash, de ragoût, dit Owen en servant deux portions. Cela s'accorde très bien avec le vin, et j'ai reçu quelques bouteilles en guise de cadeaux de départ et de bienvenue de Nye Industries et…

Son front se plissa alors qu'il se dirigeait vers la table, portant les deux assiettes.

— Je pense que celui-ci est de Walker Tech ? Je n'ai pas encore trouvé le temps de rencontrer leur PDG ; c'était fou.

Il se tourna vers Cal après avoir mis la table.

— Je suis…

— Je sais qui vous êtes, Owen. Je lis les journaux, répondit-il en prenant place sur la chaise bleue, laissant Owen s'asseoir à sa gauche, sur la rouge. Ça doit être excitant.

— Ça l'est !

Owen commença à leur verser à chacun un verre de pinot noir, sans aucun doute très cher.

— Terrifiant, mais excitant. Tout le monde m'a donné l'impression d'être chez moi jusqu'à présent.

— Pourtant, vous passez votre vendredi soir seul ?

Cal n'avait jamais été doué pour retenir sa curiosité. C'était ce qui lui permettait de garder une longueur d'avance sur les autres.

— Je voulais quelque chose de tranquille. De calme.

Owen ferma les yeux et inspira comme pour mieux entendre la musique que Cal avait failli rater. *Sinatra*. Le jeune homme n'avait pas menti sur son profil jusqu'à présent, et ses cils battaient joliment contre ses joues lorsqu'il ouvrait les yeux.

— Désolé, j'essaye de me détendre. Je ne suis simplement pas doué avec le changement, et il y en a eu *beaucoup* dans ma vie ces derniers mois.

— Plus qu'un déménagement ? demanda Cal, qui trouvait plutôt fortuit qu'Owen cherche à trouver un équilibre, alors que lui-même cherchait à secouer les choses, mais les deux pourraient trouver ce qu'ils voulaient au même endroit.

Une ombre obscurcit l'expression d'Owen.

— Oui… dit-il doucement.

Un point sensible à éviter, semblait-il.

Cal devait être attentif. Non pas qu'il n'ait jamais eu quelqu'un qui fasse appel à ses services pour l'aider à surmonter quelque chose de difficile, un divorce, un licenciement, un anniversaire important alors qu'il était encore célibataire. Tout le monde avait ses raisons de vouloir un escort plutôt qu'un rendez-vous, mais Owen restait une énigme quant à ce qu'il voulait et à ce que « tout est possible » pouvait signifier.

Il était impatient d'en savoir plus alors qu'il prenait sa première bouchée du repas devant lui.

— **C'EST** délicieux, déclara Cal, la surprise dans ses yeux laissant penser à Owen qu'il était sincère plutôt que simplement gentil.

C'était difficile de lire en cet homme, parce qu'il pouvait être particulièrement doué pour jouer la comédie afin de toujours donner au client ce qu'il souhaitait. Owen ne pouvait peut-être pas se fier à ce qu'il disait ou à sa réaction, mais il avait le sentiment que Cal n'était pas du genre à faire quelque chose qu'il ne voulait pas faire.

Il était beaucoup plus sexy en personne que sur les photos. Il était dans le début de la quarantaine, avec un peu de gris dans ses cheveux coupés courts, mais son visage le faisait paraître cinq, voire dix ans, plus jeune. Ses traits étaient parfaitement sculptés, ses yeux bleus hypnotiques et sa peau bronzée. Et le costume... c'était comme dîner avec une star de cinéma.

Bien sûr, les photos de Cal sur le site de l'agence étaient similaires, le montrant dans des tenues élégantes et des poses fortes, mais l'avoir choisi dans un catalogue un instant et l'avoir ici maintenant, à peine une heure plus tard, était surréaliste. Une fois qu'Owen avait trouvé son profil, la compétition avec les autres escorts de sa tranche d'âge avait disparu. Ils avaient des intérêts similaires d'une part, et Cal ne ressemblait en rien à Harrison. Il ressemblait au genre de prince charmant fantastique qu'Owen avait imaginé à l'adolescence.

— Merci, bredouilla-t-il encore, luttant pour se rappeler qu'il n'y avait pas de pression ce soir.

Il n'avait pas besoin d'impressionner Cal, et rien n'arriverait à moins qu'il ne le veuille.

— C'était mon plat préféré parmi ceux que ma mère préparait.

— Elle ne le fait plus ?

Owen s'étouffa sur sa première bouchée et prit une gorgée de vin afin de s'éclaircir la gorge.

— Euhhh... non.

Pourquoi devait-il avoir cette conversation dès les cinq premières minutes ? Il fixa son assiette.

— C'était le seul plat dont je me souvenais assez bien pour le reproduire après le… décès de mes parents. Il m'a fallu des années pour y arriver. Mais mon père et ma sœur adoptifs étaient mes cobayes et me soutenaient, expliqua-t-il en levant les yeux avec un sourire timide.

Si Cal avait pris la peine d'apprendre qu'Owen était orphelin, il ne le montra pas.

— Je suis désolé, je continue de mentionner des choses qui vous bouleversent.

— Non, ça va, affirma Owen en faisant tourner sa fourchette pour une autre bouchée. J'ai beaucoup pensé à mes parents ces derniers temps à cause du travail. J'ai trouvé des modèles pour mieux prédire les activités criminelles à cause de la façon dont ils sont morts. Un vol qui a mal tourné. J'avais dix ans, presque onze. Je jouais dans le jardin quand c'est arrivé. Je n'ai même pas remarqué que quelque chose n'allait pas jusqu'à ce que j'aie faim et que je rentre pour le dîner. Le fait est qu'il y avait eu une série d'effractions dans notre quartier. Si quelqu'un avait été attentif aux données, il aurait pu y avoir plus d'agents en patrouille, ce qui aurait pu dissuader les voleurs et… eh bien….

Owen baissa de nouveau la tête, conscient de l'intensité qu'il pouvait atteindre sur le sujet.

— Il n'y a pas moyen de le savoir, mais j'aime à penser que ce que je fais maintenant pourrait empêcher ce qui m'est arrivé de se produire pour quelqu'un d'autre.

— C'est très noble, dit Cal avec un sourire authentique qui se démarquait des expressions les plus séduisantes qui titillaient encore plus Owen lorsque leurs regards se croisaient.

— Je me sens parfois égoïste.

— On a le droit d'être égoïste. Les opportunités chez Nye Industries et Walker Tech doivent être… rentables, commenta Cal en levant son verre de vin avant d'en prendre une gorgée.

— Ils font des trucs incroyables. J'espère obtenir un contrat avec les deux entreprises. Mais elles sont en concurrence dans certains domaines, donc ça pourrait être délicat. Il faudra que ce soit des services non concurrents, et je devrai faire très attention aux informations que je partage. En supposant qu'aucune des deux parties n'essaye de me faire signer une clause de non-divulgation ou de m'empêcher de travailler avec l'autre. Mais je ne pense pas qu'ils fonctionnent ainsi, puisqu'ils s'associent parfois pour des œuvres de charité.

Owen prit une autre bouchée, une autre gorgée de vin, se disant d'arrêter d'être aussi bavard. Il avait tendance à divaguer lorsqu'il était nerveux, ou tout le temps en fait.

— Et vous ?

— Et moi, quoi ? répliqua Cal en retrouvant son sourire tordu.

— Votre profil m'a donné des informations fondamentales, mais qu'est-ce qu'il ne disait pas ? Ou est-ce inapproprié ? demanda Owen, qui n'avait aucune idée de la conduite à tenir avec un escort. Je ne suis pas censé poser des questions personnelles ?

— Que voulez-vous savoir ? demanda ce dernier, la bonne humeur brillant dans ses yeux empêchant la nervosité d'Owen de s'emballer de nouveau.

— De la famille ?

— Surtout ma sœur et moi. Elle est à Middleton.

— La mienne aussi, répondit Owen en se penchant en avant et en embrayant sur ce sujet familier. Ma sœur et son mari tiennent ce bar, *Impulse,* dans le quartier chic. Alyssa aime connaître les secrets de chacun et donner des conseils, comme ce barman qui a toujours les réponses aux questions de la vie. Je pense qu'elle aime juste les commérages.

Il rit.

— Je vais devoir vérifier si ma sœur y est déjà allée, dit Cal. Claire travaille au centre communautaire dans les programmes pour les jeunes.

— C'est cool.

Et tellement normal, non pas qu'Owen avait le droit de faire des suppositions simplement parce que Cal était un escort.

— La raison pour laquelle je suis venu à Atlas City est évidente. Et vous ?

— J'avais besoin d'un changement, répondit Cal en haussant les épaules. Je suis ici depuis des années maintenant.

— Vous pouvez peut-être me donner quelques conseils ?

— Comme où trouver un bon tailleur ?

Owen rit. Cal avait dû remarquer qu'il avait beaucoup regardé son costume.

— S'il vous plaît. Je dois acheter des costumes pour le travail d'ici la semaine prochaine avant qu'ils ne réalisent que je n'ai que trois blazers pratiquement identiques. Ma garde-robe est un désastre.

— J'ai eu cette impression, dit Cal avec un signe de tête au pull d'Owen.

— Ce n'est pas bien ?

Il avait passé plus de temps à choisir quoi porter qu'à cuisiner. Bien qu'il ait l'air terne, comparé à Cal.

— Zut, j'aime vraiment ce pull...

— C'est bien. Peut-être plus adapté à un homme plus âgé que moi de dix ou vingt ans.

Un autre rire s'échappa des lèvres d'Owen. Les taquineries de Cal l'apaisaient plutôt que de paraître mesquines.

— Je comprends pourquoi Alyssa appelle mon pull Monsieur Rogers.

Il le déboutonna, l'enleva et le posa sur le dossier de sa chaise, restant en simple chemise noire.

— Beaucoup mieux, approuva Cal. Je pourrais peut-être vous emmener faire du shopping, si vous décidez de me revoir.

— Vraiment ? s'exclama le jeune homme, sentant son visage s'échauffer à l'idée. Ce serait génial.

— Je peux vous donner quelques recommandations pour l'instant. Vous serez mieux dans quelque chose de plus...

Il jeta un regard sur le corps d'Owen, celui-ci ayant l'impression que de la vapeur s'échappait de ses oreilles, comme dans un dessin animé.

—... ajusté.

Owen essaya d'éviter de montrer à quel point il était nul pour recevoir des compliments en s'empressant de prendre une bouchée de goulash. Harrison ne l'avait complimenté que lorsqu'il voulait quelque chose.

La musique changea, et Ella Fitzgerald chanta *Someone to Watch Over Me*, une des chansons préférées de la mère d'Owen, et il regarda Cal fermer les yeux, tout au plaisir d'écouter.

— Votre goût pour la musique compense le pull, dit-il, tout en charme taquin. C'est en partie ce qui m'a convaincu de vous accepter ce soir.

— Ah oui ? J'ai, euhhh... laissé quelque chose de côté dans mon profil à ce sujet.

— Oh ? dit Cal en arquant un sourcil vers lui.

— J'aime aussi le métal.

L'éclat de rire de Cal semblait tout à fait sincère.

— Émissions télévisées et jazz de maman, métal de papa, je suppose ?

— C'était Maman la fan de Megadeth.

Plus ils riaient et parlaient ouvertement, plus Owen se sentait à l'aise, même en parlant de ses parents, ce qui était rare.

— J'écoute du métal lorsque je travaille. Ella pour me détendre.

— Très bien. Je ne considérerai pas cela comme une rupture de contrat, dit Cal, tout en séduction même en retirant sa fourchette de sa bouche pour boire son vin.

Tout à son propos enchantait Owen. Même si Cal n'était qu'un fantasme, il était aussi tangible.

— Ce qui m'a séduit chez vous, ce sont vos goûts et vos aversions. C'est aussi parce que vous êtes magnifique, bien sûr. Euh…

Et voilà, il avait encore une fois mis les pieds dans le plat. Il but plus de vin pour cacher à quel point il était mortifié d'avoir dit cela. Il devrait probablement ralentir, vu qu'il était un poids plume.

C'était facile de parler à Cal, même si Owen s'agitait chaque fois que les yeux de l'homme étaient trop pénétrants ou qu'il semblait flirter. Il était *censé* le faire, montrer de l'intérêt, faire sentir à Owen qu'il était désiré. Il était payé pour cela. Mais même si tout cela n'était qu'une mise en scène, Owen ressentait une authenticité dans les sourires de Cal.

— Vous avez décoré cet endroit vous-même ? demanda ce dernier.

— J'ai besoin de tapis et d'œuvres d'art, je crois, dit Owen en se tournant vers ce qu'il avait fait jusque-là.

Il n'avait pas encore réussi à faire émerger le jeune génie technologique qu'il était censé être, mais il s'en moquait. Il n'était pas du genre moderne ou art déco ; il préférait les meubles confortables aux couleurs vives.

— Envisager la suite est une bonne distraction de la solitude.

Il grogna après avoir dit ça.

—Waouh. Je suis super déprimant, n'est-ce pas ?

— Pas du tout, affirma Cal. Vous êtes nouveau en ville, vous venez juste de vous remettre sur pied. Tout le monde n'est pas du genre facilement sociable. Mais je dois poser une question.

— Ah oui ?

Il se tourna vers Cal, se demandant si le moment où l'homme lui demanderait ce qui venait *après* le dîner était venu. Owen était sûr de se ridiculiser en l'expliquant.

— Vous avez dit fan de films de science-fiction. Quel est votre préféré ?

41

— Oh ! s'exclama Owen en s'illuminant. Je ne sais pas. Waouh. Je suppose que j'ai un faible pour le *5ᵉ élément*. Bien que *Terminator 2* soit le premier film qui m'ait fait pleurer.

— *Terminator 2* vous a fait pleurer ?

— À la fin, vous savez, quand Arnie se transforme en métal fondu et qu'il fait le truc du pouce levé… j'ai pleuré comme un bébé, expliqua Owen, plus gêné par cela. J'ai aussi un amour profond pour *La Chose* et *Planète interdite*.

— *Planète interdite* avec Leslie Nielsen ?

L'intérêt de Cal ne pouvait pas être feint à voir la façon dont ses traits s'adoucirent.

— Ça tient totalement la route, vous ne croyez pas ? Oh, mais je déteste *Blade Runner*.

— Eh bien, dit Cal comme s'il était scandalisé. J'étais tout à fait d'accord jusqu'à ce que ceci arrive. Je ne pense pas que nous puissions encore être amis.

Comment cet homme pouvait-il le faire rire aussi facilement ?

— C'est tellement surfait. Et *ennuyeux*. Visuellement magnifique, je l'admets, et le message est génial sur ce que cela signifie d'être humain, mais le récit ne fonctionne pas avec moi.

— Il aurait dû y avoir une voix off ?

— Non, bon sang. Avez-vous déjà entendu ça ? C'est bien pire !

— Je vous accorde ça, accepta Cal, partageant la joie d'Owen avec un sourire tordu d'un côté. Mais en général, il faut accepter d'être en désaccord.

Mario disait la même chose. Il vénérait *Blade Runner*.

Owen était surpris de voir la rapidité avec laquelle ils mangeaient tout en conversant. Et avec laquelle ils buvaient. Waouh, il avait rempli les deux verres sans vouloir trop manger et il sentait qu'il pourrait avoir l'utilité d'un courage liquide complémentaire, surtout lorsque Cal prit une petite gorgée et laissa son vin sur la table avant de se lever.

Something's Gotta Give de Sammy Davis Junior narguait Owen à travers le système de sonorisation. Son souffle s'arrêta, le laissant figé sur place lorsque que Cal lui retira son verre de vin et enroula ses doigts autour du dossier de sa chaise pour se pencher près de lui.

— Le dîner était délicieux, Owen, mais vous avez payé pour tout, dit-il tout bas, près de lui. Je garde la possibilité de refuser tout ce que je ne suis pas prêt à faire, mais je suis curieux. Que voulez-vous que je fasse pour payer autant pour une soirée ?

Owen frissonna, mais c'était agréable, pas quelque chose qui l'inciterait à s'éloigner, il ne savait simplement pas où aller.

— Ce n'est rien de bizarre. J'espère que ce n'est pas bizarre...

Il avait toujours été le gamin bizarre. Orphelin, ringard, gay, trop maigre, trop chiffe molle.

— Dites-moi, dit Cal dans un murmure étouffé. Que voulez-vous que je fasse ? Allons-nous dans la chambre ?

Il jeta un coup d'œil sur la porte ouverte de l'autre côté de la pièce principale. Owen avait un vrai lit maintenant. Simple. Sans tête de lit, avec des draps gris ardoise. Tout le reste de la chambre était coloré, comme les livres sur ses étagères et la lampe en vitrail sur la table de chevet.

— O... oui, dit-il, et il accepta la main que Cal lui offrit.

Il eut le vertige face à la force de l'autre homme, alors que celui-ci le tirait de sa chaise. Il fut conduit par la main dans sa chambre par l'homme le plus séduisant qu'il ait jamais vu de près et dont la voix le faisait trembler jusqu'aux orteils.

— Que ferons-nous une fois que nous y serons entrés ?

— Ce n'est pas... je... j'ai juste...

Owen bégayait. Un bégaiement de stress, un imbécile complet qui essayait de trouver les mots pour expliquer.

— Relax, tu te souviens ? dit Cal en portant les doigts d'Owen à ses lèvres, les embrassant au moment où leurs pieds franchissaient le seuil.

Il était doux de toutes ses forces, tirant le jeune homme vers l'avant et les tournant afin de pouvoir le convaincre de s'asseoir sur le lit. Puis il recula d'un pas et passa un doigt le long de sa cravate.

— Veux-tu que je me déshabille pour toi ?

— Oui.

Owen avait peut-être répondu avec trop d'empressement, mais il avait décidé avant l'arrivée de Cal qu'il voulait un contact peau à peau.

— Mais pas tout, ajouta-t-il, alors que Cal commençait à desserrer sa cravate. Garde ton sous-vêtement, s'il te plaît.

— Tu supposes que j'en porte un, répliqua l'homme avec un clin d'œil.

— Tu n'en portes pas ?

— Je te taquine, dit-il en riant. Nous pouvons commencer par cela.

La cravate à motif cachemire se défit en deux coups assurés sur le nœud. Cal l'enroula autour de sa main, puis il fit glisser sa veste et posa les deux articles sur la chaise à côté du lit d'Owen, où il retira également ses chaussures. Puis il commença à défaire son gilet.

— Je veux…

— Oui, Owen ?

Cal prononçant son prénom comme ça rendait tout cela plus difficile, *beaucoup* plus difficile.

— Je ne veux pas que tu fasses quoi que ce soit à moins que je te le demande, dit Owen dans un souffle.

Cal s'arrêta alors que son gilet s'ouvrait, les pans battants, prenant conscience de la gravité de la demande.

— Bien sûr. Tout ce que tu veux. Seulement ce que tu veux.

Ses doigts défaisaient les boutons de sa chemise comme un tisserand tirant sur du fil. Le blanc immaculé se détachait nettement sur sa peau et la nuance de bleu du gilet et du pantalon le flattait comme s'il avait été créé avec cette couleur en tête.

Owen porta une main tremblante à sa propre chemise alors qu'il observait les mouvements lents et précis de Cal qui enlevait ses vêtements. Il devait se déshabiller. Il ne s'en sortirait pas si Cal lui offrait son aide.

— Ce n'est pas grave, affirma Cal, son ton calme et pragmatique rappelant à Owen que c'était le cas, qu'il n'avait pas besoin de trembler ou d'avoir peur, même si personne ne l'avait touché depuis…

Non, il ne voulait pas penser à Harrison.

— Ton rythme, Owen. Tes règles, continua Cal en ouvrant sa chemise comme s'il révélait un grand prix avant de la laisser tomber au sol.

Il n'était pas le plus robuste des hommes, mais si ses traits étaient sculptés dans le marbre, son corps était tout aussi impeccable, surtout les touches de douceur autour de son tonus musculaire et le brillant des poils de son torse qui s'amincissaient en une ligne vers le bas jusqu'à disparaître dans son sous-vêtement. Pas de pack de six ciselé, c'était mieux. Il y avait même un soupçon de cicatrice le long de sa clavicule pour rappeler à Owen qu'il n'était pas une statue prenant vie, il était réel.

— *Tout* à toi, dit Cal.

Owen hocha la tête, se sentant renforcé par sa confiance en Cal. La pudeur habituelle d'être trop maigre ne fit pas surface, alors qu'il enlevait sa chemise. Il commença à défaire son jean juste au moment où Cal déboutonnait son pantalon et il dut se demander quand il avait vu pour la dernière fois un autre homme dans un cadre intime qui n'était pas *Harry*.

— Sur le lit. Sous les couvertures avec moi.

Il n'était généralement pas doué pour donner des ordres, mais la façon dont Cal l'écoutait, lui souriait et se faufilait derrière lui depuis le pied du lit, lui permettait de rester confiant. Cal ne le toucha pas lorsque Owen abaissa les couvertures et qu'ils se glissèrent dessous ensemble, attendant qu'Owen le touche en premier.

Le jeune homme prit les bras de Cal, puis il se tourna sur le côté et les enroula autour de lui comme une couverture, se blottissant contre sa poitrine et ressentant un soulagement instantané au contact peau à peau.

— Oui, comme ça, dit-il, comme s'il avait retenu sa respiration pendant des mois.

Il sentait l'érection de Cal, dure derrière lui, contre sa hanche. Bien sûr qu'il l'était ; Owen l'était aussi, et il n'avait pas expliqué qu'il ne voulait pas aller plus loin. Une partie de lui se demandait s'il devait changer d'avis. Il le pouvait, il le savait. Cal s'attendait à ce qu'il en demande plus, mais c'était tout ce qu'il voulait malgré les remous dans son corps. La chaleur, la gentillesse et le confort de Cal, des choses que Harrison avait seulement prétendu lui donner.

C'était mieux qu'il ne l'avait prévu, et il s'accrochait aux bras autour de sa taille, étouffé par les émotions qui se coinçaient dans sa gorge alors qu'il se délectait d'avoir quelqu'un avec lui qui ne demandait pas plus que ce qu'il pouvait donner.

IL y avait beaucoup d'hommes séduisants plus proches de l'âge d'Owen dans le catalogue de l'agence, certains même que Cal respectait pour leurs goûts proches des siens, suffisamment pour que le jeune homme ait pu trouver quelqu'un de plus jeune avec facilité. Il se demandait si la décision de le choisir pour ce soir était purement esthétique ou un choix conscient de la part d'Owen d'avoir un homme plus âgé, mais Cal avait posé assez de questions pendant le dîner.

Owen était un jeune homme si fragile et si doux, rougissant, et attachant à travers tout cela, ce qui donnait envie à Cal de lui faire encore plus plaisir et de lui donner tout ce qu'il demandait.

— Tu sens encore meilleur que je ne le pensais, dit Owen en soupirant de pur bonheur, ce que Cal avait espérer lui transmettre.

C'était incroyablement bon d'avoir Owen serré contre lui, avec ses jambes si longues et sa silhouette élancée. Leurs corps étaient totalement connectés, à part les sous-vêtements, mais Cal s'imaginait passant lentement ses mains sur le ventre tendu du jeune homme, sous l'élastique qu'il écarterait avant de le masturber jusqu'à ce qu'Owen en redemande. Il ne pouvait pas encore le faire. Il devait attendre qu'Owen le lui demande, ce qui rendait cela d'autant plus excitant.

— Quelle est la prochaine étape, Owen ? chuchota-t-il.

— Rien. Juste ça.

Cal cligna des yeux, certain d'avoir mal entendu.

— Juste ça ?

— Mmhm.

— *C'est tout* ce que tu veux ?

— O… oui…

— D'accord, dit rapidement Cal lorsqu'il sentit la tension revenir dans le corps d'Owen et entendit l'inquiétude dans sa voix, mais il ne comprenait pas.

Ce gamin était beau et gentil, un bon cuisinier, un bon interlocuteur lorsqu'il ne se laissait pas entraver par la gêne. Quelle pouvait bien être la raison pour laquelle il avait besoin d'un escort pour se blottir ? Ce n'était pas à Cal de le demander. Mais il était curieux.

Il tint fermement Owen, frottant doucement ses bras, mais pas plus. Il pressa sa joue contre la nuque du jeune homme, mais ne l'embrassa pas. Il voulait que son excitation se calme et enlacer Owen comme celui-ci le lui avait demandé. Il ne savait pas quoi dire, mais il n'irait jamais à l'encontre des souhaits d'un client.

Les épaules d'Owen commencèrent à trembler peu de temps après, un reniflement et une forte inspiration rompant le silence. Cal s'obligea à ne pas reculer ; il ne voulait pas qu'Owen pense que ce n'était pas bien, mais il ne savait pas comment gérer quelqu'un qui craquait dans ses bras et qui n'était pas sa sœur.

— Je suis désolé, dit Owen, sa voix tremblant avec son corps. Je ne sais pas pourquoi je… pleure…

Cal lui dit *chut*, ce qui était tout ce qu'il pouvait faire, il le rapprocha de lui et passa sa main sur le coude puis l'avant-bras d'Owen…

Un sursaut mit le bras du jeune homme hors de portée.

— Dé… désolé. Vieille blessure. C'est bon. Ça ne fait pas mal.

Ce n'était pas bon. Cal savait de quoi il s'agissait à présent, et cela lui retournait l'estomac. Quelqu'un avait blessé Owen. Profondément. Même physiquement, à en juger par ce tressaillement. Quel monstre avait tant endommagé ce jeune homme pour causer cela ? se demanda-t-il.

46

Il ne devrait pas être la personne sur laquelle compter, surtout pour faire face à un véritable traumatisme viscéral. Owen avait besoin de quelque chose de plus que *lui*, d'un ami, d'un thérapeute, pas d'un escort dans son lit. Mais qui était-il pour dire à quelqu'un ce dont il avait besoin, alors qu'Owen l'avait demandé ?

Cal ne put plus se taire lorsqu'Owen tira sa main pour la reposer sur son avant-bras comme une excuse, comme s'il devait s'excuser.

— Tu n'as pas à répondre, mais… pourquoi ? Pourquoi ça ?

— Parce que je suis seul, dit Owen, tout bas, mais fermement, comme s'il voulait que quelqu'un l'entende, même si c'était clairement plus facile de le faire face à Cal. Parce que ma famille et mes amis sont à des centaines de kilomètres et que j'avais besoin de quelque chose que personne d'autre ne peut me donner. J'ai toujours été nul pour les rendez-vous. Il y avait quelqu'un… une personne avec qui j'étais en couple, mais il ne m'a jamais donné ça. Il ne faisait jamais rien à mes conditions. Je me sens seul sans lui, mais j'ai peur de sortir. Je ne veux pas tomber dans le même schéma et me retrouver avec quelqu'un d'autre qui ne veut m'utiliser que pour le sexe. Désolé !

Il s'arrêta comme s'il avait dit quelque chose de terrible avant de reprendre.

— Je ne veux pas…

— Je ne suis pas offensé, Owen, l'interrompit Cal, stoppant sa réaction instinctive d'assumer le blâme. Personne ne m'utilise pour le sexe. Je le donne librement, il y a une différence. Si c'est tout ce que tu veux, alors c'est tout ce que nous ferons. Mais tu n'auras pas à payer un supplément la prochaine fois.

— C'est vrai ?

— Ce n'est pas vraiment ce qu'on entend par « tout est possible », affirma Cal, souriant contre la peau d'Owen, calmant la tension du jeune homme.

— Oh, dit-il en riant. Alyssa dit que c'est le Syndrome du Vilain Petit Canard. Je *l*'ai rencontré après m'être… épanoui, je suppose ? J'étais tellement habitué à être un pauvre type que personne ne voulait au lycée que je ne savais pas comment faire confiance aux gens une fois que j'étais devenu… et c'est elle qui parle, pas moi, sexy.

— Tu es sexy. Tu es époustouflant.

— Tu es payé pour dire ça, murmura Owen.

Normalement, lorsque quelqu'un sortait cette phrase, Cal se mettait en colère, mais le jeune homme ne l'avait pas dit pour se moquer de *lui*.

— Je suis payé pour être ici, dit-il, mais je dis ce que je ressens. Tes conditions. Tes désirs. Mais je suis toujours honnête avec toi lorsqu'il s'agit de mon opinion.

Après un instant, il pensa qu'Owen n'allait pas répondre, mais sa voix vint dans un doux murmure.

— Merci.

Les reniflements de son client s'estompèrent, alors que Cal le serrait contre lui. Tout ce qui était de l'ordre du désir s'effaça, ne laissant que le silence et deux corps connectés en tandem.

Finalement, Cal sentit la respiration d'Owen se stabiliser et il sut que le jeune homme s'était endormi. Il ne dormait jamais avec un client, sauf s'il passait la nuit chez lui, et cela ne faisait pas partie de la demande. Cal pensait lui donner quelques heures, mais il s'écoula seulement vingt minutes avant qu'Owen ne s'agite.

— Désolé, s'écria-t-il dès qu'il se réveilla avant de se tourner dans les bras de Cal.

Il n'avait pas ôté ses lunettes, alors elles étaient de travers à présent, et ses cheveux étaient aplatis sur un côté.

— Je ne voulais pas m'endormir.

— Tu devais en avoir besoin, dit Cal en prenant le visage d'Owen en coupe afin de caresser sa joue avec son pouce, ce qui fit de nouveau rougir ce dernier.

— Tu n'as pas besoin de rester pour la nuit ou quoi que ce soit, dit Owen en se nichant dans sa main tout en détournant le regard.

Puis il écarquilla les yeux.

— C'est un extra ? Si jamais je voulais que tu le fasses ?

— Oui. Mais c'est toujours moins que « tout est possible ».

— D'accord, dit Owen en riant avant de s'extraire de l'emprise de Cal afin de pouvoir s'asseoir.

Il semblait rafraîchi et moins tremblant en remettant ses lunettes droites.

— Merci. Je me sens beaucoup mieux maintenant. J'en avais besoin. Je sais que nous avons beaucoup tourné autour du sujet, mais... est-ce ça pourrait être un truc régulier ? Tu fais ça ?

— Je fais ça, répondit Cal en s'asseyant à côté de lui, peu habitué à partager un lit avec un client alors qu'ils portaient encore un vêtement tous

48

les deux. Je suis très pointilleux sur qui je prends comme client régulier, et je n'ai qu'un seul créneau disponible pour le moment.

— Oh… dit Owen, regardant tristement ses genoux.

— Donc, absolument, Owen, souligna Cal, indiquant qu'il s'agissait d'une réponse affirmative. Nous pouvons recommencer. Tu as la ligne directe de ma responsable depuis que tu as été accepté sur la liste. Appelle-la pour établir les horaires que tu préfères, et nous pourrons partir de là. Je peux te voir autant de soirs par semaine que tu le souhaites, tant que je suis libre et que tu peux te le permettre.

Il garda un ton léger afin de mettre le jeune homme à l'aise.

— OK, répondit Owen en souriant d'une manière charmante et enfantine. Je vais faire ça. Je devrais me laisser plus de temps pour m'installer ce week-end de toute façon.

Après cela, ils discutèrent plus simplement en se levant et en s'habillant. Bientôt, Owen raccompagnait Cal à la porte, mais celui-ci s'arrêta au bureau du jeune homme pour lui écrire un mot.

— Pour ta garde-robe. Demande Dennis. Il a un bon coup d'œil. Ne laisse pas sa suffisance te décourager. Il te traitera bien une fois qu'il saura qui tu es et ce que tu es prêt à dépenser.

— Merci. Je… à bientôt ? demanda Owen en suivant Cal vers la sortie, toujours pas sûr de lui et rougissant jusqu'à l'écarlate.

Scarlet en anglais, le nouveau nom d'Owen dans le carnet de Cal.

— Je suis impatient d'y être.

Il était sincère. Il pensait tout ce qu'il avait dit à Owen pendant leur soirée ensemble, mais il n'avait aucune idée de ce qui l'avait poussé à permettre un tel changement dans sa routine. Il ne prenait jamais de clients comme Owen – il ne pensait pas qu'il existait des clients comme Owen – encore moins lorsqu'il semblait qu'il n'était pas la meilleure solution pour le client. Mais il ne pouvait pas se résoudre à décevoir le jeune homme et à le repousser.

Cal avait *dit* qu'il avait besoin d'un changement. Peut-être qu'aider Owen était exactement ce dont ils avaient tous besoin les deux.

IL était doué pour les câlins, fort, chaleureux et compréhensif. Owen souhaitait ne pas s'être endormi comme ça, ne pas avoir bronché lorsque la main de Cal s'était déplacée vers le bras que Harrison avait blessé, mais après cette première soirée hors des sentiers battus, il se sentait plus à l'aise qu'il ne l'avait été depuis très longtemps.

Il avait peut-être perdu la tête en engageant un escort pour des séances de câlins et des dîners, mais Cal était comme un rêve, et Owen n'était pas encore prêt à se réveiller.

Chapitre Quatre

LE maire prenait en compte toutes les suggestions d'Owen, même lorsque ses « gens » insistaient sur le fait que certaines des recommandations étaient « d'un coût prohibitif ».

— Cela va-t-il mettre la ville ou ce projet en faillite d'une manière ou d'une autre ?

— Eh bien, non, mais...

— Donc faisons cela à la manière d'Owen. Il a les données, et nous voulons que ce programme fonctionne. Cela nous coûtera-t-il plus ou moins cher si nous devons tout abandonner au bout de trois mois parce que nous avons pris des raccourcis et échoué ?

— Mais monsieur le Maire...

— Nous faisons cela à sa façon, à moins que nous ne puissions pas faire fonctionner les choses comme il le suggère et que vous ayez les chiffres pour le prouver.

Cela signifiait que toute la formation et l'équipement qu'Owen recommandait pour les officiers étaient mis en place avant que le programme ne soit lancé. Cela ne serait pas parfait, rien ne pouvait jamais l'être, mais ils auraient une plus grande chance de réussir à prouver que le système fonctionnait. Cela signifiait plus de financements lorsque la criminalité commencerait à diminuer, plus d'opportunités et des quartiers globalement plus sûrs dans toute la ville d'Atlas City.

Cela signifiait également qu'Owen ne se sentait pas obligé de rester tout le temps au bureau du maire, inquiet que quelque chose déraille lorsqu'il passait du temps chez Nye Industries. Il pouvait se détendre. Bien plus qu'il ne l'avait jamais fait, en tout cas.

Il se sentait plus à sa place en travaillant avec Frank et son équipe qu'en supervisant le groupe du maire. Les gens de la mairie étaient plus des agents de relations publiques. Frank était un collègue scientifique. Actuellement, Owen était un intervenant extérieur, un outsider, mais Keri lui avait promis un poste à plein temps s'il le souhaitait. Cependant, le jeune homme ne voulait pas prendre de décision à long terme trop rapidement. Il prenait son temps pour une fois.

Il avait été très concentré au début de la semaine, rasséréné par son vendredi idyllique et un week-end tranquille à organiser son emploi du temps et un peu de shopping, grâce à Cal, même s'il n'avait pas acheté trop de nouvelles tenues. L'homme que l'escort lui avait recommandé, Dennis, était un peu plus suffisant que ce qu'Owen pouvait supporter à fortes doses. De plus, il voulait étoffer le reste de sa garde-robe en compagnie de Cal s'il le pouvait. On était mercredi, et Owen voyait Cal ce soir. Il n'avait pas pu se concentrer de toute la matinée. Sa tension et sa solitude avaient recommencé à augmenter un peu plus chaque soir lorsqu'il rentrait dans son appartement vide. Alyssa, Casey et Mario l'aidaient un peu, comme s'ils faisaient équipe pour l'appeler une fois par jour afin de s'assurer qu'il ne craquait pas et ne téléphonait pas à Harrison. Owen n'avait pas l'intention de le faire, mais cela semblait plus facile à gérer quand il savait qu'il avait quelque chose à attendre avec impatience ce soir.

Cal était si beau, si attentif et attachant, son toucher sûr et fort enroulé autour du corps d'Owen…

— Vous êtes là, Owen ?

— Hein ?

52

Owen leva les yeux du poste de travail qu'on lui avait affecté, où il vérifiait tous les projets actuels et futurs de la société afin de voir comment ses modèles pourraient bénéficier à la recherche ou s'il y avait d'autres révélations qui pourraient les intéresser. Il avait déjà aidé à plusieurs reprises l'équipe R&D de Frank, qui était dans l'impasse, et avait déjà fait ses preuves sans pour autant avoir été mis sur la sellette. Il se sentait tout simplement chez lui dans ce type d'environnement. En ce moment, cependant, il était un peu trop perdu dans ses rêves.

— Désolé, Frank. Je dois avoir besoin d'une autre dose de café, dit Owen en souriant.

— Je peux aller vous en chercher un frais, monsieur Quinn, intervint un stagiaire en se levant d'un bond, tout excité.

— C'est bon, Rory. J'ai besoin de me dégourdir les jambes de toute façon.

Owen s'éclipsa du grand laboratoire et se glissa dans le couloir afin de se diriger vers la salle de repos la plus proche. Il n'avait pas encore eu le temps de s'acheter une paire de lunettes supplémentaire, mais il portait un de ses nouveaux blazers, couleur anthracite cette fois, au lieu de bleu, sur un pull anthracite plus foncé et un fin pantalon noir. Un peu monochrome par rapport à ses goûts, mais beaucoup plus pointu que son look habituel.

Il était tellement préoccupé de savoir ce que Cal penserait de sa nouvelle tenue lorsqu'ils se verraient ce soir qu'il ne réalisa pas qu'il n'avait pas pris sa tasse à café vide avec lui pour la remplir avant d'être à mi-chemin de la salle de repos. Il se trouvait dans un couloir désert, sur le point d'accéder à un autre couloir lorsqu'une grande main saisit son avant-bras gauche et le tira.

Les sonnettes d'alarme s'enclenchèrent dans l'esprit d'Owen avec la force d'un porte-voix, la panique s'emparant de sa poitrine et une douleur fantôme s'abattant sur son bras à mesure qu'il reprenait son souffle et qu'il s'intimait de se *battre*.

Cela ne doit pas se reproduire. *Bats-toi.*

Mais il ne pouvait pas. Il était trop effrayé, trop immédiatement ramené à se sentir petit et piégé. Il ne put que haleter, alors que son agresseur le tirait dans un coin et le poussait contre le mur.

— Monsieur Walker, bégaya-t-il.

Owen réalisa que la prise n'avait pas été rude et qu'il n'avait pas été repoussé avec force lorsqu'il reconnut le propriétaire de la main qui l'avait empoigné. Bien sûr qu'il ne l'avait pas fait. C'était Adam Walker, le PDG de Walker Tech, qui essayait de le rencontrer depuis la semaine dernière.

L'homme aurait été intimidant en raison de sa taille impressionnante, de sa carrure puissante et de son apparence classique, si ce n'était sa nature modeste.

— Appelez-moi Adam, s'il vous plaît, dit-il vivement, comme s'il n'avait pas simplement attrapé Owen pour l'attirer dans un couloir sombre. Je suis heureux de vous rencontrer enfin, Owen.

— Euh… cela ne devait pas se passer dans vos immeubles ou pendant le déjeuner quelque part ?

— Que vous n'arrêtez pas de reprogrammer.

— Je… je n'ai pas eu le temps… Attendez.

Owen se reprit et stabilisa sa respiration. Il allait *bien*. Adam n'avait pas eu l'intention de l'effrayer, mais il avait aussi un comportement très suspect.

— C'est de l'espionnage industriel, siffla-t-il.

— N'importe quoi, répliqua l'homme en riant. Voyez plutôt ça comme un jeu du chat et de la souris. Ou de cache-cache, vu que Keri vous a tenu éloigné de moi toute la semaine.

— Je ne pense pas qu'elle ait fait exprès…

— Tout va bien, Owen, affirma Adam en lui tapotant l'épaule, comme un quarterback de lycée qui, dans ce cas, aurait également été capitaine de l'équipe d'échecs. Elle veut être la première à vous avoir, je le comprends, mais j'ai une proposition à vous faire, et si j'attends une date dans votre calendrier, vous serez dans des projets jusqu'aux genoux ici avant que nous puissions faire quoi que ce soit.

— D'acc… d'accord.

Owen était peut-être rapide lorsqu'il s'agissait de déchiffrer des données, mais il avait tendance à être lent dans les situations sociales, surtout lorsqu'il était pris par surprise comme cela.

— Sur quoi travaillez-vous ? demanda Adam.

— Oh, je ne peux pas…

— Sur la prochaine génération de ses puces, n'est-ce pas ? Je ne vous demande pas de dévoiler vos secrets. Tout ce que je vous demande, c'est d'écouter ma proposition de créer une entreprise commune avec ma nanotechnologie et de m'aider à présenter cela à madame Nye, dit-il en souriant de nouveau avec cette expression ouverte et rayonnante.

Il semblait certainement sincère, tout comme le maire, pour quelqu'un en qui Owen ne devrait pas avoir confiance trop facilement.

— Seulement si vous aimez ce que j'ai à vous dire, bien sûr.

— Eh bien… je suppose que je pourrais *écouter*, dit Owen en essayant d'analyser la situation afin de voir s'il n'y avait pas de raisons qu'il soit dépassé ou qu'il ait de sérieux problèmes. Vous avez déjà mené des projets communs. Mais alors… pourquoi ne pas le proposer vous-même à Keri ?

— J'ai essayé, répondit Adam en reculant, permettant enfin à Owen de respirer. Je n'ai pas été capable de prouver la viabilité des données à ses investisseurs. Mais avec vos conseils, vos modèles, je pense qu'on peut y arriver. Écoutez-moi…

Owen n'était généralement pas partant pour vivre ce genre d'aventure en secret. Son cœur battait à tout rompre alors qu'il se cachait au bout d'un couloir que personne n'empruntait, écoutant un PDG multimillionnaire dans les bureaux d'un autre PDG multimillionnaire lui dire comment ils pourraient changer le monde ensemble.

Il était presque sûr qu'il *s'agissait* d'espionnage industriel, d'une certaine manière, mais il ne lui semblait pas faire quelque chose de mal en écoutant simplement, tant que l'objectif final était dans l'intérêt des deux parties, surtout quand il s'agissait de faire progresser des technologies médicales qui pouvaient sauver des vies d'une toute autre manière que ce qu'il faisait avec le bureau du maire.

Il avait l'impression d'être en quelque sorte un superhéros en pensant à tout ce qu'il pouvait accomplir.

La proposition était fascinante, mais Owen pouvait voir d'où venaient les trous et pourquoi Adam et ses scientifiques étaient perplexes. Ce n'était pas encore prêt à être présenté à Keri. Owen devrait y réfléchir, voir d'abord certaines des données d'Adam et travailler lui-même sur les modèles.

— Je ne partagerai rien de ce qui concerne Keri, et je ne partagerai rien avec elle qui vous concerne, mais je dois utiliser les recherches des deux pour que cela fonctionne.

— J'ai énormément confiance en vous, Owen, acquiesça Adam. Le résultat en vaudra la peine si nous pouvons avancer ensemble.

Owen n'avait encore rien signé avec l'une ou l'autre des sociétés qui lui interdisait de faire quelque chose comme cela, mais il faisait techniquement cela dans le dos de Keri. Il était à la fois terrifié et excité.

Si cela fonctionnait, c'était exactement pour ce genre de choses qu'il était venu à Atlas City.

Il voulait en parler avec Alyssa, Casey et Mario afin d'avoir leurs opinions, mais il ne pouvait pas risquer de laisser une trace téléphonique.

Puis il pensa à Cal. Il pouvait avoir l'opinion de quelqu'un en seulement quelques heures. Il était impatient de voir la fin de la journée arriver après s'être séparé d'Adam et s'être occupé de son café.

Sa gorge était toujours serrée d'avoir été pris en embuscade, mais juste assez pour le laisser légèrement secoué. Il n'en voulait pas à Adam. Il avait simplement besoin de faire quelque chose pour l'aider à surmonter sa réaction instantanée de panique chaque fois que quelqu'un touchait son bras gauche. Il n'avait certainement pas eu l'intention de broncher lorsque Cal l'avait fait l'autre soir.

Alyssa avait suggéré des cours d'autodéfense pour renforcer sa confiance en lui, et il avait essayé de commencer à en suivre à Middleton, mais il n'avait pas vraiment eu le temps de continuer. Elle avait inclus une salle de sport qui lui avait été fortement recommandée pour ce genre d'aide, en plus de toutes les autres informations qu'elle avait recueillies afin de l'aider à s'installer dans sa nouvelle ville. Une salle où Owen pourrait prendre un coach personnel au lieu d'avoir à suivre des cours qui ne lui convenaient pas vraiment.

Il pourrait peut-être organiser quelque chose avant de rentrer chez lui et téléphoner à Knockback Gym.

PRINCE était une cliente idéale. Magnifique. Assez riche pour demander souvent les services de Cal, mais pas trop en même temps, parce qu'elle était aussi une femme occupée. Elle n'était pas vraiment une princesse, mais une ambassadrice travaillant en ville. Cal avait oublié de quel petit pays elle venait, mais vu sa façon de se tenir, elle aurait tout aussi bien pu être membre d'une famille royale.

Elle n'avait ni le temps ni la patience pour la romance, mais elle avait des besoins à satisfaire, et Cal était le moyen le plus efficace de répondre à ces besoins sans complication. Elle aimait aussi l'attacher et jouer avec toutes sortes de jouets, mais elle était le genre de partenaire dominatrice qui savait comment traiter son compagnon avec respect et attention. Cal n'en aurait pas supporté moins.

Normalement, il la voyait le soir, mais elle avait accepté un changement d'horaire afin de s'adapter à ses autres projets pour la soirée… Owen Quinn.

— J'apprécie que tu me laisses rentrer plus tôt.

— Tout le plaisir est pour moi, Calvin, dit la grande amazone en riant doucement alors qu'elle se rafraîchissait devant le miroir de sa chambre. Ou pour nous deux, devrais-je dire. Une pause dans l'après-midi est parfois agréable. Tu es un homme occupé aujourd'hui, n'est-ce pas ?

Cal avait presque fini de s'habiller, se déplaçant un peu plus lentement à cause de la tension dans ses bras due au fait qu'il était attaché aux montants du lit quelques minutes auparavant.

— Qu'y puis-je si je suis demandé ?

— Même les coquins ont besoin de se reposer, non ? dit-elle, en terminant l'application d'un rouge vif par un smack de ses lèvres parfaitement arquées.

— Ce n'est pas ce genre de soirée. La semaine prochaine ?

— Certainement. J'informerai mademoiselle Tyler de ce qui coïncidera avec mon emploi du temps.

Elle se leva pour l'arrêter dans l'embrasure de la porte avant qu'il sorte et elle mima un baiser sur ses deux joues afin de lui éviter la tache de couleur de son rouge à lèvres frais.

— *Ta leme* [5].

— À bientôt, acquiesça Cal.

Il devait prendre une douche et se changer avant de voir Owen. Cal aimait son travail. Il ne le ferait pas si ce n'était pas le cas. Il était donc surpris de voir à quel point il était excité à la perspective de la soirée à venir, sans l'habituelle fin de partie.

Owen était maintenant dans le système, ce qui signifiait que ses demandes arrivaient dans la boîte de réception de Cal comme un e-mail normal.

Tu te souviens que je ne peux rien cuisiner d'autre que ce goulash ? Nous devrions peut-être commander.

Cal avait renvoyé une liste de courses.

Je t'apprendrai à faire un nouveau plat ce soir. À moins que tu n'aies d'autres idées ?

Non ! Ça me semble parfait.

---

5 À bientôt, en grec.

Cal arriva pour trouver Owen encore plus délectable que le premier soir, et bien mieux habillé.

— Dennis est dans le coup, je vois, dit-il, alors qu'Owen l'invitait à entrer.

Les joues du jeune homme se remplirent d'assez de couleur pour renforcer son nom de code alors qu'il jetait un coup d'œil à son pull

— Un peu crétin, comme tu m'as prévenu, mais j'aime vraiment mes nouveaux vêtements. C'est bien ?

— Très bien.

Cal s'était habillé plus décontracté ce soir-là, une chemise blanche avec un sweat-shirt crème et un pantalon beige, plus pastel que l'ensemble gris d'Owen.

— J'ai besoin d'une paire de lunettes supplémentaire, dit Owen en conduisant Cal à la cuisine, où il avait déjà posé les courses sur le comptoir. Je pensais à quelque chose de plus délicat que mes lunettes noires, pour changer. Peut-être doré ? Des montures plus fines ?

— Je te verrais bien avec quelque chose comme ça. Tu veux de la compagnie pour une autre séance de shopping ?

— C'est possible ? s'exclama Owen en s'illuminant, si excité que cela semblait sortir de sa peau.

— Absolument. Peut-être ce samedi après-midi ? Je crois que je suis libre.

— Super. J'enverrai une demande demain. Nous pourrions aussi déjeuner. Mais le dîner d'abord, non ? dit Owen en jetant un regard sceptique sur la collection d'ingrédients qui les attendaient. J'apprends vite, mais je suis un peu maladroit. Tu regretteras peut-être de porter des couleurs claires quand nous travaillerons avec de la sauce tomate, et il vaut sans doute mieux que je fasse un minimum de hachage. Bien que je suppose que nous n'aurons pas besoin de hacher quoi que ce soit.

— Pas pour cette recette, répondit Cal. Tu as déjà appris à faire de bonnes lasagnes ?

Ces grands yeux noisette continuaient de prendre Cal au dépourvu.

— Je pensais que ça se faisait avec des pâtes, mais là ça semble différent.

Cal avait indiqué dans sa liste à Owen de prendre de la dinde hachée au lieu d'un steak haché, avec des épinards et des tomates séchées pour accompagner la garniture à la ricotta.

— Ma propre recette. Le secret réside dans le fromage, affirma-t-il en tapotant le sachet de mozzarella au lait entier râpé, réalisant ensuite qu'il était ouvert lorsque quelques morceaux se renversèrent sur le plan de travail.

— C'est *vraiment* du bon fromage, dit Owen en se grattant l'arrière de la tête, trahissant sa gêne. J'en ai peut-être déjà volé quelques poignées.

Il n'avait aucune idée d'à quel point il était charmant sans avoir essayé de l'être.

— Eh bien, alors, tu as maîtrisé la première étape de ce repas, dit Cal en en prenant lui-même une poignée, dévorant la mozzarella avec un enthousiasme sans faille.

Owen rit. Cette coloration écarlate allait être leur compagne de tous les instants.

— J'ai écrit la recette pour toi, dit Cal. Il ne te reste plus qu'à me regarder, à suivre mes instructions et à me raconter ta journée. Ton installation se passe toujours bien ?

Cal releva ses manches pour se mettre au travail, Owen l'imita et s'empressa de raconter les moments forts de sa semaine jusqu'à présent. Cal comprenait maintenant ce que le jeune homme attendait de lui : une compagnie basique. Un corps chaud dans sa maison. Un visage amical pour l'écouter et exister en sa présence, sans obligations entre eux, en dehors des honoraires de Cal. Un *ami*, mais plus intime que cela lorsque Cal devait se déshabiller et enlacer Owen à un moment de la soirée.

Même les amis les plus ouverts d'esprits n'étaient pas forcément prêts à faire face à cet ajout à une nouvelle relation.

Parfois, Cal jouait le rôle d'un rendez-vous avec ses clients. Il avait déjà cuisiné avec eux auparavant, mais la conversation était rarement profonde, et ils s'attendaient toujours à une « fin heureuse », le repas n'était pas le plus souvent l'attraction principale. Owen avait occulté cela. S'il avait été un des autres clients de Cal, celui-ci se serait mis derrière lui tandis qu'il cuisinait et aurait guidé ses mains jusqu'à ce que leurs pouls s'emballent et que les hanches d'Owen se repoussent contre les siennes. Mais le jeune homme ne voulait pas être séduit, alors Cal resta à ses côtés.

— Tu ne penses pas que l'on profite de moi, n'est-ce pas ? demanda Owen une fois qu'ils eurent mis le plat de lasagnes au four et tranché du pain.

Ils avaient déjà ouvert une bouteille de vin. Owen avait dit qu'il aimait aussi la bière, alors Cal décida que leur prochain repas serait associé à quelque chose de plus léger.

— C'est toi qui es en position de force, dit-il. Tu pourrais arriver à une conclusion avec tes modèles, garder les recherches pour toi et arnaquer les deux entreprises.

— Je ne ferais jamais ça.

Cal rit à son expression scandalisée.

— Je sais. Je dis juste que tu n'as aucune obligation légale, seulement morale. Nye et Walker ont de la chance de traiter avec toi et pas avec quelqu'un de moins scrupuleux.

C'était ce qu'Owen semblait vouloir entendre. Il devait être habitué à ce qu'on profite de lui.

— C'est plutôt amusant, dit-il en amenant la panière de pain sur la table, tandis que Cal suivait avec leurs verres de vin à moitié bus. S'infiltrer, travailler sur un projet annexe comme un espion ou quelque chose comme ça.

— Je suis content que tu t'amuses. Qui aurait cru que la science des données pouvait être aussi exaltante ?

— Ce n'est pas si clandestin d'habitude, dit Owen en riant. Mais merci pour ta contribution à tout ça. Je me sens mieux après un deuxième avis. Adam semble si gentil.

Adam Walker, probablement l'homme le plus riche de la ville, était gentil.

— Tu réalises à quel point c'est impressionnant que tu appelles trois des personnes les plus puissantes d'Atlas City par leurs prénoms ?

Owen était très mignon, même lorsque son visage se crispait.

— Je ne pense pas à eux comme ça. Ils sont tous assez terre à terre.

Ils s'assirent pour déguster une tranche de pain et boire plus de vin, prenant les mêmes sièges que leur premier soir.

— Ne te sens pas trop à l'aise avec ça. Ce sont des spécimens rares. De nombreuses personnes à leur poste seraient impitoyables.

— Je sais, acquiesça Owen. C'est pour ça que je suis venu ici au lieu de rester à Middleton.

— Ton ancienne société abritait des personnes méchantes ?

Une ombre passa de nouveau sur les traits du jeune homme.

— Mon ex. Il a fait passer beaucoup de mes idées pour les siennes, a dit qu'elles auraient plus de chance d'être acceptées si elles venaient de lui puisqu'il était le directeur technique. Ce n'est pas entièrement mensonger, ajouta-t-il précipitamment, peut-être habitué à défendre l'homme. Ça a donné beaucoup de poids aux idées, mais cela m'a pris beaucoup de temps pour reconnaître à quel point il m'utilisait.

Cal brûlait de curiosité d'en savoir plus, un directeur technique à Middleton, clairement un enfoiré, un plus proche de lui en âge très probablement, mais les épaules tendues d'Owen indiquaient qu'il ne voulait pas se souvenir du passé.

— Tu sais ce qu'on dit, dit-il en levant son verre, Owen avançant le sien pour trinquer. La meilleure vengeance est de bien vivre.

Owen s'illumina comme s'il n'arrivait toujours pas à croire ce qu'il vivait.

La minuterie du four sonna, et le jeune homme inspira profondément.

— Ça sent tellement *bon*. Je suis affamé.

— Ah, ah, ah, l'arrêta Cal en se levant pour le suivre. Le plat doit reposer avant d'être dégusté.

— Pour de vrai ?

Owen avait l'air si abattu. Il vivait à un rythme effréné, alors que Cal préférait ralentir les choses.

— J'étais ce gamin qui ruinait des brownies parce que je ne pouvais pas attendre qu'ils reposent.

— Je ne l'aurais jamais deviné, se moqua Cal. Patience, Owen. Chaque chose en son temps.

Ils s'installèrent dans la cuisine après avoir sorti le plat du four, face à face.

— En parlant de temps, dit Owen. Je savais que ce n'était qu'une question de temps avant que je ne commence à recevoir des invitations pour des évènements plus importants. Quand Adam et moi avons discuté, il m'a invité à cette collecte de fonds dans quelques semaines, une chance de côtoyer les bonnes personnes et de rassembler les différents aspects de mon travail. Je devrais vraiment être accompagné.

Il passa en mode timide en quelques secondes, son regard baissé sur ses pouces qu'il tournait.

— Je suis nul dans ce genre de situation, alors venir avec quelqu'un qui pourrait m'aider à me diriger pour être, tu vois… normal, ce serait vraiment appréciable. Voudrais-tu venir avec moi ? Est-ce possible ou doit-on garder cela plus privé…

— Je serai ravi de t'accompagner, Owen, déclara Cal, qui s'y attendait en fin de compte et ne pouvait pas nier son enthousiasme. Le moment est bien choisi pour notre virée shopping. Combien de costumes possèdes-tu ?

— Des costumes *complets* ? Parce ce sont plutôt des blazers, et je n'aime pas vraiment les cravates…

Ce jeune homme avait désespérément besoin d'un relooking.

— Tu as été invité par Adam Walker à une collecte de fonds. Tu vas devoir porter une cravate. Peut-être même une noire.

— Pas de cravate noire, affirma Owen. Je me suis dit que je pourrais m'en sortir avec…

— Tu as toujours besoin d'une cravate, gronda Cal. Nous allons te trouver quelque chose de confortable. Je parie que tu n'as jamais eu de costume sur mesure. Tu veux impressionner ces gens, n'est-ce pas ?

— Oui.

— Alors je t'aiderai à le faire dans des vêtements que tu aimeras, je te le promets. Mais je dois t'avertir.

Il ne voulait pas en parler, mais il devait la vérité à Owen.

— M'avertir ?

— J'ai tendance à éviter ce genre d'évènements, car il y a des chances que certains de mes autres clients y assistent. Mais, poursuivit-il en voyant l'inquiétude s'emparer d'Owen, tu as signé les mêmes formulaires qu'eux. Ils savent qu'ils ne doivent pas attirer l'attention sur moi ou sur ce que je fais, et je ne m'attends pas à ce qu'ils le fassent, mais ils feront des suppositions s'ils nous voient ensemble.

— Oh, dit Owen, se détendant. Je m'en moque. À moins que cela ne soit pas ton cas ?

Et il redevint inquiet.

— Je suis assez à l'aise avec ce que je suis, répliqua Cal.

— Je ne l'aurais jamais deviné, se moqua Owen, riant avant de le regarder d'un air penaud. Je sais que tu ne peux pas répondre à cette question, mais… tu n'as pas Adam ou Wesley comme clients, n'est-ce pas ?

— Non. Je peux te dire clairement qu'à ma connaissance, aucune des personnes avec qui tu travailles n'est un de mes clients. Mais cela ne veut pas dire qu'il n'y aura pas de visages familiers lors d'une collecte de fonds.

— J'ai compris. Non pas que cela m'inquiète, mais comment gardes-tu l'anonymat de tes clients ? Tu connais mon vrai nom. Je suppose que tu connais les vrais noms de tout le monde.

— Je ne les appelle pas comme ça en société mixte. Nous utilisons des noms de code pour les clients.

— Vraiment ? dit Owen en se redressant. Comme quoi ?

Il jouait clairement à l'espion, mais Cal ne voulait pas l'embarrasser en admettant qu'il l'avait surnommé « Scarlet » à cause de son rougissement.

— J'en ai un que j'ai surnommé Narcisse.

— *Narcisse* ? répéta Owen en éclatant de rire. Trop imbu de lui-même ?

Cal ne discutait pas de ses clients avec d'autres personnes que Rhys, d'habitude, mais la curiosité d'Owen était inoffensive en comparaison.

— Il a un miroir sur le plafond de la chambre.

— *Un miroir* ? dit Owen en rougissant, mais ses yeux parcourant le corps de Cal prouvaient qu'il n'était pas complètement désintéressé.

— Et puis il y a *Le Parrain*, dit Cal.

— Comme… il fait partie de la mafia ?

— *Elle* est la fille d'un homme d'affaires très viril, mais je ne crois pas qu'il ait de réels liens avec la mafia. J'espère bien qu'il n'en a pas.

Si Asher Morris était un chef de la mafia incognito et qu'il découvrait que Cal était engagé par sa fille pour des débats bihebdomadaires dans la chambre, il aurait sa tête sur un billot en quelques heures.

— Elle ? demanda Owen en frappant le sol avec un de ses pieds gainés de chaussettes.

Cette question revenait toujours lorsque Cal avait un nouveau client ; celui-ci se demandait s'il avait un « type » puisqu'il officiait sur les deux pôles du site Web de Nick of Time, mais ce que la plupart des gens préféraient ne comptait pas autant pour lui. Tant qu'il se sentait attiré, n'importe qui pouvait capter son intérêt.

— J'ai tendance à voir plus d'hommes que de femmes, mais j'apprécie tout autant la compagnie des uns que des autres. Cela te dérange-t-il ?

— Non, s'empressa de répondre Owen. Désolé, je ne devrais pas poser de questions sur les autres clients.

Jaloux, légèrement peut-être, mais c'était là. Beaucoup de clients devenaient jaloux, mais cela changeait quelque chose pour Cal de voir cela chez Owen.

Il se pencha, osant prendre un risque, et fit glisser ses mains sur celles d'Owen sur l'îlot, provoquant un halètement du jeune homme timide.

— Quand je suis avec toi, je ne pense qu'à toi, je te le promets, assura-t-il, soulevant doucement les mains d'Owen afin de le tirer vers la cuisinière. Maintenant, viens. Prends les assiettes. Je ne voudrais pas te torturer davantage à attendre ton repas durement gagné.

Le pari de Cal se révéla payant, un rire passant les lèvres d'un Owen toujours rougissant. Il ne voulait pas pousser son jeune client à faire quoi que ce soit de physique, mais il espérait le mettre plus à l'aise pour accepter ce qu'il lui offrait, même si cela n'allait jamais plus loin qu'un câlin.

Ce qu'il ne pouvait pas encore admettre, c'était que lorsqu'il avait été avec d'autres clients ces derniers jours, ses pensées s'étaient souvent tournées vers *Owen*.

LES lasagnes avaient un goût incroyable, et c'était un repas qu'Owen pourrait reproduire, même s'il y avait quelque chose de bien plus agréable à le faire avec Cal. Il n'était pas rempli des mêmes angoisses que le premier soir où ils s'étaient vus. Si Cal avait dû être rebuté par les premières impressions, il se serait enfui et ne serait jamais revenu.

Pourtant, Owen ne savait pas comment passer de la fin d'un autre repas ensemble à des câlins sans avoir l'air d'un *abruti* complet.

Pouvons-nous nous déshabiller maintenant ?

Argh.

Un coup de tonnerre presque assez fort pour faire trembler les murs le fit sursauter et attira son attention sur les fenêtres et sur l'obscurité nuageuse. Il avait aperçu des éclairs pendant le dîner, mais il pouvait maintenant voir l'orage à son paroxysme, un de ces impressionnants éclairs passant d'un nuage à l'autre dans une danse sans fin.

— Peur des orages ? demanda Cal.

— J'*adore* les tempêtes, déclara Owen.

Puis, avec une montée d'adrénaline, il sauta de sa chaise pour tirer Cal de la table et les précipita vers la double fenêtre du balcon. Cal laissa échapper un rire très étonné et très profond.

— Vite, avant qu'il ne commence à pleuvoir ! J'ai une vue magnifique d'ici. Regarde, dit-il en soulignant de la main l'écart dans le paysage urbain entre les lumières de Nye Industries et de Walker Tech, où on ne voyait rien d'autre que le ciel et les éclairs scintillant dans le noir. Ce sont les orages que je préfère. N'est-ce pas magnifique ?

Il était tellement subjugué par la ligne d'horizon qu'il ne sentit pas le regard de Cal sur lui avant d'entendre :

— À couper le souffle.

Et il réalisa que son compagnon ne regardait pas l'orage.

La chaleur qui envahit le visage d'Owen l'empêcha de répondre à ce commentaire. Cal était de nouveau tourné vers l'horizon, son visage éclairé par intermittence par des éclats de lumière, lorsque le jeune homme osa jeter un coup d'œil.

Ils restèrent un moment sur le balcon, à contempler l'orage, le spectacle de la lumière naturelle au milieu d'une ville illuminée, tranquilles, mais heureux en compagnie l'un de l'autre, jusqu'à ce qu'un autre grondement du tonnerre annonce le début des averses de pluie, et ils replongèrent à l'intérieur.

Owen rit lorsque Cal s'approcha pour lui prendre ses lunettes, car elles étaient mouchetées de gouttes de pluie. Il les reprit et les posa au bord de la table plutôt que de les essuyer.

— Pouvons-nous… humm…

— Owen, dit Cal, doucement et tranquillement, tu n'as pas besoin d'être nerveux pour demander ce que tu veux.

Cela fit juste frissonner Owen plus fort. Il se concentra sur les traits de Cal, adoucis.

— Pouvons-nous nous déshabiller comme la dernière fois, mais rester ici et nous allonger sur le canapé pour regarder la tempête ?

La façon dont Cal le regardait rendait Owen certain que l'autre homme voulait le déshabiller lui-même, mais même si l'escort était simplement doué pour jouer un rôle et faire sentir à Owen qu'il était désiré, celui-ci savait qu'il perdrait son sang-froid s'il permettait cela. Il sourit donc lorsque Cal hocha la tête et se retourna vers le canapé afin de se déshabiller tout seul. Cal ne fit pas autant de strip-tease cette fois, mais une fois en sous-vêtement, il s'allongea et fit signe à Owen de le rejoindre.

Owen s'installa dans le cocon serré, agréablement écrasé entre Cal et l'intérieur du canapé alors qu'il était à moitié couché sur lui, et regarda la foudre danser entre les nuages.

— Merci, dit-il.

— Tu n'as pas besoin de me remercier. C'est pour cela que je suis ici.

— Mais ce n'est pas ce que tu fais d'habitude, n'est-ce pas ?

— C'est vrai. Je n'ai pas d'autres clients comme toi, tu sais ? dit Cal en serrant Owen plus près de lui, ses doigts remontant le long de son bras dans des mouvements apaisants.

— Alors… *merci*, répéta Owen.

— De rien.

Owen réalisa beaucoup plus tard, alors qu'ils s'étaient rhabillés et que Cal était parti, qu'il n'avait jamais demandé quel nom de code l'autre homme lui avait donné.

L'EMPLOI du temps de Cal fut chargé les deux semaines suivantes, mais il trouva toujours du temps pour Owen. Il n'était obligé de voir un de ses habitués qu'une fois par semaine. Il en voyait certains plutôt une fois par mois selon leurs propres demandes, mais Owen le demandait fréquemment, et même lorsque Cal avait autre chose à faire, il essayait d'arranger le jeune homme en premier.

Ce n'était pas par charité ou par pitié. Pour Cal, voir Owen plus souvent était une bonne affaire et une détente qu'aucun autre client ne pouvait lui offrir. Il s'agissait de prendre soin de lui autant que d'Owen. Il aimait aussi relever des défis, et la garde-robe du jeune homme en était certainement un. Il s'était bien débrouillé avec Dennis, mais il avait besoin de plusieurs pièces basiques supplémentaires pour compléter sa garde-robe, y compris quelque chose d'élégant pour la collecte de fonds et les autres évènements à venir.

Cal choisit un costume trois-pièces bordeaux, qui ferait tourner les têtes à coup sûr, ce à quoi Owen s'opposa jusqu'à ce qu'il se voie dedans avec les premières épingles en place pour l'aider à épouser sa silhouette.

— Es-tu sûr ? Ce n'est pas trop… voyant ? Que vas-tu porter ?

— Quelque chose de plus discret. Tu es le roi du bal, Owen. Le but est de te faire remarquer, je ne suis qu'un accessoire.

— Ce n'est pas très gentil.

— Il ne s'agit pas de gentillesse. Il s'agit de jouer avec la foule. Fais-moi confiance. Un peu de théâtralité fera une impression plus durable.

Owen porterait aussi ses nouvelles lunettes : une paire dorée, comme il l'avait souhaité, plus adaptée aux soirées chics.

Ils restaient chez Owen la plupart des soirées que Cal passait avec lui et ils préparaient le dîner. Cal emmenait le jeune homme quelquefois à l'extérieur, mais ce dernier payait toujours. Ils feuilletaient de temps en temps le catalogue de meubles d'Owen ou les nouveaux que Cal avait apportés, afin qu'il puisse finir de décorer son appartement avec des œuvres d'art et des accessoires de décoration. Il y avait une pièce assez grande que Cal avait montrée à Owen, et ce dernier l'avait immédiatement achetée. Une impression frappante avec des bandes de couleurs vives, principalement bleu et argent au centre avec du violet et du rouge sur les bords.

— Comme une tempête de neige dans un feu de forêt, avait dit Owen.

Il avait l'œil lorsqu'il se faisait confiance pour l'utiliser, mais cela avait réchauffé Cal de voir avec quelle facilité Owen prenait en compte ses suggestions sans hésiter à lui faire savoir quand il n'aimait pas quelque chose.

L'impression était maintenant accrochée au centre du mur du salon d'Owen.

Leurs rencontres se terminaient toujours de la même manière chaque fois qu'ils étaient ensemble, par un déshabillage et un contact étroit, blottis sur le lit ou le canapé. Jamais plus que cela, mais il n'y avait jamais de rencontres sans cela. Owen n'avait pas pleuré depuis la première soirée, mais il s'accrochait parfois à Cal comme s'il ne pouvait pas s'ancrer sans lui. Cal devait faire attention à ne pas devenir une béquille dont le jeune homme ne pourrait plus se passer.

La collecte de fonds approchait à grands pas, ce qui allait permettre à Owen de se lancer dans le grand bain afin de mieux s'adapter à sa nouvelle vie, mais aussi de les jeter ensemble sous les yeux du public. Cal avait préparé la couverture parfaite si Owen se sentait nerveux à l'idée de le faire passer pour son petit ami.

— Mon chargé de relations publiques ?

— Je jouerai ce rôle dans une certaine mesure de toute façon, et personne ne sourcillera.

— Et si les gens pensent que je *sors* avec mon chargé de relations publiques ?

— Personne ne s'en souciera non plus, dit Cal. Ils te trouveront audacieux. Puis ils te rencontreront et tomberont sous ton charme. Tes compétences professionnelles ne feront que renforcer leurs impressions après cela.

Vu la valeur d'Owen et les offres qu'il recevait, il avait de toute façon besoin d'un chargé de relations publiques. Qui mieux que Cal savait comment gérer ce genre de personnes ? Il avait même pris sur lui d'aider Owen à programmer des interviews, à répondre à des e-mails, à rechercher dans les médias locaux des articles de presse qu'ils n'attendaient pas et à se créer une présence dans les réseaux sociaux, puisque Owen utilisait rarement Facebook et uniquement pour des questions personnelles.

Cal avait bloqué son agenda pour la collecte de fonds au moment où Owen l'avait invité, mais il avait envisagé de se libérer le lendemain, au cas où la soirée se prolongerait. Lara l'avait appelé au bureau afin de réorganiser son emploi du temps, de toute façon, alors il avait prévu de voir si Narcisse était prêt à reculer leur rendez-vous d'un jour cette semaine.

Mais Lara lui tendit des papiers de licenciement avant qu'il ne puisse exprimer sa demande.

— Narcisse se retire de *lui-même* de la liste ? Pour quelle raison ?

Elle haussa les épaules de là où elle était assise derrière son bureau.

— Son ex et lui se donnent une autre chance. Il t'envoie ses meilleurs vœux. Il t'a laissé une grosse prime pour le court préavis. Dois-je te faire apparaître dans le catalogue pour remplir la place ?

— Non, répondit Cal avant de se rendre compte de la rapidité de sa réponse.

Il signa les documents pour se distraire lui-même, s'accordant un temps de réflexion sur *ce* qu'il pensait.

— Non ? insista Lara.

— J'ai été très pris ces derniers temps. Scarlet est un client exigeant.

Il n'avait pas dit à Lara ni à personne en dehors de Rhys ce que Owen et lui faisaient lorsqu'ils se rencontraient, mais elle ne pouvait pas nier que son emploi du temps était chargé en ce moment.

— Exigeant, hein ? dit-elle en le regardant lorsqu'il lui rendit les formulaires comme si elle pouvait lire entre chaque mot qu'il disait. Et il a l'air si modeste sur ce selfie.

— Je n'embrasse jamais et je ne raconte rien, répondit Cal, vu qu'Owen et lui ne s'étaient jamais embrassés. Envoie-lui un mot pour qu'il sache que je suis libre le lendemain de la collecte de fonds.

— Au cas où il voudrait que tu passes la nuit avec lui ?

Cal n'avait pas envisagé cela, mais maintenant que Lara l'avait mentionné, il se posait la question.

— Fais-lui cette offre, mais n'insiste pas s'il n'accroche pas. Je suis sûr que Dick ne m'en voudra pas de réduire ma charge de travail, vu le nombre de jours que Scarlet m'a réservé.

— À toi de voir, Cal.

Techniquement, il avait la place pour ajouter un autre client, mais l'idée d'ajouter une nouvelle personne ne lui plaisait pas, et il suivait toujours son instinct.

Si Owen profitait de son créneau plus ouvert, Cal n'y verrait certainement pas d'inconvénient.

OWEN avait très mal dormi ces derniers jours. Il était tellement excité par la collecte de fonds, espérant surtout que ce premier évènement passe rapidement, même s'il était reconnaissant que Cal soit avec lui.

Son travail avait porté ses fruits sur son projet parallèle pour Adam, à tel point qu'ils avaient prévu de présenter l'idée à Keri lors de l'évènement, comme une sorte d'embuscade amicale, ce qui semblait normal pour le directeur de Walker Tech. À partir de ce moment-là, tout devrait s'améliorer, car le programme de la police serait bientôt mis en ligne.

Souriant à son dernier e-mail, Owen se demanda s'il devait accepter de réserver Cal pour la nuit suivant la collecte de fonds. Il aurait besoin d'un temps de décompression, et les bras de l'escort étaient l'endroit idéal pour y parvenir. Il n'y avait pas tant de choses à faire pour le garder jusqu'au matin. Owen savait gérer son temps avec Cal, donc ce ne se serait pas au détriment de ses finances.

Il s'inquiétait parfois de sa maîtrise de soi lorsque Cal était enroulé autour de lui. Il était facile d'oublier qu'il n'avait pas le droit d'embrasser. Eh bien, il pouvait. Il aurait pu. Il pouvait changer la nature de leur temps ensemble d'une seule demande. Mais cela gâcherait tout. Il ne voulait pas que la prochaine fois qu'il embrasserait quelqu'un ce soit pour les affaires, même si Cal était un bon ami et l'homme le plus séduisant qu'Owen ait jamais eu dans son lit.

Leur relation n'était peut-être pas seulement du business pour Cal, mais Owen savait qu'il ne devait pas se donner de faux espoirs. Cal était un baume temporaire afin de soulager les blessures qu'il avait subies, non une solution permanente à sa solitude.

Il était en train de taper une réponse à la responsable de Cal, disant que oui, il garderait Cal toute la nuit, lorsqu'il reçut un autre e-mail. Il cliqua sur le nouveau message sans avoir fini son brouillon, se demandant s'il ne s'agissait pas d'une mise à jour de l'agence.

Il ne provenait pas du Service d'Escortes Nick of Time ou du compte direct de Cal. Il provenait de Harrison, était sans objet, avec un message simple :

Tu me manques. Pouvons-nous parler ?

Il referma brutalement le couvercle de son ordinateur portable.

Chapitre Cinq

OWEN ne croyait pas en la violence, à moins qu'il n'y ait pas d'autre option, en partie parce que, jusqu'à quelques semaines auparavant, il ne savait pas comment donner un coup de poing. Son entraîneur du Knockback Gym lui enseignait plus que l'autodéfense, dont Owen profitait depuis la première leçon, même si frapper quelqu'un dans les dents était la dernière chose qu'il voulait.

Surtout quand, comme aujourd'hui, il ne pouvait s'empêcher d'imaginer le visage de Harrison.

— Fais attention à ta posture, Owen, dit Lorelei en tenant fermement le sac de frappe pendant qu'il le frappait. Bien. Beaucoup mieux. Je crois que c'est le premier jour où je n'ai pas à te dire d'y aller plus fort.

Owen souffla, à moitié d'essoufflement, à moitié de rire.

— Oui, j'ai… beaucoup d'énergie refoulée aujourd'hui.

— Utilise-la, dit-elle avec un sourire de soutien, ses cheveux blonds tirés en queue de cheval, son visage lustré de sueur comme le sien.

Elle était le type de fille qui faisait rêver, mais qui avait des biceps plus gros que les siens. Il aurait eu un sacré béguin pour elle s'il aimait les filles.

— Super. Arrête-toi là. Faisons encore quelques mouvements de défense pour terminer.

Owen voyait Lorelei trois à cinq fois par semaine, généralement le matin avant le travail. Son expérience antérieure à Middleton lui avait permis de se rappeler assez rapidement les bases, alors elle lui avait demandé s'il voulait inclure un entraînement supplémentaire. Il était heureux d'avoir accepté.

L'entraînement lui permettait de se vider l'esprit avant de se rendre au bureau, et le fait d'apprendre ou de terminer un nouveau mouvement avec succès lui donnait le sentiment qu'il pouvait tout affronter.

Peut-être même son ex, qui était sorti comme un zombie de sa tombe avec ses récents messages, *au pluriel*.

Les modifications apportées par Owen à sa garde-robe lui permettaient d'utiliser de vieux tee-shirts comme vêtements d'entraînement, aujourd'hui son tee-shirt Spiderman préféré et un bas de survêtement. La salle de sport en elle-même n'était pas très grande, mais plutôt destinée à l'entraînement personnel comme il le faisait ou à des combats de styles différents. Il y avait aussi un stand de tir, dont Owen comptait profiter une fois qu'il se sentirait assez à l'aise au corps à corps, mais il aimait surtout regarder les matchs de kickboxing.

Lorelei et lui avaient un coin de la salle de sports pour eux seuls. Il se déplaça au centre de leur tapis et se tint debout normalement plutôt que dans une position de combat.

La première leçon de Lorelei avait été la suivante.

—La majorité des attaques se produisent lorsqu'on ne s'y attend pas.

Elle l'attaqua de face, et Owen dévia. Elle vint de côté, et il la tordit jusqu'au sol. Elle arriva par-derrière, et il la fit basculer par-dessus son épaule. Tous ces mouvements étaient acquis maintenant et assez simples à exécuter, car il savait ce qui allait arriver.

— Quelques autres de chaque côté, dit-elle, mais alors qu'Owen se préparait, essayant de déterminer de quel côté elle attaquerait, elle ne fit pas le mouvement qu'il avait prévu, mais se dirigea directement vers son *bras gauche*.

72

Owen se figea lorsque ses mains le saisirent, se raidissant, le souffle court, et il tenta de se rappeler comment contrer cette prise, mais il était incapable de *réfléchir*. Puis il se retrouva sur les fesses.

Ses ecchymoses n'étaient rien par rapport à ce que son ego venait de subir.

— Qu'est-ce que je dis tout le temps ? demanda Lorelei en le remettant sur ses pieds.

— Je sais. Je dois être capable de parer même quand tu ne me préviens pas.

Le propriétaire de la salle de sport avait encouragé Owen à être honnête sur les raisons pour lesquelles il souhaitait s'entraîner lorsqu'il avait été affecté à Lorelei, et le jeune homme avait avoué bien plus qu'il ne s'y attendait à cette gentille femme qui lui prêtait une oreille attentive aussi facilement qu'elle le mettait au tapis. Le principal objectif d'Owen était de surmonter la sensibilité associée à son bras gauche, et pas seulement de se défendre dans une grande ville. Elle l'avertissait toujours avant d'attaquer lorsqu'ils avaient commencé à s'entraîner, mais plus maintenant.

— Tu y arriveras. Ce n'est pas facile d'être vigilant quand on te prend au dépourvu.

Owen hocha la tête en pensant à ce que sa mère disait.

— Affronte chaque surprise de la vie comme si tu avais un plan depuis le début.

— Un conseil judicieux, accorda Lorelei en le prenant doucement par le bras et en le serrant d'une manière rassurante, une partie de l'entraînement, afin de toujours lui donner une attention positive une fois qu'il était passé en mode panique.

— Dommage que je sois nul pour le suivre, se plaignit le jeune homme.

— Tu es un de mes élèves qui progressent le plus rapidement. Ne sois pas si dur avec toi-même. Je vois beaucoup de victimes d'abus qui veulent dépasser leur traumatisme. Cela peut prendre des mois pour arriver là où tu en es aujourd'hui. Tu t'es incroyablement amélioré après seulement quelques semaines.

— Je ne suis pas vraiment une victime d'abus, dit Owen en baissant les yeux vers le sol. C'était seulement une fois, une blessure…

— Le traumatisme ne se mesure pas à la *quantité*, Owen, déclara Lorelei avec fermeté. Et l'abus peut être plus qu'une simple blessure. Ton vécu n'est pas moins valable que celui de n'importe qui d'autre. C'est pour ça que tu es ici, n'est-ce pas ?

— C'est vrai.

— Alors recommençons, proposa-t-elle en lui serrant le bras une fois de plus avant de le relâcher.

Le portable d'Owen bipa, attirant son attention. Il détestait être *cet homme*, mais ce soir c'était la collecte de fonds, et il s'attendait à ce que quelque chose tourne mal.

— Une seconde, s'excusa-t-il avant de se précipiter vers son sac de sport afin de vérifier ses messages.

C'était un autre e-mail de Harrison.

Je t'en prie, Owen. Juste un coup de fil.

Il effaça le message, comme les autres, puis il suivit le conseil de Lorelei et canalisa son anxiété vers quelque chose qu'il pourrait utiliser. Il se retrouva sur les fesses après l'avoir rejointe sur le tapis, mais cela ne le dissuada pas.

— Encore.

CAL n'avait pas toujours des goûts de luxe, un hamburger et un milk-shake au chocolat étaient tout ce qu'il voulait parfois, mais aujourd'hui il emmenait Rhys à l'extérieur pour un repas plus somptueux.

— Je croyais que je te devais notre prochain repas, dit Rhys, alors qu'ils attendaient leur table.

Cet endroit servait le meilleur steak d'Atlas City, et comme Cal ne voulait pas beaucoup manger avant la collecte de fonds de ce soir, il avait besoin d'un déjeuner copieux.

— C'est vrai, mais j'ai envie de faire la fête aujourd'hui, dit-il en sortant son téléphone portable afin de montrer à Rhys ses derniers échanges avec Claire.

Des ballons et des émojis confettis accompagnaient le message : *Papa n'a pas été libéré sur parole.*

— Je vais boire à ça, dit Rhys. Ton père est un emmerdeur. Qu'a-t-il encore fait cette fois ?

— Il a essayé de refourguer des biens volés à un policier sous couverture.

— Même pas un bon voleur, hein ?

— Un bon à rien.

Cal avait quitté Middleton avant que son père n'aille en prison, mais il avait refusé d'être un témoin de moralité lorsque la demande avait été faite.

Son père resterait derrière les barreaux, mais ce n'était pas la seule raison pour laquelle il souhaitait faire la fête. Cela faisait quelques jours qu'il n'avait pas vu Owen, et il ne lui avait pas encore montré son costume pour l'évènement. En plus d'être en sourdine afin de compléter le look bordeaux d'Owen, Cal visait encore une fois à lui couper le souffle.

— Qu'est-ce que tu as répondu à Claire ? demanda Rhys avant que Cal puisse ranger son téléphone.

— Juste que si elle sortait prendre un verre ce soir, elle pourrait essayer un endroit appelé Impulse.

— Comment connais-tu encore les bars de Middleton ?

— Il appartient à la sœur de Scarlet, répondit Cal, comme si c'était sans importance. Si elle est aussi talentueuse dans sa profession que lui dans la sienne, Claire me remerciera pour la recommandation.

Rhys le regarda comme s'il existait un non-dit, ce qui n'était pas le cas. Non pas qu'il l'aurait admis de toute façon.

— Tu la joues toujours vanille avec ce gamin ?

— Je suis esclave des souhaits de mon client, commenta Cal avec un salut moqueur.

— Il n'est pas intéressé par ce genre de choses ?

— Il est intéressé, simplement… endommagé.

Et bien trop gentil pour être aussi abîmé qu'il l'était.

— Il cherche quelque chose qu'il ne peut pas trouver ailleurs, c'est tout.

— C'est comme si tu t'étais trouvé une femme au foyer alors que tu vois tes maîtresses à côté.

— Ne l'appelle pas *femme au foyer*, protesta Cal. Et la différence, c'est qu'il sait pour mes maîtresses et il s'en moque.

— Certains couples sont comme ça.

— Tu avais une cliente avec cet arrangement ? dit Cal, se souvenant au même moment d'une conversation antérieure. Oh, c'est vrai, Frost, n'est-ce pas ?

Nommé ainsi car elle était une reine de glace dans la conversation, mais pas frigide au lit.

— Non, répondit son ami en détournant le regard. J'avais tort à son sujet. Je pensais qu'elle trompait son mari, mais il s'avère qu'il était hors-jeu.

— Divorcée ?

— Veuve.

Cela fit réfléchir Cal. La voix de Rhys avait rarement cette tonalité douce.

— Ça semble plus personnel que de la simple appréciation. J'ai raté quelque chose ?

— C'est une bonne cliente, déclara Rhys en tournant brusquement la tête. Qu'est-ce que tu veux dire ?

Il *l'aimait* bien. C'était nouveau.

— Le karma est une drôle de chose, mon ami.

— Qu'est-ce que ça veut dire ?

On appela le nom de Cal, l'empêchant d'expliquer.

— Rien. Viens, laisse-moi te payer une bière.

OWEN n'arrêtait pas de se dire qu'il serait préférable de ne pas s'enflammer spontanément, mais entre Harrison qui le harcelait et la collecte de fonds imminente, il était certain que quelque chose imploserait.

Il avait pris une douche après son entraînement ce matin-là, mais il avait encore ressenti l'envie d'être *plus propre* après le travail avant d'enfiler son costume. Il était en retard maintenant.

Son téléphone bipa, attirant son attention depuis la salle de bains. Il s'empressa de sortir afin de voir de quoi il s'agissait, ne portant toujours qu'une serviette. Il se demanda brièvement si quelqu'un pouvait le voir à travers ses fenêtres. Cal lui avait envoyé un e-mail quelques minutes auparavant, indiquant qu'il était en route, mais le dernier message en date était encore de Harry.

Je suis si fier de toi. Je veux savoir comment tu vas à Atlas City. Réponds-moi, s'il te plaît.

Owen avait essayé vraiment durement de rester fort, mais il pouvait sentir sa détermination s'effriter. Il s'assit à son bureau, tenant son téléphone à deux mains tout en fixant son ordinateur portable. Il l'avait à peine ouvert ces derniers jours, comme s'il importait qu'il y voie ces messages au lieu de les lire sur son téléphone portable.

Il devait se lever et finir de se préparer avant l'arrivée de Cal, mais il se sentait cloué sur place malgré tous ses encouragements et ses fanfaronnades forcées.

Serait-ce si terrible s'il répondait, ne serait-ce que pour dire à Harrison de le laisser tranquille ?

La sonnerie de son téléphone le fit presque tomber sur sa chaise.

— Mario ? répondit-il.

— Hé, O, c'est moi.

— *Casey.*

Alyssa lui avait probablement dit d'appeler. Mario et elle étaient des médiums lorsqu'il s'agissait de son bien-être, non pas que Casey n'avait pas été là pour Owen à de nombreuses reprises. Il le connaissait seulement depuis moins longtemps, et il était beaucoup moins envahissant que les deux autres.

— J'ai essayé de rester calme, mais je *panique en ce moment*, déclara Owen. Je ne sais pas quoi faire. Que dois-je faire ?

— Calme-toi. Qu'est-ce qui se passe ?

— Tu sais ce qui se passe. Ne me dis pas qu'Alyssa ne t'a pas mis au courant.

Il y eut une pause avant que Casey ne plaide coupable.

— D'accord, elle l'a fait, mais je pensais que tu voudrais peut-être recommencer comme si je ne le savais pas déjà.

— Pas vraiment.

— Harry est un enfoiré.

— Il m'a envoyé dix messages en deux jours, révéla Owen en s'affaissant dans son fauteuil. Comment a-t-il eu ma nouvelle adresse e-mail ? J'ai tout changé. J'ai un nouveau numéro. J'ai même déménagé dans une nouvelle ville. Pourquoi doit-il faire ça maintenant ?

— Pour obtenir exactement cette réaction, parce que tout le monde sait à quel point tu t'en sors bien sans lui, dit Casey avec une patience infinie. J'aimerais juste que tu aies quelqu'un avec toi.

Un coup à la porte le fit sursauter encore plus que la sonnerie de son téléphone, réussissant à le faire tomber de son siège, même s'il finit par se rétablir en trébuchant.

— Juste une seconde, lança-t-il.

Ça devait être Cal.

— Qui est-ce ? demanda Casey, alors qu'Owen restait figé d'indécision entre raccrocher, aller à la porte et se diriger vers sa chambre afin de s'habiller. Attends, *tu as* quelqu'un ? Alyssa n'a rien dit…

— Elle ne sait pas.

Une pause lourde de sens lui répondit avant que Casey ne reprenne la parole.

— Oh, Owen, ne me dis pas ça.

— Ce n'est rien de mal, dit Owen en gardant la voix basse. C'est… un escort que je paye pour passer du temps avec moi, ce qui était en quelque sorte l'idée d'Alyssa au départ, mais ne lui dis pas que je l'ai engagé et que je passe plusieurs soirées par semaine avec lui.

La pause à l'autre bout du fil dura une bonne dizaine de secondes cette fois avant que Casey ne réponde.

— Tu te souviens que je n'ai pas la capacité de mentir à ma femme, n'est-ce pas ? Je craque, O, c'est humiliant. Je suis presque aussi mauvais menteur que toi.

Ça aurait été un coup de poing si ce n'était pas vrai.

— Tu couches avec un prostitué ? siffla-t-il.

— Ce n'est pas un prostitué, se défendit Owen, puis il dut l'admettre. Enfin, techniquement, il l'est, mais je ne couche pas avec lui. Nous ne faisons que dîner, parler et se câliner sur le canapé. C'est… totalement pathétique. Ne le dis pas à Lyssa, s'il te plaît.

— Owen ? Est-ce que tout va bien ? appela Cal de derrière la porte de l'appartement.

— Juste une seconde de plus, répondit Owen avant de baisser de nouveau la voix. J'ai besoin de lui en ce moment, Casey. Il rend les choses plus faciles, tout ce bazar avec Harry, je… j'ai l'impression de pouvoir le gérer quand il est là, mais si Lyssa le sait, elle voudra en parler, et je ne peux pas faire ça maintenant.

— Mario ne le sait pas non plus ? demanda son beau-frère.

— Pas encore. Juste, s'il te plaît ? Dis-lui que j'ai des amis qui m'aident et que j'essaye de rester calme. Je ne laisserai pas Harry m'atteindre. Je ne répondrai pas à ses e-mails. Je m'en sortirai.

— D'accord, dit Casey avec une certaine réticence. Mais je te rappelle demain après cette histoire de collecte de fonds pour m'assurer que tu vas mieux. Compris ?

— Merci, dit Owen avec un soupir de soulagement, se dirigeant finalement vers la porte. Je dois y aller.

— Je t'aime, mec. N'oublie jamais ça.

— Je t'aime aussi.

Owen raccrocha juste au moment où il ouvrait la porte, ne se souvenant pas vraiment qu'il était pratiquement nu et qu'il ne portait pas ses lunettes jusqu'à ce qu'il voie comment les yeux de Cal descendaient sur son corps.

— Désolé, s'exclama-t-il avant de souffler, pris au dépourvu par l'apparence de Cal, car son costume était simple et ajusté, mais *tout noir*, et il portait des *lunettes* à monture noire comme s'il avait volé celles d'Owen dans sa salle de bains.

— **TU** portes des lunettes ? s'exclama Owen.

Cal ne pensait vraiment pas que *son* apparence était le point important en ce moment.

— Tu portes une serviette.

— Exact !

Owen se sentit instantanément plus gêné, bien qu'ils se soient vus en sous-vêtements pendant des semaines.

— Désolé ! Je... euhhh...

Il commença à reculer, abandonnant sa porte.

Cal prit l'initiative d'entrer et de fermer derrière lui, puis il fit un bilan plus précis de l'apparence du jeune homme et remarqua le téléphone dans sa main.

— Que s'est-il passé ?

— *Rien*, répondit Owen, ses yeux se dirigeant vers le téléphone avant qu'il ne le porte à sa poitrine comme pour cacher une preuve. Mon beau-frère. C'est bon. J'ai juste...

— Owen.

— Je suis désolé de ne pas être encore habillé...

— Nous avons tout le temps pour que tu t'habilles. Qu'est-ce qui ne va pas ?

Owen laissa échapper un profond soupir et il secoua la tête, non pas parce qu'il refusait de répondre à Cal, mais comme s'il devait éviter une réponse automatique pour garder ses problèmes pour lui. Il brandit son téléphone, fit furieusement défiler les écrans, ce qui désorienta d'abord Cal, jusqu'à ce que le jeune homme lui tende l'appareil.

Cal l'accepta tranquillement et baissa les yeux pour découvrir les e-mails supprimés d'Owen, qui étaient en grande partie des messages successifs du même homme, Harrison Marsh. La nature des e-mails rendait son identité évidente.

— C'est lui ? demanda-t-il tout de même.

Owen fit un signe de tête, un grand et longiligne paquet de tension avec une expression de détresse sur son visage.

— Il a trouvé ma nouvelle adresse e-mail d'une manière ou d'une autre. Il ne veut pas me laisser tranquille. C'est tellement… je… je…

Cal bougea doucement pour qu'Owen ait tout le temps de s'éclipser, mais lorsqu'il ne broncha pas, il enroula un bras autour des épaules du jeune homme afin de le rapprocher de lui.

— Qu'est-ce qu'il t'a fait ? demanda-t-il, posant la question qu'il retenait depuis des semaines.

Owen s'étouffa avec les larmes qu'il essayait de retenir et il s'écroula contre lui.

— Il est dans ma tête, et je ne peux pas le supporter. Je continue à me dire de ne pas répondre, alors que je sais que c'est de la folie de penser à le faire.

Il avait fallu des années à Cal pour surmonter la même chose avec son père, pour ne plus s'empêcher d'aimer quelqu'un tout en sachant qu'il était toxique

— Viens ici, dit-il en tirant Owen vers le canapé pour qu'ils s'asseyent.

Il prit le jeune homme dans ses bras, après avoir placé le téléphone portable sur la table basse, la tête de ce dernier enfouie dans le creux de son épaule, car il savait combien il était facile de parler sans regarder quelqu'un.

— Tu peux me le dire si tu veux. Seulement si tu veux.

Owen laissa échapper un autre souffle tremblant pour étouffer ses larmes alors qu'il était assis à côté de Cal, ses cheveux humides et une serviette autour de la taille.

— Je me sens si faible en agissant ainsi. J'allais mieux. Je me sentais tellement plus fort. Je déteste qu'il puisse encore me faire ça.

— Tu es fort, dit Cal. Il n'a pas de pouvoir sur toi, autre que celui que tu lui donnes.

— Je sais. Mais il a eu du pouvoir une fois. Pendant un long moment.

Lentement, alors qu'Owen décrivait la relation qui avait mené à la nuit où il avait quitté son ex pour de bon, Cal imagina que tout se déroulait comme un film dans son esprit, avec Harrison prenant injustement le visage du père de Cal.

Des mots coupants pour faire tomber Owen, mais pas d'une manière flagrante, plus sournoise et passive, ce qui les faisait s'enfoncer plus profondément par leur subtilité.

Des mots gentils et des caresses seulement lorsque cela lui convenait.

Un tempérament facilement enflammé, tout en étant aussi prompt à s'excuser et à faire des promesses qu'il ne tenait jamais.

Faire sentir au jeune homme qu'il n'avait aucune valeur alors qu'il prenait ses recherches pour les siennes.

Savoir comment et quand donner à Owen une nuit entière afin qu'il se sente désiré et passionné.

Puis, nuit après nuit, sans tendresse, prenant jusqu'à ce qu'il soit satisfait.

Rien d'étonnant à ce que la mère de Cal ait quitté un homme semblable, mais ce dernier mit ces pensées de côté, car il ne s'agissait pas de lui. Il était là pour Owen et il voulait être tout ce dont le jeune homme avait besoin d'une manière qui faisait toujours dire à son père qu'il *avait échoué*.

Tu n'es pas assez bon.

Tu ne seras jamais assez bon.

Owen avait entendu le même mantra, et cela rendait Cal furieux d'être si impuissant.

— Il n'a jamais été violent avec moi, dit Owen, plus calmement maintenant, mais parlant librement. Il m'a juste brisé, petit à petit, des années à être seulement assez bon pour qu'il me garde. Puis après s'être mis en colère et avoir dû s'excuser, j'étais soudain devenu la meilleure chose qui lui soit jamais arrivée. J'avais engrangé de l'énergie pour lui donner un ultimatum pendant des semaines. Il était rentré tard à la maison et il était tout le temps sur mon dos. Je lui ai dit que je n'étais pas intéressé, que je voulais parler, mais il a continué d'insister, d'essayer de me toucher et de mettre fin à la conversation, alors je lui ai dit que s'il n'arrêtait pas et ne m'écoutait pas, je partirais. Il... il m'a attrapé par le bras pour me maintenir contre le mur, a dit que je ne pouvais pas *partir*. Je lui ai dit que je ne pouvais plus faire ça, mais plus je me débattais, plus tout ça s'intensifiait. Il criait et serrait mon bras, je le suppliais d'écouter et de me lâcher. Il m'a secoué et m'a tordu le bras comme s'il se moquait de savoir à quel point il me faisait mal. J'ai fini par me dégager en tirant si fort que j'ai trébuché et me suis luxé le coude, parce qu'il *refusait de me lâcher*. Mais mon avant-bras me faisait encore plus mal. Fracture de stress, mais je ne le savais pas encore. Il a changé, comme si on actionnait un interrupteur. Tout d'un coup, il était tellement désolé, jurant qu'il se rattraperait comme il le disait toujours, comme il mentait toujours. Je ne me souviens pas d'avoir pris quelque chose ou d'avoir quitté l'appartement. J'évoluais dans un brouillard jusqu'à ce que j'arrive chez ma sœur. Harry a essayé pendant des semaines après de me parler, mais Alyssa est assez protectrice, et chaque fois que je voulais céder, elle me demandait si je voulais vraiment retourner avec lui. Je ne voulais pas. Je ne l'ai pas revu depuis. Il n'était pas mon patron direct, donc il ne pouvait pas me virer. J'ai travaillé de la maison jusqu'à ce que je quitte Orion.

Il s'arrêta un instant avant de reprendre avec plus de force, trahissant pour une fois la colère, plus que le chagrin ou la peur.

— Ça s'était enfin *arrêté*. Puis j'ai déménagé et j'ai pensé que je pouvais mettre tout ça derrière moi. Maintenant, il est de retour, et je ne peux pas.

Mais même la colère se dissolvait parfois dans les larmes, et Owen renifla en pressant son visage contre Cal.

— Je suis désolé. Tu sens si bon, et je pleure sur ton costume.

Cal rit, à jamais surpris par la gentillesse de ce garçon.

— Je vais bien. Et ça ira aussi pour toi. Veux-tu sécher la soirée ?

— *Je ne peux pas*.

— Alors, si nous prenions notre temps pour te détendre et te préparer, et au pire nous serons à la mode en étant en retard ? proposa Cal en glissant timidement les doigts de sa main libre sur l'avant-bras gauche d'Owen, celui qu'il préférait, qui était évidemment celui que Harrison avait blessé.

Cela devait être un signe de la confiance qu'Owen avait en lui qu'il se blottisse plus près plutôt que de reculer.

— Veux-tu que je t'aide à te détendre ?

— Je... je ne... balbutia Owen en se raidissant.

— Je veux dire un massage.

— Oh. Ça... ça pourrait être sympa. Désolé.

— Tu n'as pas à t'excuser. Ici. Face à la fenêtre. C'est une belle nuit.

Cal aida Owen à s'asseoir, le guidant afin qu'il se tourne vers le paysage urbain, lui donnant ainsi la possibilité de contenir ses larmes avant qu'ils ne se retrouvent face à face. La tension dans les épaules du jeune homme était *criminelle*. Harrison l'avait vraiment maltraité, dans le passé et ces derniers jours, utilisant seulement une poignée d'e-mails afin d'effriter les morceaux de l'estime de soi qu'Owen avait remis en place tout en reconstruisant sa vie. Lui offrir une pression ferme de ses doigts était la moindre des choses que Cal pouvait faire, puisqu'il ne pouvait pas conduire jusqu'à Middleton et écraser son poing sur la mâchoire de Harrison Marsh. Pas ce soir, en tout cas.

Le massage improvisé était d'autant plus facile qu'Owen était déjà nu jusqu'à la taille. C'était lui qui sentait divinement, comme la menthe fraîche de sa douche.

– Tu es un homme remarquable, affirma Cal en faisant tourner profondément ses pouces le long des omoplates d'Owen et en remontant sur son cou à la manière d'une araignée. Altruiste, intelligent, *beau*. Et si courageux.

— Courageux ? répéta ce dernier avant de sursauter lorsque Cal découvrit un nœud tenace.

— Tu as déménagé dans une nouvelle ville, tu t'es aventuré dans l'inconnu avec une toute nouvelle carrière et des étrangers tout autour de toi. *C'est* courageux. Tu es également courageux d'avoir quitté quelque chose qui faisait tout pour t'attirer de nouveau.

Cal plaça ses deux mains sur les épaules d'Owen et les serra fermement, puis il travailla sur ses bras. Il pouvait voir le jeune homme dans le reflet de la fenêtre devant eux, sombre et indistinct, le regard désorienté alors même qu'il fixait la ville, mais aussi jeune et fragile qu'il parut, il y avait quelque chose de puissant en lui, sans fard et mis à nu sans ses lunettes.

— Parfois… j'ai l'impression de m'être enfui, dit-il.

Cal s'était aussi enfui une fois, et il en était plus qu'heureux.

— Parfois, s'enfuir est courageux.

Là, enfin, la raideur des épaules d'Owen commença à se dissiper. Elles s'affaissèrent, son cou se courbant confortablement alors qu'il savourait les caresses de Cal. Il changea sa position assise afin de permettre à Cal de mieux descendre le long de la colonne vertébrale, et ce fut à ce moment-là que la serviette se relâcha au niveau de sa hanche, s'ouvrant pour révéler un pâle aperçu de sa cuisse nue.

S'agissant de n'importe quel autre client, Cal aurait profité du moment opportun, mais Owen n'était *pas un autre client*.

— Tu ferais mieux de t'habiller maintenant, dit-il en passant ses mains dans le dos du jeune homme avant de lui tapoter doucement les épaules. Ta serviette est défaite.

— Hein ?

Owen jeta un coup d'œil vers le bas, à moitié endormi, jusqu'à ce qu'il voie la partie de peau exposée.

— Désolé ! s'exclama-t-il en se tordant pour faire face à Cal plutôt que de saisir les bords, ce qui fit glisser la serviette plus loin, révélant la totalité de sa cuisse, avant de rattraper le tissu afin de le maintenir en place.

Il fixa Cal avec des yeux écarquillés et lucides, sans tenir compte des larmes qu'il avait versées, leurs visages dangereusement proches après toute cette confusion.

Cal avait ôté ses mains de la peau d'Owen, mais il en leva une pour la poser sur la joue du jeune homme, comme il l'avait fait lors de leur première soirée ensemble. La peau d'Owen était écarlate.

— Je de… devrais… me préparer.

— Mmm…

— Merci, dit Owen en plaçant sa propre main sur celle de Cal. De m'avoir écouté. Je ne le laisserai pas gâcher cette soirée. Tu as travaillé si dur pour t'assurer que j'aurais l'air d'un adulte.

Un rire jaillit des lèvres de Cal avant qu'il ne puisse le retenir, et Owen rit avec lui. Ils laissèrent tomber leurs deux mains, et Owen se leva après avoir attrapé sa serviette afin de la maintenir fermée.

— Je vais faire vite. En retard *à la mode*.

— Je t'attendrai, dit Cal.

Ce fut rapide, vu le bref bruit du sèche-cheveux et les faibles jurons sur les cheveux indisciplinés, avant qu'Owen ne revienne dans son costume bordeaux. Rasé de frais, avec des lunettes dorées, il était l'image même de la jeunesse décadente, tout en étant tout à fait sain au fond de lui. Juste ce que Cal avait voulu afin que tout le monde s'entiche de lui à la collecte de fonds.

— Est-ce qu'elles sont vraies ? demanda Owen, comme s'il avait oublié qu'il avait l'intention de s'enquérir des lunettes de Cal dès son arrivée.

— Je porte normalement des lentilles de contact, mais oui. Pas fan ?

— Elles sont merveilleuses, s'exclama Owen, rétabli et plein d'énergie. Elles te vont vraiment très bien.

Cal resta encore une fois bouche bée.

— J'ai pensé que je te compléterais mieux de cette façon en tant que ton… employé.

— En tant que mon *chargé de relations publiques*, tu veux dire ?

— Exactement. Nous y allons ? demanda Cal en offrant son bras, qu'Owen prit avec un rire enjoué. Allons les assommer, Scarlet.

— Scarlet ?

Merde. Cal n'avait pas eu l'intention de dire cela. Il ne s'était jamais trompé en appelant un client par son nom de code ou vice-versa, sauf s'il parlait à Lara en privé.

— Je… hum…

— J'aime ça ! affirma Owen, une fois que son expression fut passée de la curiosité à une compréhension avant de s'illuminer de plaisir. Ce n'est pas *faux*. Surtout pas en ce moment.

Il hocha la tête en direction de son costume *écarlate*.

Cal n'aurait jamais dû s'inquiéter. Owen avait commencé par le surprendre et continuait de le faire encore et encore.

— Tu te sentiras au sommet du monde ce soir. Je te le promets.

LA collecte de fonds se tenait aux Jardins d'Atlas City, le genre de lieu que les gens réservaient pour les mariages. Owen fut impressionné lorsqu'ils entrèrent, facilement, puisqu'il était un invité d'honneur.

Le bâtiment était un dôme de verre de plusieurs étages, comme une serre, rempli de fleurs et d'arbres et actuellement bordé de tables autour d'un espace ouvert pour se rencontrer.

L'évènement en lui-même devait permettre de récolter des fonds pour une association caritative chère à Walker Tech, l'association pour la Thérapie Génique contre le Cancer. Adam collectait des fonds pour toutes sortes d'organisations caritatives similaires, puisque c'était là l'objet de ses recherches sur les nanotechnologies. Il avait orienté son entreprise dans cette direction après que sa femme avait survécu à un cancer du sein.

— Owen ! s'exclama Adam en s'avançant vers eux à la porte. Voici ma femme Teresa. Et qui est-ce ?

Il se tourna immédiatement vers Cal qui ne broncha pas.

— Cal White, le chargé de relations publiques d'Owen. Ravi de vous rencontrer, monsieur Walker.

— Appelez-moi Adam, s'il vous plaît.

Owen était trop abasourdi par un Adam tourbillonnant pour serrer correctement la main de Teresa, bien qu'il lui ait offert un faible sourire lorsqu'il réalisa à quel point il était stressé.

— Désolé, je…

— Ravie de vous rencontrer, Owen, le sauva-t-elle. Ne faites pas attention à Adam. Il prend tout le monde au dépourvu comme ça. Du champagne ?

Elle hocha la tête vers un serveur qui passait.

Owen était reconnaissant d'avoir un verre d'alcool à cet instant. Car aussi beaux et grands que soient les jardins, l'endroit était bondé de gens dans tous les sens, ne laissant pratiquement aucun espace pour respirer. Il n'avait pas l'habitude d'être entouré, même si la foule était très animée.

— Je n'avais pas réalisé que vous aviez un chargé de relations publiques, dit Adam, pas suspicieux, mais juste curieux.

— Je ne suis pas doué pour ce genre de choses de moi-même, répondit-il.

Le mensonge de Cal était facile à entretenir, car ils disaient en grande partie la vérité aux gens.

— Tout va bientôt devenir beaucoup plus public et chargé. Je me suis dit que j'aurais besoin d'aide.

— Une pensée intelligente, dit Adam. Profitez de la fête, Cal. Et Owen, mêlez-vous aux gens et détendez-vous pour l'instant. Je vous retrouverai lorsque ce sera le bon moment d'isoler notre amie madame Nye.

Il fit un clin d'œil avant de disparaître dans la foule, entraînant sa femme avec lui.

Owen but une bonne gorgée de son champagne.

— Maintenant, voyons voir… dit Cal en scannant la pièce, tel un prédateur en quête de sensations fortes. Il y a au moins cinq personnes dans mon champ de vision que tu aurais intérêt à rencontrer. Ne t'inquiète pas. Je ferai toutes les présentations. Tu n'as qu'à sourire et suivre mon exemple. Prêt ?

C'était comme pour le premier jour d'école, le premier jour d'un nouveau travail, un rendez-vous arrangé et, en même temps être au mauvais endroit dans un stand de tir. Mais la confiance de Cal et sa main réconfortante sur le coude d'Owen calmaient une partie des nerfs en pelote dans l'abdomen du jeune homme.

S'il se ridiculisait, au moins Cal serait là pour balayer le carnage.

— Prêt.

Cal ne côtoyait personnellement aucune des personnes qu'ils avaient rencontrées, mais il les connaissait de réputation, il savait dans quels cercles ils évoluaient et où le travail d'Owen pouvait présenter un intérêt. Il s'immisçait dans les conversations avec une vraie aisance, attirant Owen vers lui afin de le présenter et continuant les phrases qu'Owen laissait tomber, comme si leur jeu mutuel avait été planifié, ce qui, dans l'ensemble, mettait le jeune homme tellement à l'aise qu'il se détendit rapidement.

La main de Cal était toujours là pour le soutenir, sur son coude ou dans le creux de son dos, remplaçant son champagne par un verre frais ou lui offrant un hors-d'œuvre. Il était si charmant ; tout le monde s'intéressait à lui et accordait d'autant plus d'attention à Owen grâce à cela. Aucun vrai chargé de relations publiques n'aurait pu mieux faire.

Wesley était présent avec Keri, c'était là le genre d'évènement qu'aucun des deux ne pouvait se permettre de manquer. Au moment où Owen et Cal firent le tour et tombèrent sur le maire et la PDG, ce fut Owen qui s'avança pour faire les présentations.

— Je pensais qu'Owen s'adaptait mieux, dit Wesley en tapotant l'épaule de Cal. C'est bon de voir qu'il a engagé quelqu'un. Connaîtrais-je un de vos autres clients ?

— Plus que probablement, dit Cal, sans plus de détails.

La soirée était un succès retentissant, surtout quand Adam chronométra son embuscade juste au moment où Owen était en compagnie de Keri et qu'ils la kidnappèrent, laissant Cal discuter avec Wesley et Teresa. Cal ne semblait pas être intimidé d'être en compagnie du maire et d'une femme dont Owen avait entendu dire qu'elle faisait partie de tous les conseils d'administration des organisations à but non lucratif de la ville.

Ils proposèrent leur idée à Keri, et Owen s'excusa abondamment de l'avoir contournée. Mais il tint bon, car il pouvait soutenir le plan avec des modèles réalisables, suffisamment pour que, même si elle donnait à Adam l'impression qu'ils étaient rivaux dans la chorale du lycée et qu'il venait d'atteindre une note élevée qu'elle ne pouvait pas ignorer, elle accepte une réunion officielle la semaine prochaine.

— Vous êtes plus opportuniste que je ne le pensais, Owen. Bon boulot.

— Euh… merci.

Adam insista pour offrir à Keri une boisson plus forte pour fêter cela, mais Owen s'excusa pour sauver Cal… ou du moins c'était ce qu'il se disait, même si la compagnie de l'homme lui manquait un peu. Ce ne fut pas aussi intimidant de se frayer un chemin à travers la foule que cela avait pu l'être à leur arrivée. Quelques personnes qu'Owen avait déjà rencontrées lui sourirent, et de nouvelles personnes l'arrêtèrent afin de se présenter, mais le laissèrent rapidement passer.

Wesley et Teresa avaient été attirés dans d'autres directions au moment où Owen repéra Cal, leur départ mettant en évidence la beauté de celui-ci. La soirée était vraiment parfaite.

Jusqu'à ce qu'Owen voie Harrison le regarder de loin par-dessus l'épaule de Cal.

La terreur coula dans ses veines comme une montée d'adrénaline, bloquant sa respiration et son élan vers l'avant. Mais ce n'était pas Harrison. C'était simplement un homme de son âge, de sa taille et de sa carnation, qui regardait dans la direction d'Owen. Au temps pour effacer l'homme. Il *pourrait* arriver à l'ignorer cependant, et l'oublier un jour. Owen le croyait, d'autant plus lorsque son regard croisa celui de Cal à l'autre bout de la pièce.

— Tu vas bien ? demanda-t-il lorsqu'Owen l'atteignit.

— Bien. La discussion s'est *bien passée*. Je perds juste un peu la tête. J'ai remarqué que quelqu'un me regardait et j'ai pensé que c'était Harrison.

Cal regarda par-dessus son épaule afin de voir de qui Owen voulait parler, mais il afficha une expression froide au lieu de sourire et de se lancer sur le fait que l'homme était un autre concurrent de Walker et Nye espérant voler Owen.

— Il ne te regarde pas.

— Un client ? chuchota Owen.

—*Un ancien*, sinon j'aurais gardé cette information pour moi, mais je ne fais pas confiance à celui-là. Je ferais mieux de l'éviter. Ça va aller ? demanda-t-il en se tournant complètement vers Owen afin de s'occuper de lui en premier, même s'il était clairement celui qui était troublé cette fois.

Une minute auparavant, Owen croyait qu'il irait bien, mais après avoir vu un fantôme de son passé qui s'avérait être un fantôme de Cal, il n'en était plus si sûr.

— Hé, Owen !

La voix de Frank coupa le vacarme.

Owen pivota et vit le grand homme brun s'approcher avec un homme plus petit et souriant à ses côtés.

— Je peux enfin te présenter à Paul, dit-il en faisant avancer son mari. Tu vois, ce n'est pas le fruit de mon imagination. Il est vraiment beau.

Owen dut rire.

— Salut ! Et moi qui étais certain que Frank exagérait. Ravi de vous rencontrer, Paul.

La tension s'était atténuée avec l'arrivée de Frank et Paul, bien que le contact de la main de Cal sur la hanche d'Owen ait été plus bénéfique.

— Désolé de devoir vous laisser, messieurs, dit-il en faisant un signe de tête au couple. Owen, je reviens tout de suite. Et tu pourras me présenter à tes amis. D'accord ?

— D'acc… d'accord, répondit Owen, mais même s'il déplorait le départ de Cal, il était plus inquiet pour lui.

MERLIN se tenait à côté d'un palmier importé impressionnant, qui le cachait habilement à la vue de la plupart des gens. Il était négociant en bourse le jour, rien d'extraordinaire, rien de louche, ou du moins pas plus louche que les autres hommes d'affaires ici. Il était séduisant, tout bien considéré, costume, sourire narquois, et il attendait Cal, affichant ce sourire tout en buvant du champagne.

De tous les clients potentiels, passés ou présents, qui auraient pu être présents ce soir, Merlin était le seul que Cal considérait comme un problème.

— Le sang neuf est mignon, Calvin. Un peu jeune, cependant, tu ne trouves pas ?

— Il n'est pas le plus jeune de ma liste.

Le Parrain avait vingt-deux ans, et Piper n'était pas beaucoup plus âgé qu'Owen.

Il se glissa à côté de Merlin afin de garder la conversation privée. Cal et son compagnon avaient l'une des meilleures vues de la pièce, avec un mur dans le dos et le grand palmier à côté d'eux.

— J'espère que ton avocat est présent, ajouta-t-il en observant la foule.

Merlin rit, n'étant pas un homme facile à intimider.

— Calme-toi. Je ne suis pas ici pour te faire une scène. J'ai été invité.

— J'en suis sûr.

— Je suis blessé, bien sûr, que tu aies décidé de mettre fin à notre temps ensemble. Tu étais… exceptionnel, dit-il avec un regard appréciateur sur le corps de Cal. Mais je comprends. Ce que je ne comprends pas, c'est pourquoi tu as cru nécessaire de me mettre sur la liste noire de toute l'agence.

Cal se réjouit de l'amertume dans le ton de l'homme.

— Je ne comprends pas ce que tu veux dire.

— Tous ceux que j'essaye de réserver sont « indisponibles », ricana Merlin. Je sais quand on m'envoie balader. J'ai été signalé.

— Il y a beaucoup d'autres agences à Atlas City. Tu peux harceler une d'entre elles.

— Je préfère la vôtre.

— *Dommage* alors, dit Cal en le regardant d'un air sévère. Nous sommes plutôt complets ces temps-ci.

Le rire de Merlin fut menaçant, étonné par l'audace de Cal.

— Tu te crois intouchable parce que j'ai signé un contrat ? Les rumeurs sont difficiles à prouver, mais peuvent être si préjudiciables, dit-il en regardant la foule une fois de plus, se concentrant d'une manière pas très subtile sur *Owen*. Surtout lorsqu'on est jeune et innocent, dans ces eaux infestées de requins.

— Tu ne veux pas jouer à ce jeu, Sterling, dit Cal en utilisant son nom, sa voix venimeuse. Cet homme est sur le point de devenir un joueur bien plus influent que tu ne le seras jamais, avec des amis très puissants.

L'homme resta insensible à la menace qui lui était adressée.

— Il est encore tôt. Qui sait ce qui pourrait faire basculer quelqu'un comme ça. Mais c'est adorable de voir à quel point tu es protecteur, dit-il en se penchant vers Cal avec une expression intime. Apprécies-tu ce rendez-vous ? C'est mignon. Mais à la fin de la soirée, tu es toujours une *pute*. Tu oublies peut-être ça, mais lui ne le fera pas.

Ce mot ne toucha pas Cal. Il savait ce que la plupart des gens pensaient, même s'il était bien dans sa peau. Il se moquait de ce que les autres pensaient de lui. Mais il savait qu'il avait commencé à se soucier de l'opinion d'un homme plus qu'il ne le devrait, alors qu'il jetait un coup d'œil à travers la salle afin de trouver Owen dans la foule.

—Je vais laisser le garçon tranquille, ne t'inquiète pas, dit l'homme en avalant la dernière gorgée de son champagne. Il n'a pas à s'inquiéter à mon propos. Passe une bonne soirée.

Les mots s'attardèrent telle une fumée suffisamment épaisse pour l'étouffer, alors que Merlin s'éloignait.

Cal retourna finalement vers Owen, mais à un rythme lent afin de reconstruire ses murs et éviter de montrer à quel point Merlin l'avait secoué. Mais il dut échouer, parce que le jeune homme se pencha et murmura :

— Ça va ?

— Pas un homme gentil, mais inoffensif, murmura Cal en retour. Oublie-le. Je veux que tu profites de cette soirée.

Il espérait avoir raison à propos de Merlin, mais ce n'était pas le moment de s'inquiéter.

Owen, pour sa part, hocha la tête afin d'apaiser Cal, mais trahit une ombre d'inquiétude.

— Donc… intervint en souriant l'homme le plus grand du couple avec lequel Owen avait discuté. Le chargé de relations publiques d'Owen ?

Le reste de la soirée se poursuivit comme s'il n'y avait pas eu un seul accroc. Cal ne voyait plus Merlin dans la foule, mais il ressentit l'envie d'éloigner Owen, craignant plus que jamais que des ennemis ne le guettent en coulisses.

Il y eut plus de champagne, de cocktails et de nourriture. Owen fit don d'une somme respectable à la cause. Ils restèrent près de Frank et Paul à partir de ce moment-là, ce qui était tout aussi bien. Finalement, lorsque tout commença à se calmer, Cal et Owen se faufilèrent à l'extérieur afin de trouver un taxi sans faire une grande histoire de leur départ.

Owen appuya sa tête contre l'épaule de Cal pendant le trajet de retour à son appartement. La soirée avait fait des ravages. Cal s'était épanoui à être le centre d'intérêt, mais c'était épuisant pour Owen. Et ils avaient été éreintés tous les deux par des hommes mauvais ces derniers temps.

Ce fut un soulagement d'enlever leurs lunettes et leurs costumes, de se glisser dans le lit et de se blottir comme un *vrai* couple normal. Ce n'était pas réel. Ce n'était pas un rendez-vous. C'était le *travail* de Cal. Mais cela tourmentait Owen de voir à quel point il souhaitait que cela puisse être différent.

— Merci d'avoir été là ce soir, dit-il, bien qu'il ait déjà beaucoup remercié Cal.

— Tout le plaisir est pour moi, Owen. Quand tu veux.

— Combien de temps peux-tu rester demain ?

— Combien de temps veux-tu que je reste ?

Owen fit une pause, ce qui amena Cal à se demander ce que le jeune homme voulait dire.

— Nous pouvons prendre le petit déjeuner ? Puis je devrai travailler avant le déjeuner.

— Tout ce dont tu as besoin.

Cal avait pris Owen comme client pour les aider tous les deux à satisfaire leurs besoins, mais il devenait de plus en plus difficile de nier ce qu'il voulait.

OWEN se réveilla le lendemain matin, léthargique, mais content de trouver un visage familier dans son lit et des bras forts autour de lui. Cal se réveilla lui aussi, les yeux bleus hypnotiques et si gentils, et Owen se souvint de la question de la nuit dernière.

— *Combien de temps veux-tu que je reste ?*

Cela le blessait de ne jamais pouvoir dire la vérité à Cal.

Chapitre Six

DÉPLOYER le nouveau programme de la police, c'était comme envoyer un enfant à l'école pour la première fois. Owen était protecteur, nerveux, et vérifiait constamment que tout se passait bien.

Dans une certaine mesure, ce n'était plus de son ressort maintenant. Les modèles devaient prendre des données en direct pour être ajustés, donc rien ne pouvait être fait avant quelques semaines avec les hommes en bleu sur le terrain.

Ensuite, au fur et à mesure que les situations réelles se dérouleraient, son équipe pourrait réévaluer et modifier le déploiement des officiers en conséquence, surtout si la criminalité diminuait dans une zone parce qu'il y avait plus de forces de l'ordre, mais augmentait ensuite dans d'autres parce que les criminels changeaient de cap.

C'était ce à quoi Owen s'attendait. Il avait conçu ses modèles afin qu'ils s'adaptent automatiquement à une cible en constante évolution. Il fallait juste que quelqu'un soit attentif pour réagir.

Il y avait eu quelques protestations la première semaine sur le ciblage racial et de classe que Wesley régla en expliquant plus en détail la formation et l'équipement distribué pour s'assurer que cela n'arrive pas. Si jamais il semblait qu'un groupe en particulier était visé, il prendrait personnellement la responsabilité d'y mettre un terme. Il y avait même une ligne d'assistance téléphonique pour que les gens puissent signaler les abus.

Les premiers appels furent de fausses alertes ou des farces, mais le fait de prendre des précautions supplémentaires ajoutait de la crédibilité et de la responsabilité au programme. Les choses se présentaient bien, les agents faisaient leur travail. Ce qui importait maintenant, c'était de savoir si le programme fonctionnait et si la criminalité globale commençait à diminuer. Grâce à la mise en place du programme, Owen était d'autant plus occupé dans les semaines qui suivirent la collecte de fonds, avec des évènements et des interviews, ainsi que son projet parallèle entre Nye Industries et Walker Tech. Il demandait parfois à Cal de l'accompagner en tant que son chargé de relations publiques ou de l'aider à effectuer de vraies tâches de relations publiques. Ils passaient parfois des soirées tranquilles, mais Owen ajoutait sans cesse de nouveaux rendez-vous pour profiter de la compagnie de Cal, quelle que soit la nature de leur temps ensemble, ne serait-ce que pour l'avoir à son retour à la maison le soir.

Les messages de Harrison avaient cessé, mais Owen se demandait quand l'œil du cyclone cesserait de faire effet et que la tempête reprendrait, chaque fois que son téléphone sonnait ou qu'il consultait ses e-mails. Il ne se réjouissait pas de cette situation, qui pourrait le secouer au plus profond de lui-même comme s'il était frappé par la foudre.

Le seul avantage à tout cela était que sa formation avec Lorelei avait dépassé plusieurs paliers d'apprentissage.

— Hé, Owen ! Ça marche toujours pour cette semaine ? demanda Frank en le surprenant dans le couloir en route pour…

En fait, il dut s'arrêter et réfléchir s'il allait à Walker Tech ensuite, à la mairie ou juste aux toilettes. Sa vie ne semblait plus ralentir.

— Bien sûr, répondit-il, se souvenant qu'il recevait des amis pour une soirée jeux, et qu'il avait finalement accepté l'offre de Frank, qui lui avait été faite lorsqu'il avait commencé cette aventure.

— Je n'arrive pas à croire que tout le monde ait été d'accord pour le grec. Ça fait des semaines que j'ai envie de commander à cet endroit en bas de ma rue.

— Génial ! s'exclama Frank. Est-ce que Cal sera là aussi ?

— Oh...

Owen se tut, toujours pris au dépourvu chaque fois que quelqu'un demandait des nouvelles de Cal, même si, bien sûr, ils le faisaient lorsqu'il assistait, ce qui était rare, à un évènement sans la présence de l'autre homme.

— Je ne sais pas si ce serait... approprié ?

En vérité, il voulait plus que tout inviter Cal, mais c'était différent d'une soirée normale ou d'une soirée habituelle correspondant aux « services » de Cal. Cela semblait mal de le payer pour une soirée à laquelle Owen voulait seulement qu'il assiste s'*il* souhaitait être là.

Cal était un bon ami, mais l'échange d'argent entre eux entachait tout cela, même si Owen savait que ce ne devrait pas être le cas. Il ne devait pas s'attendre à ce que Cal le fuie si l'aspect commercial de leur relation n'entrait pas en ligne de compte. L'homme n'était pas comme ça. Et Owen n'aurait jamais profité ou attendu des choses de Cal s'ils devenaient *juste* amis un jour.

Mais c'était le problème. Où les lignes se croisaient-elles ? Qu'est-ce qui était acceptable et qu'est-ce qui ne l'était pas, lorsque l'argent jouait un rôle si important dans leur relation ? Owen pouvait résoudre des équations compliquées toute la journée, mais ce problème n'était pas encore résolu.

— Parce qu'il est ton chargé de relations publiques ? demanda Frank en remuant ses sourcils. Ou parce qu'il est ta Julia Roberts ?

Owen écarquilla les yeux, sa bouche s'agita, et il ne sut pas comment répondre autrement qu'en disant :

— Comment le sais-tu ?

— Je suis un statisticien, dit Frank, pas du tout dans l'affrontement. J'ai fait le calcul. Je t'ai surpris avec cette carte de visite, tu te souviens ? En plus, je me souviens aussi de lui dans le catalogue de Nick of Time. *Bon* choix.

Il se tut un instant avant de reprendre la parole en lisant sans doute la terreur pure sur le visage d'Owen.

— Je ne dirai rien. C'est cool. Je t'ai dit que je ne te jugerais pas au sujet de l'escort, et je le pensais. Il t'a *escorté*. C'est ce qu'ils font.

Tout le monde peut dire que vous ne couchez pas ensemble. Non pas qu'il y aurait quelque chose de mal si c'était le cas ! Je veux dire, à part *légalement…*

— Je… vraiment ? C'est si évident ?

C'était ce que voulait Owen. Il ne voulait pas que les gens pensent qu'il couchait avec son chargé de relations publiques, qu'il en profitait comme un cadre effrayant, mais en même temps…

— C'est évident, parce que… ?

— On pourrait couper la TSNR avec un couteau à beurre.

— TSNR ?

— Tension sexuelle non résolue, déclara Frank, comme si c'était de notoriété publique, et c'était peut-être le cas ; Owen n'avait jamais été au courant de ces choses.

— Ça aurait été résolu depuis des semaines si vous aviez couché ensemble. Mais c'est ce que tu veux, n'est-ce pas ? *Résoudre*, dit-il en agitant de nouveau les sourcils. Il signifie quelque chose pour toi, je peux le dire, et pas seulement parce qu'il est un excellent chargé de relations publiques et qu'il est beau en costume. Il *est* peut-être ton *Pretty Woman*. Euhh… Pretty Man ? *American Gigolo ?*

— Stop, intervint Owen avant que Frank n'annonce d'autres titres de films. Cela n'arrive pas dans la vraie vie.

Peu importait à quel point il le voulait.

— C'est compliqué et désordonné, ce n'est pas une intrigue de film. Je dois arrêter de compter sur Cal pour me sentir à l'aise.

Même s'il n'avait pas la volonté ou le désir de le laisser partir.

— Compter sur lui ? répéta Frank avec une incrédulité exagérée. Tu déchires, Owen, ou tu n'as pas fait attention ? *Toi*. Avec Cal et sans lui. Il t'a peut-être aidé à traverser une transition difficile dans ta vie, mais tu t'en sors bien. Tu l'aimes peut-être bien, honnêtement. Serait-ce si terrible ?

Owen ne pouvait rien imaginer de pire si Cal ne ressentait pas la même chose.

— Hé, dit Frank en saisissant son épaule comme s'il venait de réaliser à quel point il était choqué. Je suis indiscret et je fais redémarrer le programme Owen.exe. Veux-tu aller déjeuner et prétendre que je ne m'immisce pas dans ta vie privée ? J'ai l'impression que nous avons besoin d'un temps entre garçons.

— Quoi ? s'exclama Owen, qui avait pris un moment pour traiter ce redémarrage d'Owen.exe effectivement.

— Oui… dit Frank en accentuant les voyelles. Ça ne sonne pas aussi bien que quand les femmes disent « un temps entre filles », n'est-ce pas ? Un déjeuner entre potes ? C'est ça.

Il claqua des doigts.

— Un déjeuner entre potes, Owen ?

Owen rit. Frank avait le don de le bousculer et de le remettre sur pied en quelques minutes. C'était ce qu'il devait faire en ce moment. Manger.

— Déjeuner entre potes. Merci, Frank. Ça a l'air parfait. Et c'est normal de fouiller dans ma vie personnelle parfois. Si je n'avais pas de bons amis qui faisaient ce genre de choses, je n'*aurais* probablement pas de vie personnelle, plaisanta-t-il, un peu trop sérieusement.

— Bien. Pas cette dernière partie, je veux dire…

Frank secoua la tête à cause de son syndrome de mettre les pieds dans le plat.

— Je suis content que tu me voies comme un ami. Allez, viens. Allons déjeuner.

Il avait été facile de laisser les choses suivre leur cours naturel avec Cal, surtout afin d'écarter encore plus ce que Harrison faisait ressentir à Owen. Mais quelque chose se profilait, et le jeune homme n'était pas sûr de ce que c'était. Il savait simplement qu'il aimait avoir Cal à ses côtés, même lorsqu'il n'avait pas besoin de lui.

CAL était assis à son bureau près de la fenêtre, regardant son emploi du temps et la part de celui-ci qui était occupée par Scarlet. C'était ce qu'il avait voulu. C'était ce qu'il voulait *toujours*. Mais s'il empêchait Owen d'avancer dans sa vie et de vraiment guérir ?

Il s'était toujours attendu à ce que ce soit plus temporaire que ses autres habitués, mais chaque fois qu'il pensait qu'Owen pourrait arrêter, il réservait une autre soirée. Cal était parfaitement conscient qu'il était un substitut de l'ex du jeune homme, un remplaçant qui pouvait répondre aux besoins que Harrison avait négligés. Cela ne voulait pas dire qu'il n'était pas valorisé en tant que *lui-même* aux yeux d'Owen. Il ne s'était jamais inquiété de cela. Owen n'était pas *comme* ça. Ce qui préoccupait Cal, c'était de savoir si c'était la meilleure ou la pire chose pour le jeune homme en ce moment.

C'était peut-être la pire chose pour *lui* aussi, étant donné la fréquence à laquelle ses pensées s'égaraient vers Owen.

Le nom de Claire flasha sur son téléphone portable.

— Quelqu'un a été occupé, salua-t-il.

— Regardez qui parle. Tu as le droit d'appeler aussi, tu sais.

— J'ai eu un emploi du temps chargé ces derniers temps. Comment ça va, sœurette ?

— Merci pour Impulse. C'est mon nouvel endroit préféré. Les boissons sont à mourir. La nourriture est fantastique aussi. Si j'ai deux kilos de plus la prochaine fois que tu viendras, ce sera ta faute.

Cal rit. Sa sœur et lui partageaient le même métabolisme délicat qui consistait à prendre ou à perdre du poids en un clin d'œil, ce qui pouvait sembler être une bénédiction du côté de la perte, mais une malédiction d'en prendre. Cela signifiait un entretien constant dans le métier de Cal.

— As-tu rencontré le propriétaire ? demanda-t-il, sincèrement curieux. Il travaille habituellement au bar.

— Peut-être. Un beau blond ? Ou un canon à la peau foncée ?

— Les deux, techniquement. Ils sont mariés.

— Eh bien, c'est juste injuste, renifla-t-elle. Je n'ai pas été au bar autant que dans la salle de restaurant, mais ils ont l'air sympas. Comment les connais-tu ?

— Je ne les connais pas, dit Cal, reconnaissant le piège dans lequel il s'était fourré. J'ai entendu parler de l'endroit par un ami.

— Tu n'as pas d'amis, Calvin.

— J'ai…

— Rhys et Lara, je sais. As-tu déjà pensé à agrandir ton cercle d'amis ?

Il avait plus d'amis que Rhys et Lara. N'est-ce pas ? Il n'avait peut-être que des clients. Owen était un ami, mais seraient-ils encore amis à la fin de leur relation d'affaires ?

— Comme je l'ai dit, programme chargé ces derniers temps, répondit-il, essayant de changer de sujet.

— Mmm, fredonna Claire.

— Quoi maintenant ? Tu crois que je suis encore apathique ?

— Non. Tu sembles en conflit, maintenant. Comme si tu avais trouvé ce que ton apathie prouvait que tu avais raté, mais que tu ne savais pas quoi en faire. Calvin, s'exclama-t-elle avec un enthousiasme soudain. As-tu rencontré ton Richard Gere sans me le dire ?

— Pourquoi mon travail s'accompagne-t-il toujours de corrélations avec *Pretty Woman* ? gémit-il.

— Mince, je ne vois pas.

— Il n'est pas un quelconque sauveur dont j'ai besoin pour me libérer de ma vie. J'adore ma vie.

— Pourtant, tu viens d'admettre qu'il y a un *il* en particulier.

Merde.

— Tu es tombé amoureux d'un client, *Calvin* !

— Je ne suis pas...

— Et ça te fait flipper, parce que tu penses qu'il ne verra ta valeur qu'en dollars.

Cal sentit son estomac tomber. Il n'était pas *amoureux* d'Owen. C'était juvénile, ridicule. Il aimait simplement... la compagnie du jeune homme plus que celle de n'importe qui d'autre.

— Il n'est pas comme ça, dit-il, plutôt que de nier les accusations de Claire.

Owen ne voyait pas la valeur de Cal en termes de résultats financiers, mais l'argent faisait toujours partie du problème, car il imprégnait toutes leurs interactions. Changer la nature de leur relation aujourd'hui ferait tout dérailler, rendrait leur relation plus difficile, et Cal ne pourrait pas le supporter. Il était plus facile de laisser les choses en l'état.

— Alors, comment est-il ? demanda sa sœur, sans le taquiner. Dis-moi.

Cal avait peut-être évité de téléphoner à Claire, parce qu'il savait que cela se produirait et qu'il n'était pas encore prêt à partager Owen avec elle. C'était différent avec Rhys. Ils parlaient toujours boutique et échangeaient des histoires de clients, mais cela aussi s'était atténué dernièrement de la part d'eux deux. Parler à Claire de son travail était de toute façon de mauvais goût, mais ce n'était pas une conversation sur l'oreiller... c'était *Owen*.

Il trouva étonnamment facile de décrire le jeune homme et de se souvenir des soirées qu'ils avaient passées ensemble, sans pour autant cacher que le sexe ne faisait pas partie de son travail. C'était de la camaraderie. Du soutien. Pas de l'amour. Cal n'était pas amoureux. L'amour était dangereux.

— Tu as enfreint la règle numéro un, Cal. Tu sors avec un client.

— Nous ne sortons pas ensemble.

— Il te paye peut-être, mais c'est ce que tu fais, c'est sortir avec quelqu'un, simplement sans les parties amusantes à la fin de la soirée, dit-elle en riant.

Ce qui était bizarre, c'était que les « trucs amusants » ne lui manquaient pas lorsqu'il était avec Owen. Il y pensait, il avait une envie irrésistible du gamin, mais leurs conversations et leurs dîners, leurs soirées passées à écouter Sinatra ou à regarder des films de science-fiction sur Netflix étaient plus satisfaisants que les plaisirs éphémères que lui procuraient ses autres clients.

Cal souhaitait avoir les deux, mais il ne pensait pas que cela existerait avec lui.

— Il a eu la vie dure, Claire. Il a besoin de quelque chose… de plus que moi.

— Calvin, dit-elle avec une pointe de tristesse. Et si, pour une fois, juste une fois, tu réalisais que *tu* pourrais être suffisant pour quelqu'un ? Donne au moins le bénéfice du doute à cet homme. Je ne t'ai jamais entendu parler de quelqu'un comme tu le décris. Il a l'air parfait pour toi. Le même vieil homme ennuyeux au fond et un ringard total.

— Je te remercie, répliqua Cal en fixant son reflet dans la fenêtre voisine.

— En réalité, il a l'air jeune, mais je ne te traiterai pas de couguar s'il te rend heureux, dit-elle en riant.

Cal jeta un coup d'œil sur l'horloge de son ordinateur et se rendit compte qu'il serait en retard s'il ne commençait pas à se préparer. Il n'était jamais en retard avec les clients.

— Je dois partir. Ma journée de travail commence à la fin de la tienne, tu te souviens ?

— Bien, mais si tu le vois ce soir, prends sur toi et va chercher ce que tu veux vraiment. Tu sais que je n'ai jamais méprisé ta profession, dit-elle avant de redevenir sérieuse. Les gens peuvent faire ce qu'ils veulent de leur corps tant qu'ils s'amusent. S'ils peuvent aussi en tirer de l'argent, eh bien, c'est plus de pouvoir pour eux. Mais si ce que tu veux change, tu as le droit de suivre un autre chemin, même si c'est terrifiant. Je croyais que tu étais un joueur, grand frère. Ce n'est pas un pari s'il n'y a pas de prise de risque.

Cal lui avait dit cette phrase d'innombrables fois, généralement lorsqu'elle doutait d'elle-même avant de prendre une décision importante.

Elle levait toujours les yeux au ciel, même si elle le remerciait de l'avoir poussée, en fin de compte.

Il n'était pas sûr d'être aussi courageux qu'elle finalement, mais ses mots le suivirent ce soir-là jusqu'à la porte d'un appartement familier.

Le jeune brun à lunettes répondit à son coup de sonnette, et Cal déversa tout son désir et sa frustration dans une fente désespérée vers l'avant, réclamant des lèvres souples avant même que des mots ne soient prononcés. Les mains serrées sur sa chemise, une bouche surprise s'ouvrant après le choc initial avec des gémissements heureux, leurs langues glissant l'une sur l'autre, douces et humides.

C'était ce que Cal voulait. Un *toucher* plus profond que le contact de la peau, suffisamment pour sentir le corps chaud contre le sien se réchauffer encore plus au fur et à mesure qu'ils s'embrassaient et se frottaient en rythme avec les frissons qui se produisaient entre eux. C'était exaltant, *électrique* et *tellement* bon.

Cal souhaitait juste que les lèvres qu'il embrassait soient celles d'Owen.

— Quelqu'un est impatient, dit Piper, sa voix comme un ronronnement rugueux.

Il était plus petit qu'Owen d'environ quinze centimètres, ses yeux étaient bruns et son corps plus corpulent que la silhouette élancée de l'autre jeune homme, mais il y avait des similitudes qui lui permettaient de faire semblant.

— J'aime ça.

— Tu m'as manqué, dit Cal en effleurant la mâchoire de Piper avec ses dents tandis qu'il donnait un coup de pied dans la porte pour la fermer tout en tripotant sa proie de la manière que son client aimait. Je suis impatient de poser ma bouche sur toi.

— Oooh, oui, papa. Mets-moi sur le lit.

Seul le léger tremblement du sourire de Cal trahit son dégoût pour le terme affectueux. C'était la seule chose qui l'irritait chez Piper, mais c'était facile de s'entendre sur d'autres choses, et il était l'un de ses clients préférés. Le fait que ce qu'il aimait le plus chez lui se croisait avec ce qu'il aimait chez Owen n'avait rien à voir.

Son énergie, sa chevelure brune, son amour de la musique et du bon art. Il n'était ni doux ni timide comme Owen, mais sa peau tout aussi pâle pouvait presque faire oublier à Cal avec qui il était.

Il fut facile de soulever et de transporter Piper vers la chambre à coucher, ses jambes s'enroulant autour de la taille de Cal, tandis que les bruits satisfaits qu'il émettait étaient léchés à même sa bouche. Ils avaient un arrangement très précis où Cal le voyait avant chaque concert afin de l'aider à se détendre. Il accordait toute son attention à Piper, généralement à genoux, puis s'occupait de *lui-même* pendant que son client s'habillait.

Ce soir, comme beaucoup d'autres avant lui, Cal avait été engagé pour attendre dans le lit de Piper jusqu'à la fin du concert. Le jeune homme jurait que cela l'aidait à mieux jouer, d'avoir la bouche de Cal sur lui avant, de savoir pendant tout le concert qu'il l'attendait à l'appartement pour le deuxième round.

Cal appréciait cet arrangement autant qu'il aimait tous ses habitués et leurs différents désirs. Il s'était épanoui pendant près de deux ans en appréciant particulièrement Piper. La dernière chose qu'il aurait dû souhaiter, c'était que les bruits que Piper faisait soient ceux d'Owen.

Il n'aurait pas dû imaginer des cuisses plus minces quand il les embrassait. Il n'aurait pas dû imaginer que des doigts plus longs s'agrippaient aux draps. Il n'aurait pas dû fermer les yeux et ressentir l'attention qu'il portait à son partenaire en évoquant un regard vert noisette et un sourire à fossettes. Mais tout cela le stimulait et lui permettait d'être plus facilement présent lorsqu'une partie de lui était ailleurs.

— *Waouh,* dit Piper en soufflant lorsque ce fut fini. Tu t'es surpassé. Je t'ai peut-être vraiment manqué.

— Toujours, répondit Cal, jouant son rôle à la perfection alors qu'il pressait ses lèvres à l'intérieur de la cuisse de Piper.

Le reste se déroula sans accroc ; un baiser dur avant que Piper n'aille prendre sa douche, Cal se caressant jusqu'à son retour, puis se donnant en spectacle pendant que son client regardait et enfilait son smoking. Même là, Cal imagina un costume différent sur le jeune homme qui le regardait, *en bordeaux.*

Plus tard, après s'être nettoyé, Cal prit la direction de l'appartement. Il mit la robe de chambre qui lui avait été offerte, but un verre d'eau, puis se versa une boisson plus forte tandis qu'il écoutait Billie Holliday sortir de l'impressionnante sonorisation. Il lui restait des heures à attendre avant le retour de Piper. Maître dans son domaine quand il était arrivé, maintenant, et plus tard lorsque Piper reviendrait, *c'était* le genre de soirée pour lequel Cal vivait.

Autrefois.

Il ne put s'empêcher de comparer les vues lorsqu'il s'approcha de la fenêtre, parce que c'était mieux que la vue de son propre appartement sur la ville, mais cela ne faisait pas le poids face à celle d'Owen.

Claire avait raison, c'était *terrifiant* de voir à quel point Cal voulait plus de la vie, parce qu'il ne pensait pas que c'était un pari qu'il pouvait prendre.

OWEN devait aller se coucher. Il avait mal aux yeux à force de regarder des écrans d'ordinateur toute la journée et il ne devrait vraiment pas fixer sa télévision pendant des heures entières le soir. Non pas qu'il soit si tard. Il ne voulait tout simplement pas se coucher tôt, même s'il était fatigué. Il avait tendance à retarder le moment de se coucher les soirs où Cal n'était pas avec lui, parce que l'idée de se mettre sous ses couvertures tout seul faisait couler son cœur comme une pierre dans un étang.

Il ne se débrouillait pas bien tout seul.

Apparemment, il s'en sortait bien *dans tous les domaines*, mais il n'en avait pas l'impression.

Il s'arrêta sur l'un des films les plus récents dans sa file d'attente Netflix, *Godzilla*, réalisé au Japon, et il était prêt à appuyer sur Play lorsqu'il s'arrêta. Cal aurait *adoré* ce film ; il ne voulait pas le regarder sans lui.

Il prit son téléphone sur la table basse et vérifia de nouveau l'heure afin de s'assurer qu'il n'était pas trop tard, puis il composa le numéro de sa sœur dans un ultime effort pour retrouver la raison.

— Es-tu enfin prêt à me dire le secret que Casey et toi gardez dans mon dos ?

— Je n'ai même pas droit à un « bonjour », biaisa Owen, bien qu'il ait initié l'appel. Ou « comment vas-tu, mon frère chéri ? Je t'aime et ton visage me manque » ?

— Mignon, O, dit Alyssa. Mais *non*, pas quand tu conspires avec mon mari.

— Ce n'est pas conspirer, juste... *éviter.*

Il était surpris qu'elle ne l'ait pas harcelé plus tôt.

— Owen, dit-elle, sa voix passant à un ton plus sympathique. Qu'est-ce que tu as fait ?

Le jeune homme fixa l'écran Netflix, soupirant devant le cliché qu'il représentait, comme s'il avait mangé une glace au dîner.

— J'ai suivi ton conseil. Et je pense que je pourrais te détester pour ça.

Il déversa la vérité plus facilement qu'il ne l'avait prévu, peut-être parce qu'Alyssa resta silencieuse pendant qu'il expliquait comment il avait engagé un escort cette première semaine à Atlas City et l'avait programmé régulièrement depuis. Il lui raconta les soirées tardives, tous les évènements, tous les câlins sur le canapé ou dans le lit, et combien il était difficile de ne pas en vouloir davantage quand chaque moment avec Cal était parfois le meilleur moment de sa journée.

— Quand je t'ai dit que tu pouvais engager un escort pour faciliter les choses, je ne pensais pas que tu tomberais amoureux de cet homme.

— Je ne suis pas…

— *Owen.*

Elle savait comment il était lorsqu'il était amoureux de quelqu'un. Il était tombé amoureux de Harrison, une fois, assez fortement pour se donner entièrement à un homme qui le tenait pour acquis. Cal n'aurait jamais fait ça. Owen avait confiance en Cal. C'est à lui-même qu'il ne faisait pas confiance pour ne pas trouver un moyen de tout faire foirer, surtout si c'était…

—… réel ?

— Hein ? dit Owen, plus distrait qu'il ne l'avait réalisé.

— Ce que j'ai dit, c'est que tu dois arrêter cela avant de t'enfoncer trop profondément… Ou est-ce réel ?

— Ça ne peut pas être réel. Je le paye.

— D'accord, mais si l'argent n'était pas impliqué, comment vous sentiriez-vous alors ?

Owen connaissait la réponse, mais il avait l'expérience du rejet, même s'il n'avait plus été célibataire depuis des années. Il pouvait clairement imaginer le regard de pitié que Cal lui lancerait lorsqu'il refuserait, le plus doucement possible bien sûr, ce qui serait presque pire que de se faire rire au nez. Cal ne rirait pas. Il était trop gentil pour ça, trop bon dans son travail, mais il refuserait quand même Owen. Les gens tombaient probablement tout le temps amoureux de lui.

— Penses-y. Si cela te fait plus de mal que cela ne t'aide, il est peut-être temps d'y mettre fin. Mais si c'est réel, ne doute pas trop de toi, d'accord ? dit Alyssa avant de poursuivre avec plus d'aplomb. Et la prochaine fois, ne demande pas à Casey de mentir pour toi. Tu sais qu'il est très mauvais pour ça.

— Désolé, dit Owen en riant. Et merci, Lyssa. Vraiment.

Elle avait probablement raison de toute façon… sur la première partie. Il devrait arrêter avant que tout devienne gênant, avant qu'il ne soit trop difficile de laisser partir Cal. Ce n'était pas réel. Ça ne pouvait pas l'être.

Mais, après l'appel, il décida d'attendre pour regarder le film de *Godzilla*, au cas où.

— **MONSIEUR** Mercer ?

— Hum ?

Cal se concentra sur Dick derrière le bureau, se rappelant qu'il était au bureau, en pleine conversation, et qu'il ne pouvait pas se permettre de rêver.

Dick le fixa d'un regard calculateur.

— Comme je vous l'ai dit, vous pourriez peut-être prendre quelques missions d'escorte de base si vous êtes fatigué et avez besoin d'une pause, bien que je comprenne que vous préfériez les *clients avec un forfait complet.*

C'était vrai. Dick avait finalement fait pression sur Cal afin qu'il remplisse le créneau laissé vide par Narcisse. Cal ne voulait pas ajouter un nouveau client régulier. Il s'était même demandé qui d'autre il pourrait retirer afin d'alléger sa charge pour… merde, Owen. Mais qu'est-ce qu'il faisait ?

— Monsieur Mercer ?

— J'écoute, répondit-il, se retenant pour ne pas aboyer.

— Votre emploi du temps est à vous, dit Dick. Vous continuez certainement à faire votre part financièrement. Je voulais simplement exprimer ma curiosité et m'assurer que tout allait bien.

— Je vais bien. Je suis juste fatigué. Je vais peut-être accepter des demandes d'escorte plus simples pendant un certain temps.

— Certainement. Cette option est toujours disponible. Monsieur Kane semble aussi alléger sa charge, dit l'homme, passant de l'inquiétude à la suspicion à peine voilée, tapant sur son bureau alors que son attention se détournait vers le calendrier global de son ordinateur. Vous n'avez aucune idée, n'est-ce pas ?

— Pourquoi ne pas demander à Rhys lui-même ?

105

— Ça a tendance à se révéler… inefficace.

Cal renifla, puis finit par faire comme s'il s'éclaircissait sa gorge.

— Désolé, Dick. Aucune idée de ce qui pourrait se passer.

— Naturellement, soupira Dick. Y avait-il autre chose ?

Il ne pouvait rien faire, c'était juste que Cal se *noyait* et que la seule façon de le sauver était de le laisser couler ou de faire un sauvetage audacieux en laissant tomber Owen.

Merlin avait eu raison sur un point : Owen voudrait quelqu'un de pur lorsqu'il serait enfin prêt à ne plus payer pour la compagnie. Ce serait pire s'il s'accrochait à Cal en raison du traumatisme qu'il avait subi et des difficultés qu'il rencontrait encore. Il était peut-être temps pour Cal de leur enlever la tentation et de remplir son emploi du temps avec de nouveaux habitués. Ou peut-être que toutes les options avec lesquelles il jonglait étaient erronées et qu'il avait besoin de vacances.

Même les escorts avaient parfois besoin de vacances. Cal n'en avait jamais pris, mais il se retrouva à ouvrir la bouche…

Une voix forte retentit dans le couloir, attirant leur attention sur la porte. Lara passa à côté comme si elle avait déjà été alertée par l'agitation avant que les choses ne s'intensifient suffisamment pour les atteindre. Cal jeta un bref regard à Dick, puis il se précipita hors du bureau pour la suivre, tandis que son patron sortait derrière lui.

Daphné était déjà debout et parlait au téléphone avec la sécurité lorsqu'ils arrivèrent, tandis que Lara tenait un homme aux cheveux courts platine pressé contre le mur, le bras tordu dans le dos. Le fait que l'homme soit deux fois plus grand que la petite femme ne lui donnait en aucun cas un avantage, ce qu'il avait déjà manifestement appris.

— Savez-vous à qui vous avez affaire, mademoiselle Tyler ? s'écria-t-il contre le mur.

— Tout le monde se ressemble pour moi, monsieur Compton, qu'ils méritent mon temps ou pas, répondit Lara, gardant sa prise ferme, ses mots mordants à l'oreille de l'homme. Devinez de quel côté vous vous trouvez en ce moment ?

— Je suis un *client*, grogna-t-il, comme si cela excusait son mauvais comportement. Et je suis insatisfait. J'exige…

— Pourquoi ne feriez-vous pas une sieste en attendant l'arrivée de la sécurité ? dit Lara avant de presser son avant-bras d'un geste sûr contre sa trachée jusqu'à ce qu'il s'évanouisse.

Puis elle le relâcha, vérifia son pouls et le laissa au sol.

Dick arrangea son costume avec un signe de tête à Daphné, qui venait de finir d'alerter la sécurité.

— Tout va bien, mademoiselle Tyler ? demanda-t-il en se tournant vers cette dernière.

— Tout est parfaitement sous contrôle, monsieur, répondit-elle avec un sourire, faisant craquer ses poignets.

Ce n'était pas la première fois que Cal voyait Lara traiter avec un client indiscipliné qui s'était présenté au bureau afin de causer des ennuis. Il ne savait même pas qui avait cet homme sur son emploi du temps, il s'agissait à l'évidence d'un *ancien* client. Certainement ancien, maintenant.

Le fait était qu'il n'était pas ébranlé par la confrontation ou la violence. Ce qui le secouait, c'était que la seule chose à laquelle il pouvait penser en regardant l'homme inconscient aux pieds de Lara n'était même pas Merlin, mais *Harrison Marsh* et le peu de valeur que cet homme avait attribuée à Owen.

Les e-mails avaient diminué, mais Cal connaissait des hommes comme Harrison. Il en regardait un en ce moment même. Il ne voulait pas laisser Owen dans l'embarras, mais il ne voulait pas non plus être une béquille pour lui. Il... était tout retourné, incapable de former un plan qui ait du sens, alors qu'il était toujours, toujours en contrôle. Owen lui donnait l'impression d'être en chute libre, et il ne comprenait pas pourquoi il aimait tant cela.

— Calvin ? demanda Lara en lui saisissant le bras pour le ramener sur terre.

— Laisse mon emploi du temps libre ce soir, dit-il, et il tourna les talons pour sortir.

— Monsieur Mercer ! appela Dick, mais Cal était déjà parti.

Il n'avait pas prévu de voir Owen ce soir, mais il n'avait pas d'autres rendez-vous et il devait faire le tri, découvrir où ils en étaient, démêler ce qu'Owen et lui étaient l'un pour l'autre afin de pouvoir faire une rupture nette si c'était nécessaire. Si le jeune homme était devenu trop dépendant de lui, il devrait quand même rompre.

C'était ce qu'il s'attendait à trouver lorsqu'il se retrouva devant la porte d'Owen, un homme brisé, désespéré comme toujours de le voir. Mais dès qu'il eut fini de frapper, vêtu d'une façon plus décontractée que d'habitude d'un simple pull noir et d'un jean, il se rendit compte que les bruits venant de l'intérieur de l'appartement n'étaient pas ceux d'un homme seul regardant la télévision.

Owen avait de la compagnie. Que diable faisait Cal ici ?

Il recula, à quelques secondes de déguerpir, et fut frappé par une augmentation du volume *des rires* d'un groupe lorsque la porte s'ouvrit et que le visage souriant d'Owen apparut.

— Cal ! s'exclama celui-ci avant qu'une *expression coupable* ne remplace son sourire. Oh non, j'ai oublié que je t'avais programmé ce soir ?

— Non, j'ai... commença Cal, se dépêchant afin d'adoucir les divagations d'Owen. Tu n'as pas oublié. Ce n'était pas prévu. Je ne devrais pas... être ici. Tu es avec des amis.

Il pouvait voir Frank et Paul par-dessus l'épaule d'Owen et deviner un autre couple qui se trouvait hors de son champ de vision.

— Oui, mais... *tu es* un ami, dit Owen en retrouvant son sourire, les yeux baissés timidement vers le sol. Tu devrais entrer. Je voulais t'inviter, mais je n'étais pas sûr que ce ne serait pas... bizarre ?

— Qui est-ce, Owen ? appela Frank depuis l'intérieur, bien qu'il puisse clairement voir Cal.

Mais il souriait, alors Cal ne pensait pas que l'homme était facétieux pour être grossier.

Owen se débrouillait bien, même sans la présence de Cal, il s'installait bien et se faisait de nouveaux amis. C'était... bien. C'était ce qu'il avait espéré trouver, même s'il ne s'y attendait pas, car cela signifiait qu'il ne freinait pas Owen.

Mais alors... peut-être qu'Owen n'avait plus besoin de lui.

— C'est Cal ! dit ce dernier avant de saisir sa main pour le tirer à l'intérieur. Viens. C'est bon. S'il te plaît.

Il fit un petit sourire à Cal, serrant sa main jusqu'à ce que celui-ci doive sourire en retour et l'accompagne afin de lui faire plaisir.

— Tu te souviens de Frank et Paul.

Cal fut sommairement traîné jusqu'au salon où le couple était assis sur un côté du grand canapé en L d'Owen, et l'autre couple...

— Lorelei... bégaya Cal en s'arrêtant, reconnaissant la jeune femme dès qu'il vit son visage.

Aussi ébahi qu'il soit de la trouver ici, elle ne semblait pas du tout effrayée de le voir.

— C'est bon de te revoir, Calvin.

— Tu connais mon entraîneur ? dit Owen.

Bien sûr… Son entraîneur d'autodéfense. Cal aurait dû deviner que c'était la même Lorelei, mais il n'avait jamais connu sa profession.

— Comment vous connaissez-vous… euhhh.

Il se tut, car son esprit lui fournissait une mauvaise conclusion.

— Non, nous…

— Cal travaille avec ma sœur, intervint Lorelei, le sauvant. Lara.

— Oh, s'exclama Owen avec un soulagement douloureusement évident avant d'écarquiller les yeux. Lara Tyler ?

— Tyler est mon nom de jeune fille, dit Lorelei.

Cal parcourut le groupe des yeux, posant son regard sur Lorelei qui savait, sur son mari, qui, de toute évidence, savait aussi, maintenant que Lara avait été mentionnée. Et il devint évident que tout le monde dans la salle savait que Cal n'était pas le chargé de relations publiques à la façon dont Franck souriait en mordillant sa lèvre et dont son mari regardait la scène comme si tout cela était trop fascinant pour ne pas le fixer.

— Je devrais y aller, dit-il en se tournant vers la porte.

— Quoi ? Pourquoi ? s'écria Owen en agrippant fermement son poignet pendant un instant, avant de rétracter ses doigts en guise d'excuses.

Il s'approcha quand même de Cal, impatient et incertain, mais pas aussi mal à l'aise que l'homme que Cal avait rencontré la première fois.

— Tu n'es pas obligé de partir. C'est juste un Trivial Pursuit. Tu peux rester si tu le souhaites.

Owen n'avait-il pas compris qu'ils savaient tous ce qu'il était ? Peut-être pas. Peut-être était-il trop naïf pour s'en rendre compte. Mais la couleur de ses joues semblait dire le contraire, et il s'en moquait tout simplement.

— Es-tu sûr de vouloir que je reste ? demanda Cal.

Owen avait l'air pétillant ce soir, détendu dans un de ses nouveaux jeans, plus beaux, mais avec un tee-shirt Stars Wars et un pull à fermeture éclair.

— Pourquoi ne le voudrais-je pas ? dit-il, trop sincère, trop bon. C'est une soirée entre amis. Tant que tu veux être ici, je… le veux aussi.

Ce n'était pas la raison pour laquelle Cal était venu ici, mais il ne savait plus pourquoi il était venu. Des réponses. Un plan. L'absolution peut-être. Il y avait tout cela dans le sourire d'Owen.

— D'accord. Je vais rester.

Toute la tension s'évanouit des épaules de Cal en une fois juste pour avoir donné l'air si heureux à Owen. Il laissa le jeune homme prendre son manteau, puis il s'assit avec sur le canapé à côté de Lorelei et...

— Tommy, c'est ça ?

— Ravi de te revoir, dit-il.

Ils s'étaient rencontrés brièvement par l'intermédiaire de Lara.

— Moi aussi.

Il n'y avait aucun jugement dans les yeux de qui que ce soit, et encore moins dans ceux de Frank, malgré le sourire idiot de l'homme... Cal le voyait maintenant.

— C'est le Trivial Pursuit du *Seigneur des Anneaux*, au fait, dit Frank.

— Livres ou films, demanda Cal en regardant le plateau sur la table basse.

— Les deux, répondit Paul avec enthousiasme.

— Dans ce cas, dit Cal en riant, croisant le regard d'Owen d'où il était assis, assez près de lui pour que leurs hanches se touchent. Aucun d'entre vous n'a une chance.

C'ÉTAIT comme si c'était leur première soirée une nouvelle fois. Hésitante et passionnante, et tellement amusante. La seule différence cette fois-ci était qu'Owen pouvait partager à quel point Cal était merveilleux avec d'autres personnes, et d'une manière très différente de celle d'un évènement social. Cal assurait dans la connaissance de Tolkien aussi, ce qui le rendait encore plus parfait, ce qu'Owen n'aurait jamais cru possible.

Owen ne pensa pas une seule fois aux emplois du temps ou aux autres clients que Cal voyait, du moins pas avant que tous les autres se préparent à partir, le laissant en compagnie de Cal après un rendez-vous complètement décalé.

Puis ce fut définitivement comme leur première soirée, car comment Owen pouvait-il aller du point A au point B sans se ridiculiser ? Le thème de l'argent flottait au-dessus d'eux comme un nuage tempétueux. Il avait été facile de le repousser tout en jouant, en mangeant et en buvant avec les autres couples. Les autres couples... comme s'*ils* étaient un couple.

Lorelei et Tommy partirent les premiers, suivis immédiatement par Frank et Paul. Le fait que Frank ait fait un clin d'œil à Owen en sortant n'aidait pas non plus.

— Le monde est petit, dit Cal depuis la cuisine, après avoir déposé des verres dans l'évier afin d'aider à nettoyer. Ou peut-être que c'est juste cette ville.

— Ou... oui, répondit Owen, se grattant l'arrière de la tête alors qu'il se dirigeait vers Cal. Peut-être que je pourrais rencontrer Lara un jour ?

Ou était-ce bizarre ? Est-ce qu'il rendait cela bizarre ?

— Peut-être... dit Cal, trop énigmatique pour être compréhensible, comme s'il n'était pas sûr de le penser.

Il se tourna pour s'appuyer contre les placards et fit face à Owen, comme une autre image familière de leur passé. Pourtant, tout était différent ce soir, pavé d'un sol inégal qu'aucun d'eux ne savait fouler.

— Je devrais rentrer à la maison. À moins que...

— À moins que... ? releva Owen.

— À moins que...

Cal fit un geste vers Owen comme s'il était la réponse résumée.

Parce qu'Owen était le client. Parce qu'il avait fixé les règles. Le fait qu'on lui ait rendu les rênes ne lui donnait pas l'impression de contrôler la situation.

— Oh. Tu n'as pas besoin de rester et te blottir contre moi ou quoi que soit. On peut dire que c'était juste entre amis ce soir. Sauf si tu veux être payé !

Oh, merde. Il avait l'impression d'être un *idiot* maintenant.

Cal n'avait pas l'air contrarié, cependant. Il rit avec légèreté, comme si Owen l'avait surpris.

— Ceci peut être non rémunéré, Owen. C'était un soir de congé pour moi.

Son soir de *congé* ?

— Mais je t'ai quand même fait travailler.

— Ça ne ressemblait pas à du travail, dit Cal en prenant une inspiration comme si d'autres mots attendaient sur sa langue, comme s'il voulait dire *cela ne ressemble jamais à du travail.*

La rougeur qui envahit les joues d'Owen lui donnait l'impression que ses cheveux allaient prendre feu. Il lisait entre les lignes. Cal était juste gentil. Il était... venu ici pendant sa soirée de *congé.*

— Oh ! J'ai oublié de demander ! Pourquoi es-tu venu si tu n'étais pas prévu ? Avais-tu besoin de me parler de quelque chose ?

Pour la première fois depuis qu'Owen le connaissait, Cal ne semblait pas savoir comment répondre. Puis l'appréhension fondit dans son

111

expression, et il regarda Owen, content et vulnérable, pas une représentation, pas un rôle, juste… Cal.

— Tu sais, je ne me souviens pas. Je suppose que je voulais juste te voir.

Owen éclata de rire, surpris, ne sachant pas comment gérer cela. Cal voulait le voir. Il ne se préoccupait pas de l'aspect commercial. Il voulait juste *le voir*.

— Super ! *Bien*. Tu peux toujours venir me voir si tu veux. C'était vraiment amusant, ce soir.

Ce qui s'ensuivit, cependant, était enveloppé de mystère. Owen ne voulait pas ruiner la magie en *parlant* de nouveau. Il espérait que Cal prendrait l'initiative, et il s'avéra que ce fut ce qu'il fit en se dirigeant vers la porte. Ce qui était *bien*, certainement la bonne décision, mais Owen avait l'impression de s'agiter en le suivant.

C'était la première fois qu'ils ne terminaient pas une soirée en sous-vêtements, créant ainsi une dynamique unique qui était plus intime d'une certaine manière en étant habillés.

Owen accompagna Cal à la porte, ne pensant qu'à son souhait de pouvoir l'embrasser pour lui dire au revoir, mais il profiterait alors de l'offre d'une simple soirée entre amis.

Mais il y avait maintenant de l'espoir, comme un bourdonnement d'électricité entre eux qui valait mieux qu'un frôlement de peau.

— Bonne nuit, dit Owen, saisissant le bord de sa porte pour trouver l'équilibre, pas encore prêt à la fermer derrière Cal.

Cal hésita, hochant la tête comme s'il tentait de se convaincre lui-même d'accomplir un acte insurmontable, puis se pencha en avant pour presser délicatement ses lèvres contre la joue d'Owen.

Bonne nuit, Owen.

OWEN fredonnait quand il était heureux. On lui avait dit que c'était très ennuyeux.

Mais il ne pouvait pas s'en empêcher ! Il avait *très bien* dormi la nuit dernière et il marchait allégrement depuis qu'il était sorti de chez lui. Il était de nouveau chez Walker Tech aujourd'hui, travaillant à fond sur des ensembles de données qui devraient éventuellement être examinés par plusieurs départements ainsi que par Nye Industries. C'était une journée de travail parfaite pour lui, car il pouvait vivre dans son propre monde pendant un certain temps et faire avancer les choses. Il avait besoin de journées comme celle-là.

Surtout quand sa tête était enveloppée dans un nuage de Cal. Et ce baiser. Et leur soirée parfaite.

Owen avait encore prévu plusieurs évènements et soirées pour Cal, mais tout était différent maintenant, et même en sachant que la conversation sur « que faisons-nous ensuite ? » était encore à venir, il se sentait confiant sur son issue. Cela lui donnait le vertige.

Il avait écouté Dragon Force et Lordi dans ses écouteurs toute la journée, et non *Lorde*, ce qui avait troublé Alyssa la première fois qu'il avait mentionné le groupe et lui avait fait écouter une de leurs chansons ; *Let's Go Slaughter He-man* n'était pas du même genre que *Royals*. Mais il était dans sa bulle avec du métal résonnant dans ses oreilles, même lorsqu'il se contentait de remplir sa tasse de café ou de prendre un en-cas. À ce rythme, il aurait fini son travail en deux temps, trois mouvements.

Bien sûr, quelques personnes dans la salle de repos ou dans les couloirs ricanaient ou semblaient chuchoter quelque chose en regardant dans sa direction, probablement parce qu'il se comportait encore comme un abruti antisocial la plupart du temps (sur quoi d'autre pourraient-ils chuchoter ?), mais il s'en moquait. Il était au sommet du monde en ce moment.

— Hé, Owen, je peux vous voler une minute ?

Jusqu'à ce qu'Adam lui fasse un signe de la main et qu'Owen doive retirer ses écouteurs.

— Salut ! Désolé. Oui, bien sûr, qu'est-ce qu'il y a ?

— Bonnes nouvelles. Toujours de bonnes nouvelles. Venez, dit Adam en entraînant Owen, le tenant fermement pendant les premiers mètres vers les salles de conférence.

Il était une de ces personnes très physiques, mais cela ne dérangeait pas vraiment Owen maintenant qu'il connaissait Adam.

— J'aime les bonnes nouvelles, affirma Owen. À propos du projet ?

— Oui ! Nous avons un autre partenaire intéressé, qui pourrait vraiment aider à faire exploser le projet.

— Vraiment ? Qui ?

— Orion Labs à Middleton.

Owen trébucha, souhaitant pouvoir blâmer le fait d'avoir suivi le rythme d'Adam.

— C'est… génial. C'est une bonne société. Beaucoup de ressources.

— Exactement. Certains de leurs employés nous ont contactés après ce communiqué de presse à propos de la nouvelle entreprise. Ils aimeraient pouvoir participer, peut-être offrir un soutien et des scientifiques supplémentaires pour aider à mener à bien cette idée. Apparemment, un de leurs meilleurs éléments a déjà travaillé avec vous auparavant et connaît bien vos modèles.

— Euhhh… eh bien…

— Je me suis dit que c'était le moins que je puisse faire que d'entendre sa proposition en personne.

— Quoi ?

Le cœur d'Owen battait dans ses oreilles plus fort que les tambours ne battaient dans ses écouteurs.

— Vous… *il… il est….*

Adam introduisit Owen avec panache dans la salle de conférences principale où un homme grand, mince et dans la quarantaine attendait en affichant le sourire satisfait d'un serpent.

Harrison.

— Bonjour Owen.

Chapitre Sept

LE champ de vision d'Owen devint un tunnel, se focalisant sur le visage, la silhouette, l'homme qu'il n'avait pas vu depuis des mois. Il était enraciné là, près de la porte de la salle de conférence, incapable de bouger jusqu'à ce qu'Adam lui tape dans le dos, l'aidant à reprendre contenance.

— Owen, Harrison m'a dit que vous vous connaissiez plutôt bien.

Comment *osait*-il ? Il ne faisait pas que sourire comme un serpent, c'était une vipère qui attendait de frapper.

— Nous avons travaillé en parallèle pendant des années, dit Harrison en traversant la pièce pour les approcher à pas mesurés. Nous ne nous sommes donc pas souvent croisés, mais je connais bien son travail. Owen a toujours été exceptionnel.

Serpent.

— Ce n'est pas une surprise. J'ai juste de la chance d'obtenir une partie de son attention, répondit Adam en riant.

Owen savait qu'il devait réagir, parler, crier, mais il ne pouvait pas bouger. Il avait été projeté dans le passé, près de six mois auparavant, et il ne savait pas comment réagir.

Même les lunettes de Harrison étaient les mêmes, noires sur le dessus et claires en dessous. Owen se souvenait du jour où il les avait achetées.

Il portait aujourd'hui un costume à motifs bleus, un des préférés d'Owen, car il mettait ses yeux en valeur, avec une chemise et une cravate impeccables.

Sa coiffure, coupée plus courte sur les côtés afin d'avoir l'air plus moderne, plus adaptée à Atlas City, comme s'il avait l'intention de rester dans le coin, était la seule différence.

— Vous restez pour la présentation, n'est-ce pas ? demanda Owen en se tournant vers Adam, sans prêter directement attention à Harrison.

— Bien sûr. Vous ne pouvez pas faire tout le travail, répondit Adam, tapotant de nouveau son dos, s'approchant tout près.

Owen le trouvait habituellement intrusif, mais il en était reconnaissant aujourd'hui.

— Juste une seconde. Je veux attraper quelques membres de la bande de la R&D. En plus, je me suis dit que vous auriez besoin de quelques minutes pour rattraper le temps perdu. Je reviens tout de suite.

Owen essaya, il le fit vraiment, de dire quelque chose, *non, attendez, arrêtez…* mais l'air se cristallisa dans ses poumons, le brûlant à chaque respiration étranglée, jusqu'à ce qu'Adam soit à la porte, l'abandonnant dans une pièce isolée avec son… non, *pas* ex. Harrison ne méritait pas d'être juste appelé « ex », alors que Lorelei avait travaillé si dur pour lui faire admettre ce qu'était vraiment cet homme.

Un abuseur. Un *agresseur*. Un serpent, un serpent pourri, il était un…

— Owen ?

Son souffle devint tout aussi féroce que ses yeux lorsqu'ils se posèrent de nouveau sur Harrison, et Owen vit cette façade confiante s'effondrer, laissant l'homme plus âgé afficher une expression… effrayée. Et *triste*. Comme chaque autre fois où il avait convaincu Owen de rester avec lui.

Canalise ça, pensa Owen en se rappelant les mensonges qui suivaient. *Sois en colère… Tu as le droit d'être en colère.*

— Écoute-moi, dit Harrison en levant ses mains.

— Non, cracha Owen avec plus de mordant qu'il ne le pensait

116

Il se concentra sur cette petite victoire et serra les poings plus forts.

— Que fais-tu ici, Harry ? As-tu perdu la tête ? Adam ne connaît pas notre histoire, mais si tu crois que je ne lui dirai pas la vérité…

— Je ne suis pas ici pour causer des ennuis.

— Encore *pire* si tu penses pouvoir me reconquérir…

— Je ne suis pas là non plus pour ça, affirma-t-il, s'approchant trop près, laissant la grande table et le reste de la salle de conférences derrière lui, car Owen n'avait pas bougé de la porte. Je comprends que tu ne puisses jamais me pardonner pour ce soir-là. Je t'ai pris pour acquis pendant des années. Je le sais maintenant. Je suis ici, parce que je crois honnêtement que ce partenariat commercial est judicieux, mais j'aurais pu envoyer quelqu'un d'autre pour faire la proposition. La vérité, c'est que je voulais avoir la chance de te dire à quel point je suis désolé.

Mensonges. C'était un mensonge. C'était *toujours* un mensonge.

— Je n'ai pas répondu à tes e-mails parce que je *ne veux pas* te parler. Comment as-tu pu…

— Si tu veux raconter notre histoire à Walker et si tu penses que ce n'est pas professionnel pour moi d'être ici, je me retire.

— Ce n'est pas professionnel, aboya le jeune homme. Ce n'était pas professionnel de trouver un travail à ton *petit ami* pour pouvoir l'observer toute la journée et lui voler son travail.

— Voler ? répéta Harrison comme s'il n'avait aucune idée de ce dont parlait Owen.

Non. *Non.* Il *n'aura plus* l'occasion de faire ça.

— Tu as volé toutes les idées que j'avais. Tu ne voleras pas celle-là.

— Owen, dit Harrison en levant les mains une fois de plus comme pour l'apaiser, comme si Owen était celui qui était déraisonnable. J'ai demandé si c'était d'accord chaque fois que j'ai présenté tes idées. Tu avais juste besoin d'une promotion de plus pour être sur le radar des autres cadres, alors ils t'auraient écouté sans moi. Je te l'ai dit.

— Tu aurais pu me laisser présenter mes idées moi-même, me soutenir à la place.

— Pour qu'ils découvrent que nous couchions ensemble, que nous vivions ensemble, et qu'ils supposent que c'était la seule raison pour laquelle je me portais garant pour toi ?

Ses mots semblaient si sincères, si rationnels, qu'Owen se demanda comment le contrer.

— Oui, j'ai utilisé tes recherches, mais j'ai toujours demandé. Je n'ai jamais exigé. Je n'ai jamais rien volé.

Ce… ce n'était pas vrai, n'est-ce pas ?

Il *avait* demandé à Owen s'il avait réfléchi à cela, et Owen avait toujours accepté… mais seulement parce qu'il sentait qu'il n'avait pas d'autre choix ! Harrison l'avait manipulé. Tout cela faisait partie du jeu. C'était ainsi qu'il l'avait contrôlé pendant des années.

— Je refuse de me disputer, dit Owen, le faisant taire.

Il devait le faire *taire*.

Mais Harrison tendit sa main…

— Owen…

… vers son bras, et Owen ne pouvait pas accepter cela. Il ne le pouvait pas. Il recula en titubant, frappant la porte dans sa hâte de s'enfuir, détestant la façon dont il tremblait à la seule idée des mains de Harrison sur lui.

Ce dernier ne le poursuivit pas, mais s'arrêta d'un coup, le bras tendu, l'expression angoissée et de nouveau si triste.

— Ne tressaille pas comme ça. S'il te plaît. Tu sais que je ne te ferais jamais de mal.

— Jamais…

La rage bouillonna en Owen, remplaçant la peur. Comment pouvait-il dire cela ? Comment pouvait-il *dire cela* ?

— Tu m'as cassé le bras.

— Je… quoi ?

Son propre bras retomba, alors qu'il s'éloignait d'Owen, la couleur disparaissant de son visage.

— Il était cassé ? Tu ne me l'as jamais dit. Je n'en avais aucune idée. Tu ne voulais même pas me parler.

— Pourquoi aurais-je dû ?

Owen restait sur la défensive, bien qu'il doive se demander si Harrison n'avait pas su. Non pas que cela ait *de l'importance*. Il l'avait quand même fait. N'était-ce pas pire qu'il n'ait pas remarqué à quel point il était dur ?

— Pourquoi devrais-je t'écouter maintenant ? La seule chose qui diffère, c'est que je suis heureux et que je m'en sors mieux sans toi.

C'était tout ce qu'il avait répété dans sa tête, tout ce qu'il désirait dire, mais qu'il pensait ne jamais avoir l'occasion de faire. Cela ne semblait pas aussi bien qu'il l'avait imaginé, car Harrison était censé se moquer de

118

lui et le rabaisser, non pas se replier sur lui-même comme s'il s'en souciait, comme s'il était *désolé*.

— N'as-tu jamais été heureux avec moi ? demanda-t-il à voix basse. Jamais ?

Owen s'éloigna de la porte, maîtrisant ses tremblements, non pas pour se rapprocher de Harrison, mais parallèlement à lui, afin de ne plus se sentir piégé.

— Je l'ai été pendant un certain temps, admit-il, parce qu'il l'avait été, n'est-ce pas ?

Il y avait des raisons pour lesquelles il était tombé amoureux de cet homme, des raisons valables pour lesquelles il avait voulu être avec lui... autrefois.

— Mais pas pendant longtemps.

— Alors je suis aussi désolé pour ça, dit Harrison, fermant les yeux brièvement avant de les rouvrir, assombris et humides, ce qui n'était pas juste.

Ce n'était pas *juste*. Il n'avait pas *le droit* de rendre cela plus difficile.

— Je ne demande pas de seconde chance. Je te demande de me laisser te prouver que je peux encore être l'homme en qui tu avais confiance et que tu aimais autrefois, afin que nous puissions nous en sortir sans nous haïr. C'est tout ce que je veux. Ton pardon, seulement si tu crois que je le mérite, pas ton amour. Je sais que je l'ai perdu il y a longtemps. Walker voudra tout ce que tu souhaites, continua-t-il avec un geste vers la porte. C'est toi qui es important ici. Tu es celui que tout le monde veut satisfaire. Donc s'il y a juste une seconde où tu souhaites que moi ou même Orion Labs soyons hors-jeu, dis-le et je m'en irai. C'est toi qui décides. Je ne me battrai pas contre ta décision, même si cela inclut mon départ.

Ce *salaud* se la jouait grand prince, alors que Owen voulait plus que tout le haïr. Il était enfin arrivé à un moment de sa vie où il sentait que sa haine était justifiée, où il reconnaissait ce qu'on lui avait fait pendant toutes ces années, combien on l'avait utilisé, combien... horrible...

Mais, en regardant Harry maintenant, il voyait un peu de l'homme dont il se souvenait de leur première rencontre, et cela empirait tout.

La porte s'ouvrit avec un grincement, alors qu'Adam revenait, suivi par trois membres de l'équipe R&D.

— D'accord, dit-il en tapant dans ses mains. On commence. Que faites-vous là, derrière, Owen ?

Il se tourna vers le jeune homme pour regarder l'endroit où celui-ci se tenait, à moitié caché derrière la porte.

— Rien, répondit Owen en se déplaçant afin de prendre une bouteille d'eau dans le mini-réfrigérateur de la salle de conférence. Je prends juste une boisson. Quelqu'un veut quelque chose ?

Il ne pouvait pas faire une scène, *ne voulait pas* en faire tout un plat. Il devait juste étudier la proposition et prendre son temps pour décider de la meilleure ligne de conduite. Cela aurait été tellement plus facile, si Harrison lui avait donné une raison de le faire expulser par la sécurité.

Owen croyait qu'il serait ailleurs pendant la présentation, incapable d'écouter, mais Harrison était un bon présentateur, un bon locuteur, rapide, lançant des plaisanteries et affichant un sourire chaleureux, et toujours intuitif afin de savoir quand passer aux choses sérieuses. Orion Labs avait plus de contacts à l'étranger que Walker Tech ou Nye Industries, plus d'accès à certaines technologies qui permettraient de réduire les coûts de production. N'importe qui pouvait dire que la proposition était mutuellement bénéfique.

C'était presque agréable par moments, lorsque Harry faisait rire la salle, *Owen* compris, lui rappelant l'homme passionné et extrêmement intelligent qu'Owen avait trouvé autrefois si passionnant. Il n'était pas un innovateur. Il ne proposait pas de nouveaux modèles ou technologies, comme Owen le faisait, mais il était doué pour mettre en œuvre et mener à bien un projet.

— Eh bien, si tout le monde est d'accord, je vais envoyer la proposition à madame Nye afin qu'elle l'étudie. Nous pourrons peut-être organiser quelque chose plus tard dans la semaine, en m'assurant que votre partenaire ne m'arrache pas la tête pour vous avoir parlé en premier.

Il riait, mais Owen savait à quel point Keri pouvait être effrayante lorsqu'on lui donnait une raison de l'être. Adam se tourna finalement vers lui afin d'obtenir son approbation, son avis, et Owen ne put rien faire d'autre que hocher la tête.

Les autres partirent, et il resta dans la salle de conférences avec Harrison, même si une partie de lui voulait fuir

120

— Tu n'as rien dit, murmura Harrison, même s'ils étaient seuls tous les deux.

— Je n'allais pas dire à une salle remplie de mes pairs que tu es un enfoiré et que j'ai moi-même le sentiment d'être un abruti, répliqua Owen. Il est logique de collaborer avec Orion Labs. C'est une bonne proposition. Tu as toujours été doué pour ce genre de choses.

— Je peux demander à un représentant de me remplacer, quelqu'un d'autre…

— Tu es le directeur technique, l'interrompit Owen, parce que c'était déjà assez dur sans la sympathie de cet homme. Ça devrait être toi. C'est bon. Je ne vais pas être mesquin. Mais ma décision ne signifie *rien* d'autre.

Il se força à croiser les yeux de Harrison, combattant le frisson instinctif qu'il ressentait.

— Je ne veux pas te voir. Je ne veux pas te parler. C'est *juste* professionnel.

— Bien sûr, acquiesça Harrison sans argumenter.

Owen se déplaça rapidement afin de quitter la pièce avant que quoi que ce soit d'autre puisse être dit, détestant plus que toute autre chose que cette version de Harry… lui rappelle l'homme dont il était tombé amoureux.

— **POURQUOI** m'offres-tu un verre en milieu de journée ? demanda Cal en regardant Lara avec suspicion.

La jeune femme ne prenait pas plus de jours de congé que lui, mais elle était là, à lui offrir un déjeuner tardif et un verre dans leur bar préféré.

Elle semblait différente avec ses cheveux lâchés, dans une tenue décontractée et une veste en cuir, comme si elle pouvait soulever des haltères sur un banc et s'envoyer quelques shots après. Elle en avait commandés, ainsi que quelques bières, comme si elle voulait prouver cela.

— J'ai des nouvelles, dit-elle. Et crois-moi, tu auras besoin d'un verre après les avoir entendues.

Ils trinquèrent et burent leurs shots, puis ils apportèrent leurs bières à une table dans un coin avant qu'elle ne les annonce.

— Le Parrain ne fera plus appel à tes services.

— C'est tout ?

Il ne s'attendait pas à cette nouvelle, mais il n'en était pas dévasté.

— Ne me dis pas qu'*elle* a un ex et qu'elle retourne auprès de lui ? Je ferais un complexe.

— Non, dit-elle, ses boucles blondes rebondissant alors qu'elle secouait la tête. Son père, Le Parrain *senior*. Il vient d'être arrêté pour racket.

Cal la regarda bouche bée, alors qu'elle prenait une gorgée de sa bière.

— Tu plaisantes ?

— Nom de code judicieusement choisi, Calvin, dit-elle en levant son verre afin de porter un toast.

Il était trop étonné pour répondre à son toast.

— Comment l'ont-ils attrapé ?

— Tu dois remercier *Scarlet* pour ça.

— Le programme de la police ?

— Des agents supplémentaires étaient au bon endroit au bon moment et ont attrapé Asher Morris, en flagrant délit de racket d'une entreprise locale, murmura-t-elle pour garder son nom privé. La nouvelle va faire couler beaucoup d'encre pendant des semaines, ce qui donne une très bonne image de ton petit spécialiste des données. Tu le vois plus tard, n'est-ce pas ?

C'était incroyable, c'était tout ce qu'Owen avait espéré, et cela avait, par inadvertance, libéré encore plus Cal de son emploi du temps. Il souhaitait tout le bonheur possible au Parrain, c'était une gentille fille, mais il comprenait qu'elle devait porter son attention ailleurs.

Owen allait bourdonner d'allégresse ce soir.

— Je pense que ça mérite d'être fêté lorsque j'irai le voir, dit Cal, levant finalement son verre pour se joindre au toast de Lara, et il en prit une bonne lampée.

Il n'en prit pas une autre. Il voulait garder ses esprits pour Owen, d'autant plus que ce soir était l'occasion idéale pour apporter une bière importée qu'il avait gardée et qui irait bien avec ce qu'ils avaient prévu de préparer pour le dîner.

— Maintenant, tu n'as plus que Piper et Prince à refiler et tu pourras partir proprement, dit son amie en le regardant par-dessus son verre.

Cal lui lança un regard noir. Il aurait dû savoir qu'elle irait à la pêche si elle payait la note.

— Et pourquoi voudrais-je faire ça ?

— Tu sais que ma sœur m'a appelée hier soir, n'est-ce pas ?

Bien sûr qu'elle l'avait fait.

— Je sais à quel point les sœurs peuvent être curieuses. Peux-tu garder ton nez hors de mes affaires ?

— Pas si tu commences à organiser des dîners avec les membres de ma famille, répliqua-t-elle en buvant sa bière jusqu'à ce qu'il n'en reste qu'une seule gorgée avant de claquer ses lèvres et de la finir. Lorelei avait beaucoup de choses à dire sur vous deux.

— *Lorelei* n'a-t-elle pas un devoir de confidentialité envers ses patients ?

— Elle est coach personnel.

— Qui est aussi thérapeute, selon la description de Scarlet.

Lara pinça les lèvres pour admettre ce point.

— Elle ne m'a donné aucun détail, donc les secrets de Scarlet sont en sécurité, mais selon ses mots, tu semblais être un homme complètement différent de celui qu'elle se souvenait avoir rencontré.

— C'est ce que je fais, Lara, dit Cal en tendant ses bras pour s'enlacer. Je deviens l'homme que mes clients veulent que je sois.

— Seulement, tu n'étais pas de service hier soir.

Merde. Elle l'avait eu aussi facilement que si elle lui avait fait une clé de bras.

— Écoute, si tu te soucies de mon éthique professionnelle…

— Je ne suis pas ici en tant que ta responsable, Calvin, dit-elle en abandonnant son sourire narquois. Je suis ici en tant qu'amie. Nous travaillons ensemble depuis longtemps. Je sais comment tu traites tes clients. Je sais à quoi ressemble la normalité pour toi. Et Lorelei a raison, tu es un homme différent, ces derniers temps, et n'importe qui avec des yeux pourrait voir que c'est à cause d'*Owen Quinn*.

Elle baissa autant la voix que lorsqu'elle avait dit le nom de Morris, mais Cal était toujours tendu d'entendre mentionner le nom d'Owen ailleurs qu'entre eux et leur cercle d'évènements publics.

Il était censé être un maître es personnalités, jouant le bon rôle afin de s'adapter à la bonne situation, même lorsque cela impliquait de porter un masque pour tromper ses amis ; mais Lara n'était pas quelqu'un qu'il pouvait leurrer. Lorelei, non plus, apparemment, non pas que Cal ait essayé de tromper quelqu'un la veille.

— Ça n'a peut-être pas d'importance, dit-il. Peut-être qu'il ne pense pas à moi comme…

— S'il te plaît, l'interrompit Lara. Ces excuses ne te ressemblent pas. Tu ne peux pas faire ça pour toujours. Même un homme qui vieillit avec autant de grâce que toi ne peut pas continuer à se prostituer à la soixantaine.

Cal fronça les sourcils. Un coup droit à son âge était toujours un point sensible, parce que cela l'avait titillé dernièrement, ce sentiment qu'il lui manquait quelque chose, alors que les années passaient et que rien ne changeait.

— Tu veux parier ?

Lara eut un petit rire.

— D'accord, *tu* pourrais probablement. Mais est-ce vraiment ce que tu veux ?

Il y avait longtemps que Cal n'avait pas pensé à ce qu'il voulait au-delà d'une soirée satisfaisante et d'un travail bien fait. Owen lui faisait remettre tout cela en question.

— Promets-moi juste que tu me préviendras avant de faire une grande scène devant Richard lorsque tu démissionneras.

Cal dut rire.

— Pourquoi, pour que tu puisses faire régner le calme ?

— Pour que je puisse l'*enregistrer*.

— Je ne vais nulle part encore, dit-il en riant. Et en plus, Dick est un abruti… mais c'est un homme bien.

Cal n'avait pas besoin de faire une scène lorsqu'il partirait, et envisageait-il sérieusement de démissionner ? Pour Owen ?

— Dommage que tous les enfoirés ne soient pas aussi gentils que nous.

Elle leva son verre pour un autre toast. Cal lui répondit, mais il but lentement, car il n'était pas tout à fait sûr de ce qu'il venait d'admettre.

— Maintenant, on joue aux fléchettes ou au billard ? proposa Lara en se frottant les mains et en regardant derrière elles où les deux options attendaient. Parce que je vais prendre au moins une autre bière et je te suis redevable pour ce dernier poker.

Ils entretenaient une légère rivalité, qui se manifestait dans des parties de cartes amicales ou tout ce qui pouvait être disponible. C'était facile de côtoyer Lara dans le cadre personnel, même lorsqu'ils ne se parlaient pas, ce que Cal avait toujours apprécié dans son amitié avec Rhys également.

Ce qui lui rappela autre chose.

— Tant qu'à te mêler de ce qui ne te regarde pas, que se passe-t-il avec Rhys ? Dick dit qu'il a allégé son emploi du temps. Sais-tu quelque chose à ce sujet ?

Lara sourit comme si elle avait un secret, et elle en avait toujours un.

— Tu ferais mieux de lui demander.

OWEN devait regarder le bon côté des choses. Tout irait bien. Tout irait *bien*.

De plus, il avait reçu ce message insensé de Wesley... il s'étonnait toujours que le maire d'Atlas City lui envoie des SMS à l'occasion... au sujet d'un chef de la mafia qui avait été arrêté grâce à l'aide du programme de la police, ce qui était une énorme victoire. Il aurait dû être ravi.

Harrison n'était même plus dans le bâtiment, et Owen sursautait encore à chaque ombre, s'attendant à le voir à chaque virage dans les couloirs. Il était peut-être paranoïaque. Il croyait en la prévisibilité, parce que c'était comme ça que les modèles fonctionnaient, et si on les analysait correctement, ils ne se trompaient presque jamais. Cela ne signifiait pas qu'il n'existait pas des exceptions. Il en allait de même dans la vie de tous les jours, comme lorsque Harrison se présentait à son *bureau*. Owen avait certaines attentes, basées sur des évènements passés, mais son ex pouvait toujours s'avérer être une aberration et le surprendre. Il pensait peut-être vraiment ce qu'il disait, et, à la fin, Owen serait capable de mettre tout cela derrière lui sans aucun désastre.

— Il a couché avec Marsh, tu sais.

Owen s'arrêta brusquement, se retenant de continuer vers les distributeurs automatiques alors que la peur courait dans ses veines. *Quoi ?*

— Sérieusement ? C'est vrai ?

— Je parie qu'il se tape Walker aussi.

C'était deux des hommes de la R&D, ceux qui étaient dans la pièce avec Harrison et lui pendant la réunion. Ils parlaient de lui ?

— Je ne pense pas qu'Adam soit comme ça. Il vénère sa femme.

— Eh bien, peut-être Nye, alors. Bon sang, peut-être le maire !

— Maintenant, tu délires. Quinn est trop doux et réservé pour ce genre de choses.

Ils *parlaient* de lui.

— Je t'en prie, ceux qui sont calmes sont toujours des monstres en privé. Tu sais, ce beau mec qu'il amène à tous les évènements ?

— Son chargé de relations publiques ?

— J'ai entendu dire qu'il le paye pour plus que la gestion de son personnage public, si tu vois ce que je veux dire.

Oh, merde. Était-ce ce que tout le monde chuchotait ?

— Vraiment ? Waouh, je suppose qu'on ne connaît jamais vraiment certaines personnes.

Owen allait vomir. Une seconde auparavant, tout ce qu'il voulait, c'était dévorer le truc le plus malsain qu'il pouvait trouver afin d'étouffer son anxiété avec des calories, mais maintenant son estomac se nouait en un vrai nœud de marin.

Les voix s'éteignirent lorsque les deux développeurs passèrent devant les distributeurs automatiques, mais leurs mots et leurs implications s'attardèrent. Owen se moquait de ce que les gens pensaient de lui, mais les rumeurs pouvaient toujours nuire à son travail, et il ne se pardonnerait jamais si cela revenait aux oreilles de Cal et *le* blessait d'une quelconque manière. Qui avait lancé ces rumeurs ? Était-ce inévitable ou aggravé par la présence de Harrison ?

Ils étaient restés silencieux sur le sujet lorsqu'ils étaient ensemble, au moins au travail, mais certaines personnes avaient chuchoté à Middleton aussi, et d'autres savaient. Comment Frank avait-il pu le savoir autrement lorsqu'Owen avait commencé chez Nye Industries ? Owen ne s'était pas soucié des murmures lorsqu'il était avec Harrison, parce qu'il pensait qu'il était heureux, qu'il essayait de se convaincre qu'il était heureux et que tout scandale en valait la peine.

Il *était* heureux aujourd'hui, mais les chuchotements étaient bien plus dangereux et les enjeux bien plus importants.

Owen devait anticiper. Il avait besoin d'aide pour faire cesser tout cela. Mais il ne pouvait pas appeler la première personne qu'il souhaitait joindre. Il ne pouvait pas, parce tout ce qu'il ressentait était un fardeau.

CAL avait enlevé ses lentilles avant de quitter la maison, sachant combien Owen appréciait son apparence avec des lunettes. Il adorait scotcher Owen avec la bonne entrée. Sa tenue de ce soir était un peu trop habillée pour les plans de la soirée, avec un pantalon, une chemise et une cravate, associés à un pull rayé qu'il imaginait bien s'intégrer à la nouvelle garde-robe du jeune homme, non pas qu'il voulait se distraire en pensant à Owen dans ses vêtements, le tout complété par un élégant blazer gris.

Il *n'abandonnait* pas son rôle d'escort, certainement pas ce soir en tout cas, mais il ne se retiendrait pas si son emploi du temps restait plus allégé et que les choses changeaient de cap entre Owen et lui. S'en tenir aux meilleurs plans était surfait parfois.

Il frappa à la porte d'Owen juste à l'heure, une bouteille de bière coûteuse à la main.

Il n'obtint pas de réponse immédiate.

Il frappa de nouveau, pensant que le jeune homme était peut-être dans la salle de bains ou qu'il ne l'avait pas entendu, mais il entendit bientôt des pas précipités, ainsi que la voix d'Owen qui semblait agitée.

— J'ai parlé à Alyssa pendant plus d'une heure, Mario, disait-il, sa voix traversant la porte juste avant qu'il ne l'ouvre. Cal, qu'est-ce que tu…

Il comprit d'un coup et afficha le même air coupable que la veille.

— Dîner. Tu étais prévu pour ce soir, et j'ai vraiment oublié, cette fois. Je suis désolé. Oui, dit-il dans son téléphone en faisant signe à Cal d'entrer alors qu'il continuait de répondre aux questions. *Non*, pas maintenant, d'accord, peut-on juste… je te promets. Je le ferai. Je t'aime aussi. Au revoir.

Il jeta son téléphone sur une pile froissée que Cal réalisa être la veste d'Owen sur le sol au milieu de la pièce.

— Je suis *désol*é, Cal, répéta-t-il.

Il avait l'air pas terrible, comme l'épave dont il pensait que le jeune homme s'était sorti. Il avait été déçu de trouver Owen bien dans sa peau hier soir, parce qu'il craignait qu'il n'ait plus besoin de lui, mais le voir comme ça de nouveau le déchiquetait. Sa chemise simple et son pantalon étaient froissés. Sa chemise était déboutonnée, ses cheveux en désordre comme s'il les avait tirés pendant des heures, ses yeux rouges, son *visage* coloré, juste lessivé et agité, alors qu'il faisait les cent pas devant lui.

— Je n'ai même pas pensé au dîner. Je suis désolé, je n'ai pas…

— Owen, dit Cal en fermant la porte derrière lui avant de le fixer. C'est bon. Dis-moi ce qui s'est passé. J'étais prêt à trinquer avec toi ce soir après avoir entendu parler du criminel que la police d'Atlas City a appréhendé, tout cela grâce à ton programme.

Il souleva la bière afin de le prouver.

— Vraiment ? Tu en as entendu parler ? s'exclama Owen, son visage s'éclairant comme si cela compensait presque tout ce qui le tourmentait. C'est une bonne nouvelle, et ça devrait être tout ce à quoi je pense en ce moment, mais il est arrivé autre chose, et je… *argh*.

Il prit la bouteille des mains de Cal et, s'agitant toujours comme s'il avait besoin d'un moment pour se ressaisir, il le conduisit à la cuisine afin de pouvoir ranger la bouteille, et Cal nota la présence de deux bouteilles de bière de taille normale vides sur le comptoir.

Owen n'était pas ivre, mais l'alcool dans lequel il avait essayé de noyer son chagrin n'avait manifestement pas aidé à calmer sa nervosité. Après avoir déposé la bouteille dans le réfrigérateur, au lieu d'afficher un sourire comme Cal s'y attendait presque, même s'il n'y aurait pas cru, Owen s'assit sur un des tabourets de l'îlot, les coudes sur le comptoir et la tête dans ses mains.

— Harrison est ici. À Atlas City. Chez *Walker Tech*, dit-il avant que Cal puisse l'inciter à parler, et même si le sang de ce dernier se glaça à la mention de ce nom, il garda son calme pendant qu'Owen lui expliquait les évènements survenus plus tôt dans la journée, jusqu'aux rumeurs qu'il avait entendues et à quel point il était désolé si l'une d'entre elles revenait à l'employeur de Cal ou lui causait des ennuis.

Seul Owen pouvait être dans les ennuis jusqu'au cou, avoir des harpies tout autour de lui et s'inquiéter pour quelqu'un d'autre.

— J'ai appelé Alyssa, et Casey a appelé deux fois, puis Mario ensuite. Ils ont tous des opinions différentes sur la question de savoir si j'ai bien fait d'accepter de laisser Harry rester et travailler sur le projet. Je ne sais pas si j'ai fait le bon choix, mais qu'est-ce que j'étais censé faire ? Je n'arrête pas de penser que je vais devoir le revoir, qui sait dans combien de temps et combien de fois, et j'ai juste…

Sa voix craqua, et il prit une inspiration apaisante pour se calmer.

Cal avait pris un tabouret à côté du jeune homme, et il profita de la pause dans la conversation pour glisser un bras autour de ses épaules. Owen accepta l'étreinte en se penchant sur le côté. Il avait reçu assez de conseils pour une soirée. Il avait besoin d'une pause, maintenant.

— As-tu faim ? demanda Cal.

— *Je suis affamé.*

– Veux-tu commander une pizza ?

— Ce n'est pas vraiment la meilleure combinaison pour la bière que tu as apportée, répondit-il en laissant échapper un rire impuissant.

— La bière est toujours bonne avec la pizza, Owen, c'est le cours 101 pour adolescent irresponsable.

Un autre rire, suivi par un regard affectueux d'Owen sur Cal, qui le faisait rire après tant de drames.

— D'accord. Tu commandes, j'ouvre la bière.

— Tu es sûr que tu en veux une autre ? demanda Cal avec un signe de tête vers les bouteilles vides.

De toute façon, la bouteille de 650 ml ne leur offrirait qu'un verre chacun, mais Cal veillait quand même, s'assurant qu'Owen ne plongeait pas dans l'alcool ou ne prendrait pas une autre bière par la suite. Les gens pensaient qu'ils voulaient l'oubli dans ce genre de situation, mais c'était rarement la bonne décision.

À sa grande surprise, alors qu'Owen semblait s'être bien relaxé grâce à la combinaison de ce qu'il avait bu précédemment et de l'offre de Cal, ses yeux restaient concentrés, seuls son sourire et sa posture prouvaient qu'il s'était enfin détendu. La pizza arriva avant qu'ils n'aient fini la moitié de leur bière, et les dernières gorgées s'assortirent parfaitement avec le pepperoni, la saucisse et les tomates séchées.

Ils s'étaient attablés lorsque la nourriture était arrivée, chacun dans sa chaise habituelle. Une musique de fond jouait à présent afin de couvrir les silences, et le blazer de Cal était suspendu sur le dossier de son siège. Il avait également enlevé sa cravate, l'avait enroulée et glissée dans la poche de sa veste.

Cal ne posa une question dangereuse qu'une fois qu'Owen eut avalé la dernière gorgée de sa bière et qu'il fixait le verre vide, un peu trop distrait et mélancolique.

— Est-ce que tu l'aimes encore ?

Owen le fixa, clignant ses yeux verts de surprise.

— *Non*. Je ne… crois pas. Je ne veux pas…

Puis il les ferma afin de contenir les larmes insistantes qu'il avait retenues.

— Pourquoi aimons-nous toujours des gens qu'on ne devrait pas aimer ?

Cal s'était posé cette question trop souvent.

— Nous ne choisissons pas qui nous aimons. C'est automatique, parfois. L'amour. La loyauté. Mais l'amour n'est pas un dû, Owen, pas même pour les gens du même sang. Je le sais, crois-moi.

— Tu le sais ? dit Owen en le regardant avec curiosité.

Cette question était peut-être la plus dangereuse, car elle demandait une réponse de Cal sur un sujet qu'il n'avait jamais abordé avec aucun client. Pourtant, avec Owen, cela semblait naturel de défaire les quelques boutons suivants de sa chemise et de tirer dessus, ainsi que sur son pull, pour faire apparaître la ligne diffuse de sa cicatrice la plus proéminente.

— Harrison t'a cassé le bras. J'ai connu un homme comme lui autrefois. La clavicule cassée, une gracieuseté de mon cher vieux *père*.

La brume persistante de l'alcool s'évapora du regard d'Owen.

— Est-ce qu'il… ?

— Vivant. En prison, en fait.

— C'est là qu'il doit être. Et ta mère ? demanda Owen, assez détendu maintenant pour avoir moins de filtres et ne pas s'en rendre compte.

Il devrait s'occuper d'Owen, ce soir. La soirée avait été payée, elle devrait toujours être à propos du jeune homme. Non pas qu'Owen n'ait pas posé de questions personnelles à Cal avant. Celui-ci lui avait raconté plein d'histoires sur Claire, même sur Rhys, sans entrer dans les détails des clients de son ami, mais il avait toujours réussi à éviter de parler des parents. Maintenant, il ne voulait pas se retenir, parce qu'Owen ne s'était pas retenu avec lui.

— J'avais à peu près l'âge que tu avais quand tes parents sont décédés… quand ma mère est partie. Claire n'avait qu'un an à l'époque. Elle ne se souvient pas du tout de maman. Elle dit que c'est plus facile, car elle n'a personne à regretter. C'est peut-être vrai, ou elle est peut-être simplement douée pour m'aider à me sentir mieux. Entre le départ de maman et les allées et venues de papa en prison toute ma vie, j'ai continué de me concentrer sur ma sœur. Une fois que Claire a pu prendre soin d'elle, je me suis éloigné le plus possible de mon père.

Cal souhaitait prendre un autre verre, il réfléchit même à aller chercher une autre boisson au réfrigérateur, mais ce n'était pas ainsi que cette soirée devait se terminer. Il ne pouvait cependant pas s'empêcher de penser que l'expression du visage d'Owen remuait de vieux ressentiments dans son estomac, car il n'avait pas besoin de la pitié de qui que ce soit.

— Je sais ce que tu penses… pas étonnant qu'il se vende avec un passé aussi tordu, souffla Cal, trop honnête, alors qu'Owen méritait mieux avec ses bagages.

130

— Je ne penserais jamais cela, affirma Owen avec une expression qui n'était peut-être pas de la pitié, mais Cal n'était pas sûr de pouvoir faire confiance à ce qu'il lisait là. Je ne pense pas que ce que tu fais est mal. Ce n'est pas pour ça que je ne veux pas que tu...

Ses joues rougirent alors qu'il détournait les yeux, évoquant visiblement les tâches d'escort les plus courantes de Cal.

— Mais je ne te ferai pas honte pour cela. Je sais que tu es en sécurité. L'agence s'en assure. C'est juste un gagne-pain comme toute autre chose. Tant que tu aimes ce que tu fais. Tant que tu es heureux.

Owen ne l'apaisait pas, il pensait ces mots, tout comme Claire n'arrêtait pas de le dire, parce que Cal insistait sur le fait qu'il était heureux, mais la réponse de Cal aurait dû être automatique : *je suis heureux. J'aime ce que je fais.*

Ces mots ne venaient plus aussi facilement.

— Je n'ai jamais été... assez bien pour mon vieux, dit Cal, à vif et ouvert, comme si c'était lui qui avait bu une troisième bière. Je ne l'ai jamais rendu heureux. Je n'ai jamais reçu d'éloges. N'ai jamais eu d'importance. Je donne aux gens ce dont ils ont besoin en faisant ce que je fais maintenant, et personne ne me regarde jamais comme si je ne leur avais pas plu. Je sais que c'est malsain.

Il regarda la vue d'Owen sur la ville.

— Mais j'aime être ça pour quelqu'un, conclut-il.

— Ce n'est pas malsain. C'est mignon, dit Owen. Peut-être un peu triste, mais mignon. Tu me rends heureux.

Il rougit, passant à un écarlate plus foncé, et il jeta un coup d'œil au loin dès que Cal le regarda, assez sobre pour remarquer son manque de filtre, même s'il était assez agité pour ne pas pouvoir le contrôler. Mais il leva les yeux, semblant s'en accommoder.

— Tu sais, pour être honnête avec moi-même, je ne pense pas avoir jamais aimé Harrison. Je pensais juste que je l'aimais, parce que je ne savais pas encore ce qu'était l'amour.

Cal aurait bien eu besoin d'un autre verre, mais alors qu'il débattait pour savoir quoi répondre, la playlist de la chaîne audio le devança. *You Don't Know Me* débuta, mais ce n'était pas la version de Ray Charles ni aucune des autres que Cal connaissait, même si elle était toujours chantée avec une voix masculine et douce.

Owen se pencha en arrière et sourit en écoutant.

— Sais-tu ce que nous n'avons jamais fait à tous ces évènements huppés ?

— Hum ?

— *Danser*. Veux-tu bien danser avec moi, Cal ?

Ce dernier rit, mais il ne pouvait pas dire non à une demande aussi innocente.

— Très bien, Owen, dit-il, et il se leva pour lui tendre la main.

Le jeune homme accepta en riant et laissa Cal le tirer dans l'espace ouvert de l'appartement. Cal glissa sa main droite autour de la taille d'Owen, mais celui-ci haussa les épaules et saisit sa main droite afin de l'écarter vers l'extérieur.

— Non, c'est moi qui mène, dit-il.

— Et pourquoi ça ?

— Je suis plus grand.

— D'un demi-centimètre peut-être.

— Ça compte quand même, affirma Owen en serrant fermement la main de Cal et en glissant plutôt son bras autour de la taille de son compagnon. Le plus grand mène.

Cal était plus grand, même si ce n'était que légèrement, sans parler de ce demi-centimètre, mais il céda et posa sa main libre sur l'épaule d'Owen.

— D'accord, mais juste pour que tu sois prévenu, je ne sais pas comment faire dans ce sens.

— Je peux faire les deux, alors je vais devoir t'apprendre à suivre.

Il lui était impossible de refuser à cause de l'éclat des joues d'Owen, provoqué par l'alcool.

— Alors continue, Scarlet.

Owen entraîna Cal dans un simple fox-trot pour suivre la chanson, mais même si Cal s'avança à contretemps plusieurs fois et manqua d'écraser les pieds du jeune homme, celui-ci ne vacilla pas. Il se pencha simplement vers Cal afin qu'il mette un pied là où il devait le faire.

— Comment un spécialiste des données sait-il si bien danser ?

— J'ai pris des cours de danse à l'université, répondit Owen. J'adorais ça. Mais je n'ai pas eu l'occasion de montrer mes compétences ces derniers temps.

Ils se balancèrent, tournèrent et se déplacèrent sur le sol, plus doucement à chaque couplet. Cal avait toujours aimé et détesté cette chanson, car elle était belle, mais triste. Une histoire de chances manquées, d'opportunités non saisies. Mais Owen était juste là, dans ses bras, leurs corps se touchant à chaque pas. Le jeune homme le rapprocha, assez près pour que leurs joues se frôlent.

Il fredonnait avec la chanson, révélant une belle voix qui allait de pair avec ses talents de danseur. Il réservait encore tant de surprises à Cal.

Il était plus fort qu'il ne le pensait. Il serait encore en train de vivre ce nouveau chapitre de sa vie si Harrison ne s'était pas pointé pour le jeter dans le chaos. Owen avait simplement besoin qu'on lui rappelle à quel point il était précieux et puissant, à quel point il était digne de l'amour que Harrison ne lui avait jamais vraiment donné.

Leurs mains les rapprochaient, coincées entre leurs poitrines, avec l'autre main de Cal sur le cou d'Owen l'incitant à se rapprocher jusqu'à ce que leurs fronts s'appuient fermement l'un contre l'autre. L'agitation du jeune homme s'estompa, et la musique dériva sur la chanson suivante… juste au moment où Cal franchissait les derniers centimètres qui les séparaient et posait ses lèvres sur celles d'Owen.

CAL *l'embrassait*. Owen faillit trébucher et les faire chuter tous les deux au sol, mais heureusement, il se figea assez longtemps pour transformer leurs dernières tentatives de danse en balancement sur place, puis juste… en embrassade.

The Way You Look Tonight remplaça la chanson précédente, alors qu'Owen entrouvrait les lèvres, et il sentit la langue de Cal profiter de l'avantage. Cela le fit trembler de le goûter enfin. Il avait le goût du café, du chocolat et de la bière qu'ils avaient partagée et était *si bon*.

La tête d'Owen nageait dans cette brume parfaite de coton et de clarté. Il resserra sa prise sur la taille de Cal à l'instar de celle de ce dernier sur son cou. C'était ce qu'il avait voulu. La façon dont Cal inclinait sa tête afin de pousser le baiser plus loin, le faible bruit qu'il faisait, la chaleur de son corps, tout cela était si excitant et parfait, tout comme la soirée de la veille lorsqu'ils n'avaient pas essayé d'être autre chose que des amis.

Contrairement à ce soir, où Cal était *payé*.

L'estomac d'Owen se tordit comme si on l'avait essoré. Il payait Cal pour cela. L'homme faisait son *travail* en ce moment même. Une soirée normale, car Owen était son client, pas un ami. Ils n'étaient pas amis.

Il était un imbécile.

— S… stop, haleta-t-il.

Il repoussa Cal jusqu'à ce qu'il trébuche en arrière.

— Je ne v… veux pas que tu fasses ça. Je ne t'ai pas demandé de faire ça, continua-t-il avec plus de force.

Il ne voulait pas paraître fâché, mais il haletait et ne pouvait pas respirer après avoir connu l'étreinte de Cal.

Le choc et la détresse creusèrent le visage de Cal, qui était resté debout, les mains en l'air, comme pour marquer l'endroit où Owen s'était échappé.

— Je suis désolé, dit-il en reculant également.

Il avait l'air mortifié.

— Je ne suis jamais allé contre la volonté d'un client avant. Je devrais… je devrais y aller.

Il fit demi-tour et prit son blazer.

— Attends ! s'écria Owen en le suivant, mais sans être sûr de ce qu'il devait dire. Je suis désolé.

Cal s'arrêta, agrippant le dossier de la chaise où se trouvait sa veste, et il regarda Owen par-dessus son épaule.

— Tu n'as pas besoin de t'excuser, Owen. C'était ma faute. J'ai été maladroit. L'habitude.

L'habitude ? Parce qu'Owen était un client et que c'était ce que Cal faisait pour ses clients ?

— D'acc… d'accord.

Comment cette expression misérable pouvait-elle continuer d'*empirer* ?

— Je ne voulais pas dire…

— C'est bon, assura Owen en faisant un pas en avant parce qu'il devait résoudre ce problème, même si cela piquait.

Il voulait juste arranger les choses, afin que Cal le regarde de nouveau normalement et qu'ils puissent prétendre que rien de tout cela ne s'était jamais produit.

— Tu sais, je ne veux plus penser ce soir. Pouvons-nous… pouvons-nous nous pelotonner sur le canapé et regarder un film ?

Cal cracha un rire, brisé et faux.

— Bien sûr, Owen. Nous pouvons le faire.

Il se tourna vers lui, mais sa main n'avait pas quitté le dossier de la chaise, et elle le serrait si fort.

— Tout ce que tu veux.

Cela piqua encore plus lorsque Cal commença à enlever son pull, supposant qu'Owen voulait…

— Non, dit-il en tendant la main vers Cal pour qu'il s'arrête. Juste… comme ça. Je veux rester habillé ce soir. D'accord ?

Tout ce qu'Owen disait, tout ce qu'il essayait de faire pour tout remettre à l'endroit semblait empirer la situation. Cal laissa tomber ses mains sur ses côtés, et son expression se transforma en quelque chose de géré et de froid. C'était horrible.

— D'accord, Owen.

— Arrête ça, dit le jeune homme en reniflant, incapable de retenir les larmes qui montaient. Je suis désolé, s'il te plaît, ne me regarde pas comme ça, je ne voulais pas…

Tout devint flou devant Owen, et Cal se déplaça si vite que son masque de pierre tomba, laissant réapparaître la misère, mais au moins il enroula bientôt ses bras autour d'Owen pour le tirer plus près de lui.

— Hé, chuttt…

Owen sanglota dans l'épaule de Cal plus fort qu'il ne l'avait fait lors de leur première soirée ensemble, serrant si fort son compagnon qu'il craignait de lui laisser des bleus, mais ne pouvant pas s'en empêcher. Il empirait toujours tout. Mais Cal l'avait aidé pendant des semaines à croire qu'il pouvait peut-être arranger certains trucs.

— C'est bon. Je suis désolé. Nous allons tout recommencer, dit Cal avec la douceur et la compréhension auxquelles Owen était habitué. Une soirée calme, juste toi et moi, tout ce que tu veux. Je ne voulais pas te contrarier. J'étais juste en colère contre moi pour t'avoir mis mal à l'aise. Ce n'est pas grave.

— Vrai… Vraiment ? s'inquiéta Owen, étranglant le cou de Cal, souhaitant ne pas avoir mouillé sa chemise.

— *Vraiment*. Allez, dit-il en souriant alors qu'il soulevait la tête d'Owen de son épaule et effaçait les larmes de ses yeux.

Ils s'assirent sur le canapé côte à côte. Le jeune homme mit le film *Godzilla*, qui aurait dû être merveilleusement stupide, et ils rirent et se rappelèrent des moments qu'ils aimaient l'un l'autre, mais tout cela semblait maintenant souillé, étouffé par des couches de non-dits.

Owen souhaitait pouvoir retrouver ce qu'ils avaient eu la veille. Il *voulait* embrasser Cal, mais pas quand l'argent entrait en ligne de compte, pas quand il y était obligé. Il ne savait pas où ils en étaient maintenant, malgré les progrès qu'il pensait avoir faits auparavant.

C'était la première fois qu'ils terminaient une soirée payée sans se déshabiller, et au lieu de se sentir optimiste lorsque Cal partit, Owen se sentit creux et vide.

Il avait tout gâché. Même si Cal voulait l'embrasser en dehors des affaires, en dehors de l'argent et des obligations, il ne le voudrait plus après ce soir. Il y avait un gouffre entre eux qu'Owen avait creusé parce qu'il était trop peu sûr de lui pour demander ce qu'il voulait, même lorsque Cal était parti avec cette même pression des lèvres sur sa joue, mais sans le même espoir.

CAL savait maintenant qu'il ne pouvait pas avoir ce que son cœur désirait, parce que lorsqu'il avait tenté de le prendre, c'était alors qu'Owen, malgré toute sa compréhension et ses tentatives de se préoccuper de Cal sans jugement, s'était rappelé pendant un instant injuste de ce que Cal était… et avait reculé.

Chapitre Huit

OWEN n'avait jamais vu quelqu'un *décrocher* le sac avant, et c'était lui qui l'avait fait. Il n'avait même pas imaginé le visage de Harrison, même si cela aurait été justifié.

Il s'était imaginé le sien.

— Tout va bien ? demanda Lorelei en ramassant le sac de sable du sol et en le soulevant avec une facilité impressionnante.

Il l'aida à le soulever plus haut afin de le remettre sur le crochet.

— Pas vraiment, répondit-il lorsqu'il ne put éviter de la regarder.

Puis il poursuivit en lui expliquant en quelques mots que Harrison était en ville et comment il lui pourrissait la vie. Il laissa de côté le fait que sa mauvaise humeur était plus concentrée sur quelqu'un d'autre.

— Travaillons sur tes techniques de désarmement, dit-elle. Tu t'es amélioré, mais c'est une compétence à maîtriser maintenant que tu as été au stand de tir. La plupart des gens ne t'agresseront pas seulement avec leurs poings.

— D'accord…

Owen la suivit sur le tapis et attendit qu'elle récupère un faux pistolet, qu'elle remplaçait parfois par un couteau en plastique. Il l'esquivait chaque fois qu'elle s'approchait de lui en brandissant l'arme, la faisait dévier ou tentait de la lui prendre. Il était maintenant assez habile pour réussir lorsqu'il était attaqué de face ou de côté, mais par-derrière, c'était toujours un défi. Il trébuchait toujours de manière à ce que l'arme tire ou le coupe sérieusement, si son agresseur avait un couteau.

— Attends… laisse-moi juste me vider la tête, s'exclama-t-il après sa troisième tentative ratée pour la contrecarrer.

— Ta tête ne sera pas claire dans une vraie attaque.

— Je sais, mais…

— *Instinct*. Confiance. Essaye encore.

Owen échoua deux fois de plus. Puis… il réussit deux fois de suite. Il se sentit plus sûr lors de la tentative suivante, mais alors qu'il se préparait à l'assaut de Lorelei, ce ne fut pas le pistolet qu'il sentit dans son dos, mais une prise sur son bras gauche.

Des signaux d'alarme retentirent dans la tête d'Owen, accompagnés d'un sentiment qu'il n'attendait pas, car ce ne fut pas la peur qui surgit en lui, mais la colère.

Il se tourna sans entendre le hurlement qu'il laissa échapper, puis il fit tournoyer Lorelei et l'attira contre sa poitrine. L'arme tombe de sa main, et il donna un coup de pied afin de balayer ses pieds pour la faire tomber au sol.

Il réalisa brusquement ce qu'il avait fait en regardant son visage haletant et souriant.

— Je suis désolé, dit-il en reculant avant de faire un nouveau bond en avant afin de l'aider à se relever.

— Désolé ? répéta-t-elle avant d'éclater de rire. C'est ce que *j'attendais*, Owen. Tu l'as fait.

— Je l'ai… fait ?

Il cligna des yeux en regardant autour de lui comme s'il pouvait découvrir d'autres preuves, mais la preuve était là, dans ses mouvements réflexes.

— *Je l'ai fait.*

— Et tu vas le faire au moins deux fois de plus avant que je te laisse partir aujourd'hui.

138

Argh. Lorelei était la meilleure, mais elle était aussi parfois un peu méchante.

Au lieu de le refaire seulement deux fois, il réussit quatre fois sur cinq de plus à la désarmer, alors qu'elle cherchait son point faible, et il réussit quand même à faire tomber le pistolet la seule fois où il rata. Il était excité à l'idée d'aller au stand de tir, une petite mais importante victoire dans ce qui ressemblait à une mer d'échecs.

— Cal vient au gala samedi, n'est-ce pas ?

Owen s'étouffa en se souvenant de sa plus grande perte, même si l'eau qu'il avait avalée de travers n'aidait pas.

— Euh… oui.

Il avait programmé Cal des semaines auparavant pour l'évènement, donc, techniquement, c'était toujours prévu, même si ce serait la première fois qu'il le reverrait depuis la veille au soir. Cal était complet les deux jours à venir, et Owen ressentait plus que jamais son absence et son amertume vis-à-vis des autres clients. Plus que jamais auparavant.

— Je pensais que les choses allaient changer pour vous. Est-ce qu'il s'est passé quelque chose ? demanda Lorelei.

Son mari était membre du conseil médical de l'état, donc ils seraient aussi au gala. Owen aimait la façon dont les différents éléments de sa vie se croisaient, comme s'il était là où il devait être, comme si c'était le *destin*, mais les jours suivants semblaient annoncer la catastrophe de la collision imminente de plusieurs pièces.

À l'origine, le gala était un prétexte pour annoncer publiquement et célébrer le joint-venture de Walker Tech et Nye Industries, qui combinait leurs efforts pour inaugurer l'ère future dans le traitement de la paralysie et la thérapie génique pour toutes sortes de maladies. Cette fois-ci, Owen aurait besoin d'une cravate noire. Mais le problème n'était pas là. Étant donné l'implication d'Orion Labs dans l'avenir, Harrison serait là aussi. Dans la même pièce qu'Owen… et Cal.

En supposant qu'il n'ait pas annulé. Ou que Cal ne l'ait pas devancé.

— Je pense que j'ai tout gâché, dit-il, toujours aussi facilement honnête avec Lorelei, parce qu'elle avait cette façon de regarder les gens sans les juger.

— Tu *crois* l'avoir fait ? Sais-tu ce qui pourrait probablement aider ?

— Tu ne sais même pas ce qui s'est passé.

139

— Ça n'a pas d'importance. C'est généralement la même réponse. *Parle-lui,* dit-elle en le poussant dans l'épaule pour jouer, le faisant rire misérablement à la suggestion évidente, mais accablante. C'est un type bien. Il est l'un des meilleurs amis de ma sœur, et elle a des goûts très sûrs. En plus, il est évident qu'il se soucie de toi.

— Je sais.

Mais s'ils ne se souciaient pas l'un de l'autre de la même façon ?

— Si c'est la confiance qui te fait défaut, je pense qu'il est temps que tu te regardes longuement dans le miroir.

Elle le prit par le coude et le dirigea devant un miroir géant sur le mur du gymnase. Il était en sueur, les cheveux aplatis, les lunettes tachées, mais il ne pouvait pas nier qu'il remplissait son tee-shirt Voltron humide beaucoup plus que quelques mois auparavant.

— Tu n'es plus le même homme qui a quitté Harrison Marsh et qui a déraciné toute sa vie. Tu es *encore plus fort* que tu ne l'étais alors.

Elle le disait toujours comme ça, qu'il avait été fort depuis cette soirée où il s'était senti le plus faible. Cal le disait aussi, qu'Owen était plus courageux qu'il ne le pensait. Peut-être qu'ils avaient raison et que son plus grand défaut était de ne pas y croire.

Elle lui serra le bras une fois de plus, puis s'écarta de son champ de vision afin de le laisser avec son reflet. Ce n'était pas seulement les muscles supplémentaires qu'il avait acquis à l'entraînement qui faisait qu'il était différent. Il était désormais indépendant, il avait réussi, il avait noué de nouvelles relations, et il avait *mérité* tout cela. Il avait dépassé ses peurs d'une manière qu'il n'aurait jamais cru possible. Il *avait* changé, malgré quelques trébuchements.

Il ne voulait surtout pas laisser Harrison ruiner tout ce qu'il avait construit. Mais plus que cela, il ne voulait pas non plus le détruire *lui-même.*

Lorelei avait raison. Il devait parler à Cal.

OWEN lui avait envoyé des e-mails toute la journée, mais Cal ne voulait pas lui parler au téléphone. Il l'avait informé que son emploi du temps était complet jusqu'à la fête de samedi, ce qui n'était pas une manœuvre d'évitement. Il avait à la fois Prince et Piper cette semaine. Il avait très peu de temps pour voir Owen, et il détestait l'idée de passer le voir avant l'un ou l'autre de ces clients.

Il ne pourrait pas le faire sortir de sa tête s'il faisait ça.

Il ne pouvait pas le faire sortir de sa tête maintenant.

Owen voulait probablement annuler les services de Cal, mais sa bonne nature le poussait à vouloir s'expliquer en personne. Il ne voulait pas juger, il n'avait pas eu l'intention de reculer devant les baisers de Cal, et celui-ci le savait, mais Owen ne voulait toujours pas embrasser quelqu'un qui couchait avec des gens pour de l'argent. S'ils ne pouvaient pas surmonter cet obstacle pendant l'un des moments les plus intimes qu'ils aient jamais partagés, il n'y avait aucun moyen de croire à un avenir.

Je vais essayer de trouver du temps, Owen, mais ce ne sera peut-être pas possible avant samedi.

Ce n'est pas grave ! Je comprends. Je veux juste te parler. N'oublie pas la cravate noire !

Au moins, Owen n'avait pas annulé leur rendez-vous pour le gala, mais Cal était certain que ce serait leur dernière soirée ensemble. Ils pourraient peut-être rester amis, mais même si Owen n'avait pas l'intention d'en finir, Cal ne savait pas combien de temps il pourrait encore voir Owen en tant qu'escort alors qu'il ressentait cela pour lui.

Pire encore, ce désir le suivit jusqu'à la porte de Prince.

La vie personnelle ne devait pas interférer avec le « bureau », mais Cal ne pouvait pas s'en défaire, et Prince n'était pas du genre à rater la moindre distraction.

La lente traînée de ses ongles s'arrêta sur son parcours jusqu'à sa cuisse.

— Calvin ? dit-elle sur un ton curieux. Tu es ailleurs ce soir. Notre temps ensemble n'est guère agréable quand tu es si vide.

Elle était magnifique en lingerie noire, avec un soutien-gorge à lacets et un col haut autour du cou, un porte-jarretelles plein et des bas sur les cuisses. Ses longs cheveux tombaient sur ses épaules alors qu'elle le chevauchait, attaché par des écharpes aux montants du lit, les yeux pas encore bandés ni bâillonné comme elle l'avait prévu.

Habituellement, Cal devenait dur, même avec son sous-vêtement toujours en place, anticipant les jeux auxquels elle jouerait et dans lesquels il s'était impliqué pendant bien plus de mois qu'il n'avait connu Owen.

— Tu devras me punir pour ça, ma chère, dit-il afin de bannir son hésitation. Pour avoir osé laisser mon esprit vagabonder.

Prince avait un beau sourire pour toute la puissance féroce dans ses yeux.

— D'habitude, je serais d'accord avec toi, mais je pense savoir où est ton esprit, dit-elle, passant doucement ces mêmes ongles sur le côté de son visage. Et je ne peux pas rivaliser. Le beau garçon au sourire innocent, oui.

Cal entendit une sonnette d'alarme dans sa tête.

— Les gens prennent des photos lors de ces évènements, tu sais, dit-elle, sans aucune méchanceté.

Bien sûr. Il avait été dans suffisamment d'espaces publics avec Owen pour que ses clients le remarquent, mais il s'était toujours vanté de garder chacun d'eux séparé et spécial pour lui.

— Quand je suis avec toi, tu es tout ce que je…

— *Chut*. Ne me manque pas de respect avec des mensonges que personne ne croirait, l'interrompit-elle avant d'attraper son menton, le tenant fermement, dominante sans jamais être rude. Au début, j'ai trouvé ça curieux, mais ton attention était toujours sur moi lorsque tu étais dans mon lit. Maintenant, elle est avec lui, et je ne crois pas pouvoir te reconquérir.

Elle le libéra, alors que Cal débattait avec lui-même sur la façon de réagir, et fit pivoter ses hanches pour quitter le lit.

— Selene… protesta-t-il, alors qu'elle se déplaçait pour défaire les écharpes.

— Je peux trouver un autre partenaire. Mes besoins sont plus facilement satisfaits que ce que tu désires pour combler le vide dans tes yeux. Rentre chez toi. Le paiement tient toujours pour ce soir.

Elle était l'image de l'aisance, compte tenu de la position dans laquelle ils avaient été quelques instants auparavant, ses mains rapides, mais douces, tout en défaisant ses liens.

— Nous ne contrôlons pas où nos cœurs errent. Peut-être as-tu une recommandation pour un remplaçant ?

Cal savait que Prince avait du caractère lorsqu'il s'agissait de justice personnelle ou de son peuple dans son travail d'ambassadrice. Il avait entendu quelques conversations téléphoniques graves dans différentes langues. Mais, dans ce genre de situation, elle était expressive et admirable, ce qui expliquait en partie pourquoi il l'avait acceptée comme cliente.

Il s'assit sur le lit, une fois libéré, se sentant étrangement petit et nu, considérant qu'il n'avait pas enlevé son caleçon.

— Je… oui. Plusieurs, répondit-il.

Il pouvait penser à au moins trois escorts qui conviendraient à Prince, mais il savait qu'il l'avait déçue.

Elle enfila une robe rouge, attachée lâchement à sa taille, et tordit ses cheveux en un chignon rapide, tandis que ses yeux suivaient son corps avec une faim qu'il avait toujours adorée.

— Je te présente mes excuses.

— Tu n'as pas à t'excuser. Tu m'as toujours fait plaisir, affirma-t-elle en s'avançant afin de s'asseoir à côté de lui. Je ne voudrais pas que notre dernière rencontre souille ces nuits ensemble.

Il avait laissé Owen entrer dans sa tête, l'avait laissé perturber sa routine, son travail, et, pourtant, il était soulagé que Prince ait attiré son attention là-dessus. Pourtant, cela piquait, parce que :

— Je ne peux pas l'avoir comme je veux.

— Non ? Tu as peut-être tort, peut-être pas. De toute façon, tu n'es pas là ce soir, alors pars, dit-elle en tendant une fois de plus la main afin de passer ses doigts sur sa joue. Reste seul avec tes désirs jusqu'à ce que tu décides de la suite. Si tu franchis encore ma porte, je t'accueillerai. Sinon…

Elle se pencha en avant, pressant plus fortement ses doigts pour l'attirer vers elle, puis elle l'embrassa bruyamment en guise d'adieu.

— J'espère que ça voudra dire que tu as trouvé quelque chose qui en vaut la peine.

— **JE** n'arrive pas à croire que tu ne m'aies pas parlé de cet homme tout de suite.

Mario était parfois encore plus irascible qu'Alyssa lorsqu'il était mis à l'écart.

Ou quand on lui avait menti, supposait Owen.

— Je ne savais pas ce que je voulais quand j'ai commencé à le voir, répondit Owen. Il n'y avait rien à dire.

— Voir un escort régulièrement est une chose à dire à son meilleur ami.

— Je te l'ai dit. Finalement.

Owen était chez Walker, s'apprêtant à rentrer chez lui alors qu'il parcourait les couloirs, parlant à voix basse avec Mario au téléphone, parce que son ami lui envoyait des SMS anxieux depuis que leur précédent appel avait été interrompu par Cal l'autre soir. Des rumeurs circulaient au bureau, selon lesquelles Owen avait couché dans son

143

dernier poste et faisait de même ici et chez Nye Industries. Il n'avait pas besoin que quelqu'un entende sa conversation téléphonique au sujet d'un escort, alors que certaines personnes murmuraient déjà à propos de Cal.

— Laisse-moi trouver un coin tranquille, dit-il, empêchant Mario de l'interroger davantage.

Normalement, il aurait dit à son ami de rappeler plus tard, mais il avait besoin d'un autre avis. Il n'avait plus qu'à moitié la tête à son travail depuis deux jours.

Owen connaissait plusieurs coins calmes, à la fois pour les moments où il avait besoin de se vider l'esprit et pour répondre à des appels téléphoniques tels que celui-ci. Il avait juste besoin d'en atteindre un, ce qui le conduisit vers la salle de conférence principale avec des murs en verre transparent donnant directement sur l'intérieur.

Où *Harrison* rencontrait plus de membres de l'équipe de R&D.

— Harry est là, murmura-t-il en s'arrêtant brusquement.

— Juste là ? Dis-lui que je vais lui botter les fesses si…

— Il est en réunion, siffla Owen dans son téléphone. Merde, ça se termine. Il m'a vu.

Et il eut le culot d'adresser un sourire tout doux et plein d'espoir à Owen à travers le verre.

Enfoiré.

Non, Owen était plus grand que ça. Il pouvait accorder à Harrison le bénéfice du doute. Il ne voulait tout simplement plus jamais lui parler. Alors il hocha brusquement la tête dans sa direction et se dépêcha de continuer sa route, tout en reprenant la conversation au téléphone.

— Tu lui as déjà parlé ? demanda Mario.

— Pas depuis la dernière fois qu'il m'a tendu une embuscade au travail.

— Non, je veux dire à Cal.

Owen soupira à cette idée. Deux jours semblant durer une éternité avec seulement des e-mails entre eux.

— Pas encore. Je dois le voir en personne, mais il a été… réservé.

— Pour coucher avec d'autres personnes.

— C'est ce qu'il *fait.*

— Et ça ne te dérange pas ?

— En principe, non, dit Owen en serrant son téléphone plus fort, essayant de garder sa voix douce avec des sourires tendus offerts aux quelques personnes qu'il croisait. Rien que la pensée que quelqu'un d'autre le touche…

— *Owen…* le réprimanda Mario.

— Je sais, d'accord ? C'est le bordel. Mais quand tu aimes quelqu'un, tu dois le laisser vivre la vie qu'il veut, et non pas le laisser se conformer à ce que tu voudrais de lui.

C'était l'une des nombreuses leçons poignantes de Lorelei qu'il avait prises à cœur, parce que Harrison n'avait pas fait ça pour lui.

— Mec, je suis d'accord avec toi, tu sais que je le suis, mais… tu viens de dire que tu *l'aimes* ?

Owen s'arrêta comme il l'avait fait quand il avait vu Harrison, puis il réalisa qu'il était tombé sur l'un de ses coins cachés préférés et il s'y réfugia. Un minuscule couloir avec des toilettes que personne n'utilisait et une cage d'escalier de secours. Il ne pouvait pas nier la facilité avec laquelle il avait admis cela.

— Merde. Je suis amoureux de lui.

— *Merde*, approuva Mario.

Owen eut soudainement la sensation que quelqu'un s'approchait de sa cachette, l'écoutait ou le regardait, mais il ne vit aucune ombre se profiler lorsqu'il regarda dans le couloir. Il devait s'imaginer des choses.

— Si tu aimes vraiment cet homme et qu'être avec lui est ce que tu veux, je te soutiendrai, mec, affirma Mario. Je ne veux pas te voir souffrir à nouveau. Toutes ces années avec Harry…

— Je sais. Mais Cal n'est pas Harry.

Même si une partie de lui avait choisi Cal en raison de son âge, de son équilibre et de son style, tout le reste n'était que Cal, et c'était ce qu'il aimait chez lui.

— Si je l'aime, ça doit vouloir dire que je l'aimerai même s'il ne veut être qu'un ami. Ou s'il ressent la même chose, mais veut continuer de faire son travail. J'aimerais l'avoir pour moi tout seul, dit-il en s'appuyant contre le mur et en imaginant à quel point ce serait merveilleux. Mais tant qu'il serait à moi parce qu'il le veut, je pense que je pourrais être d'accord pour qu'il reste un escort pour toujours.

CAL ne pouvait pas être un escort pour toujours. Il ne voulait pas en être un du tout en ce moment.

Il devait voir Piper ce soir. Owen et lui n'avaient pas encore parlé, et il n'avait aucune idée d'où ils en étaient, mais il n'avait vraiment pas envie que quelqu'un d'autre qu'Owen le touche, surtout après avoir été libéré par Prince.

Il avait renoncé aux courses habituelles qu'il effectuait pendant la journée et s'était retiré dans son appartement depuis qu'elle l'avait renvoyé chez lui. Il savait ce qu'il voulait, mais il doutait que cela importe, si Owen le laissait tomber après le week-end. S'il pouvait intervenir pour changer cela, il tenterait n'importe quoi, mais il ne pouvait pas compter sur ses méthodes de séduction habituelles. Tout était tellement plus difficile lorsqu'il s'agissait de *sentiments*.

Un coup à la porte le surprit. Il avait passé la journée à débattre de ce qu'il devait faire. Il devrait bientôt se préparer à voir Piper, car il ne pouvait pas se faire porter pâle.

Il se dirigea vers la porte, supposant que c'était du courrier qui avait atterri dans la boîte de quelqu'un d'autre ou une autre interruption inintéressante, mais il réalisa son erreur lorsqu'il ouvrit la porte pour trouver Rhys de l'autre côté.

— J'ai arrêté.

— Quoi ? s'exclama Cal en le fixant, bouche bée, n'ayant aucune idée de ce dont il parlait.

— *Frost,* répondit son ami en passant devant lui pour entrer, plus animé que d'habitude, ce qui en disait long sur Rhys. Je lui ai dit que je l'aimais, puis je me suis rendu directement chez Nick of Time pour caser mon dernier client et j'ai dit à Dick d'aller se faire voir s'il avait un problème.

Cal pivota lentement après avoir fermé la porte, les yeux carrément écarquillés.

— Tu *démissionnes* ?

— Bien sûr que non, grogna Rhys. J'adore ce job. Je m'en tiendrai aux clients qui veulent vraiment des escorts à partir de maintenant. Dani ne me demanderait pas de changer, mais je veux être tout à elle, seulement à elle. Je le lui ai dit, je lui ai dit ce que je voulais, et bon sang, cette fille peut accepter cela.

Cal ne put s'empêcher de sourire en voyant comment son ami s'illuminait en parlant d'elle.

— Dani ? l'interpella-t-il en prononçant le prénom de sa cliente.

146

Rhys se calma, puis il haussa les épaules comme s'il était arrivé si loin qu'il n'avait plus aucune raison de se retenir.

— Danielle. La poupée est un *docteur*.

Il rit. Rhys et lui ne *partageaient* pas. Ils échangeaient plus de petites infos que les profondeurs de leurs cœurs, mais c'était étrangement libérateur.

— Owen, dit-il afin qu'ils soient quittes. Celui qui est occupé à sauver Atlas City.

— *Quinn* ? bégaya Rhys après avoir réfléchi. Merde, c'est Scarlet, n'est-ce pas ?

— Apparemment, nous sommes au moins dans un article *people* ensemble.

— Comme si je lisais ce genre de merde. C'est bien pour toi, cependant. Attends, alors tu démissionnes ?

— Non, répondit-il, par réflexe, en s'éloignant enfin de la porte.

Puis il dut se poser la question.

— Je ne sais pas. Je ne pense pas qu'il veuille de moi. Je le veux, mais il… il a reculé, comme si mes lèvres lui avaient occasionné des brûlures de congélation.

Non, ils ne partageaient pas. Ils n'étaient pas ce genre d'amis, du moins pas sans quelques shots entre eux, mais Rhys posa quand même la question.

— Qu'est-ce qui s'est passé ?

Alors Cal lui raconta tout sur la soirée où il avait finalement dérobé un baiser à Owen.

— Il veut bien faire, mais il ne peut pas voir au-delà de ce que je suis.

— C'est l'argument le plus stupide que j'ai jamais entendu, répliqua Rhys.

— Il ne voulait pas m'embrasser, grogna Cal. J'ai insisté, avec un client, contre l'arrangement que nous avions, et il a reculé comme s'il ne pouvait pas s'enfuir assez vite.

— Oui, parce que c'était une soirée *payée*, idiot.

— C'est ce que je dis. Il ne veut pas être avec quelqu'un qui se vend, peu importe à quel point il souhaite que ça ne le dérange pas.

— Ou… dit Rhys en se penchant d'une manière impressionnante dans son espace. Il ne voulait pas t'embrasser un soir où il t'avait payé, parce qu'il avait peur que ce soit la seule raison pour laquelle tu le faisais.

L'air s'échappa des poumons de Cal au moment où il ouvrit la bouche pour contrer cet argument, jusqu'à ce qu'il ne puisse rien dire d'autre que :

— Je suis un idiot.

— Tu es un idiot.

— Je vois Piper ce soir, dit-il en regardant Rhys avec des yeux écarquillés. Je ne peux pas voir Piper ce soir.

— Écoute, mec, dit Rhys en reprenant une attitude rationnelle puisque, pour une fois, c'était Cal qui s'agitait. Dick sera furieux. Piper aussi peut-être. Mais ta tête est déjà hors-jeu. Tu t'y es mal pris. Il est temps que tu fasses quelque chose.

— Facile à dire pour toi. Ton pari a payé.

— Eh bien, je suis plus joli que toi, répliqua Rhys avec un sourire narquois englobant tout ce que Cal aimait chez son ami. Mais je suis sûr que l'univers te donnera une chance.

La joliesse n'était pas un des traits de caractère de Rhys, mais il n'avait presque jamais tort, et s'il pouvait admettre qu'il était tombé amoureux d'une cliente, qui était Cal pour prétendre le contraire ou nier la preuve qu'Owen pouvait aussi le vouloir en retour ? Cela ne voulait pas dire que l'univers le soutenait, mais cela signifiait que ses pensées à propos d'Owen ne le suivaient pas simplement jusqu'à la porte de Piper ; elles lui ouvraient la voie.

Il s'était entraîné à expliquer au jeune musicien qu'ils ne suivraient pas leur routine habituelle depuis le moment où il avait quitté la maison. Cal avait même quelques remplaçants prêts à partir. Il avait le pouvoir de laisser tomber n'importe quel client lorsqu'il le souhaitait, mais il devait à Piper plus que cela après tant de temps ensemble sans jamais une déception ou un problème. Il ne voulait pas que cela se termine mal entre eux.

La bouche prête à parler au lieu d'embrasser lorsque la porte s'ouvrit, Cal perdit ses mots à la vue de Piper. Normalement, il répondait à sa porte, vêtu de vêtements simples, parfois même en robe de chambre, puisqu'il devait prendre une douche pour le concert après leur rencontre, mais ce soir, Piper était habillé élégamment et sentait déjà l'après-rasage.

— Tu vas au concert tôt ? demanda Cal, bien que Piper ne porte pas son smoking.

Il n'avait pas l'air surpris, comme s'il avait aussi oublié que Cal venait.

— Je n'ai pas concert ce soir, dit-il.

— Non ?

Si Piper avait à cœur de faire *des expériences*, ce serait beaucoup plus difficile de le laisser tomber en douceur.

— Entre, mon beau. Nous devons discuter.

Cal devait s'occuper de cela maintenant et s'expliquer avant que Piper n'entre dans le détail des activités charnelles qu'il avait prévues. Cependant, il n'était pas préparé à ce que Piper dit une fois assis sur le canapé.

— Je veux un travail.

— Excuse-moi ? s'exclama Cal en essayant de traiter cette déclaration. Pour faire quoi ?

— Avec *toi*. Je veux un travail à l'agence.

— Tu…

Cal fut abasourdi pendant un instant. Puis il se rappela tout ce que Piper avait tenté d'*inconvenant* aux yeux de ses parents et il lui rendit son regard sans être impressionné.

— Nous ne prenons pas les enfants mignons qui veulent juste énerver maman et papa.

— S'il te plaît. Ce n'est qu'un bonus. J'en ai fini avec le philharmonique. Je veux plus de liberté dans mon emploi du temps et de divertissements pour mes soirées… avec un salaire. Bien sûr, cela signifie que nous ne nous verrons plus, ce qui sera une énorme perte, dit-il en traînant ses doigts le long du bras de Cal. Bien que… peut-être… ?

— Je ne couche pas avec des collègues, dit Cal, tuant cette idée dans l'œuf, tout en appréciant le courage du jeune homme. Une relation de travail serait la fin pour nous. Je suppose que je pourrais t'aider à démarrer, à trouver la bonne clientèle pour une première diffusion et en parler au PDG…

C'était de la folie… un client demandant une recommandation pour devenir escort, mais si quelqu'un pouvait le faire, c'était bien Piper. Non seulement il était séduisant, mais il était aussi bien éduqué, bien habillé et très au courant de ce qui se passait dans la chambre.

— Es-tu sérieux ? insista-t-il. Parce que je ne te recommanderais pas si je ne pensais pas que tu ferais un excellent ajout au catalogue, mais j'ai aussi besoin de savoir que ce n'est pas un jeu.

— Je suis sérieux, acquiesça Piper avec empressement.

Peut-être que l'univers était du côté de Cal. Il souhaitait pouvoir se précipiter à l'appartement d'Owen, libre de tous ses clients, mais leurs retrouvailles devraient attendre. Ce soir, Cal devait établir son plan de sortie, et le fait de pouvoir proposer Piper comme remplaçant faciliterait considérablement la réaction de Dick.

— Ta soirée est libre ? demanda Cal.

— Toute à toi, dit Piper.

— Alors écoute bien, parce que je t'emmène demain matin, et tu dois être prêt à impressionner le patron.

UNE partie d'Owen avait espéré que Cal pourrait le voir avant le gala. Une autre partie était contente d'avoir eu plus de temps pour réfléchir à ce qu'il devait dire, d'autant plus qu'il avait fait exprès de se procurer un nouveau smoking sans l'aide de Cal, bien qu'il ait utilisé celle de Dennis, pour pouvoir le surprendre. Il voulait le voir bouche bée pour une fois.

Ce n'était qu'un smoking normal, simple, noir, avec une chemise blanche, mais il lui allait parfaitement, très James Bond. Il avait encore réfléchi sur le fait de porter ses lunettes à monture dorée, mais il avait décidé que les noires avaient plus de sens avec une cravate noire. Il s'était fait couper les cheveux, sa tignasse brune était parfaitement coiffée, il portait une nouvelle eau de Cologne et sa plus belle montre. Il avait *belle allure*. Même lui pouvait l'admettre.

On frappa enfin à la porte au moment prévu, et Owen prit une inspiration avant de l'ouvrir, son souffle se coinçant immédiatement dans sa gorge.

Cal était époustouflant. Il portait aussi un smoking noir, mais sa chemise était d'un bleu marine profond. Les lunettes étaient de retour pour son personnage « neutre » de chargé de relations publiques d'Owen, et le manteau de laine gris dont Owen se souvenait de leur première rencontre agrémentait le tout.

Pourtant, aussi beau qu'il soit, Owen avait réussi, parce que Cal était lui aussi bouche bée.

— Bien *joué*, Owen. Tu vas faire tourner toutes les têtes à la soirée.

— T... toi aussi.

Le bon sens fuyait Owen lorsqu'il était aussi nerveux, alors le déjà-vu continua, car il oublia d'inviter Cal à entrer tout de suite, mais continua de le fixer. Il se rattrapa en riant et fit signe à Cal d'entrer. La pause gênante qui s'étira entre eux fut presque insupportable, jusqu'à ce que Cal et lui commencent à parler en même temps.

— Écoute, je suis désolé de la façon dont je...

— Owen, j'ai besoin que tu comprennes...

Ils se turent, rirent de leur ridicule et essayèrent de nouveau.

— Toi d'abord, dit Cal.

Tout ce qu'Owen avait prévu de dire se résuma à une seule phrase.

— Je suis désolé d'avoir rendu les choses bizarres.

— Je suis désolé de *l'avoir fait*.

— Ce n'était pas à cause de ton travail.

— Je sais. Je suis désolé d'avoir pensé le contraire pendant un moment.

Cal prit calmement la main d'Owen et la porta jusqu'à ses lèvres. Il embrassa le dos de ses doigts, faisant intensément rougir le jeune homme.

— Pourquoi ne pas prétendre que cette soirée entre amis n'a eu lieu qu'hier soir et que cette *soirée*... n'est pas non plus rémunérée ?

— Quoi ? Tu n'as pas à...

— Je *veux* profiter de cette soirée en tant qu'amis. Nous savons donc que tout ce qui arrive n'est que ce que nous voulons tous les deux, dit Cal en laissant tomber la main d'Owen entre eux, ne le tenant plus que par le bout de ses doigts. Ensuite, après le gala, quand nous aurons plus de temps, il y a certaines choses dont je veux discuter avec toi. D'accord ?

— De bonnes choses ? demanda Owen, tandis que la chair de poule se dressait sur ses bras sous le smoking.

— J'espère bien, dit Cal.

Le cœur d'Owen battait si vite qu'il faillit s'avancer pour embrasser Cal à ce moment précis. Mais non. Pas encore. *Après* leur conversation, qu'il attendait soudain avec impatience.

— D'acc... d'accord.

Cal, tel un vrai gentleman, lui offrit son bras lorsqu'il libéra finalement ses doigts.

— Y allons-nous ?

Owen prit sa veste sur le porte-manteau près de la porte et accepta le bras de Cal, sentant le poids lourd sur ses épaules s'évaporer enfin.

Ils avaient déjà fait cela : assister à un évènement ensemble, épater la foule, surtout Cal, qui faisait impression, et Owen en mode rattrapage, mais ils s'équilibraient bien. Cal avait même préparé plusieurs notes pour Owen au cas où on lui demanderait de dire quelques mots lors de l'annonce. Il n'aurait jamais pu écrire ses propres discours.

Le gala se déroulait dans une vraie salle de bal, éblouissante de lumières colorées, d'hommes en smoking, de femmes en robe de soirée. Il y avait même une piste de danse, un autre signe de l'univers qu'Owen trouvait injuste et trop tentant.

L'évènement bourdonnait d'employés de Nye et Walker, et lorsque les yeux de quelqu'un se posaient sur lui, Owen se demandait si les chuchotements ne contenaient pas les mêmes rumeurs qui circulaient au bureau. Il avait aussi beaucoup réfléchi à ce problème.

— En tant que chargé de relations publiques, je te conseille de devancer ces rumeurs… en les admettant, chuchota Cal après avoir dépassé un autre groupe de personnes qui le fixait.

— Je pensais la même chose, dit Owen. Pas à propos de toi. Je ne ferai jamais…

— Tu devrais éviter de rompre le contrat que tu as signé avec Nick Of Time, de préférence, mais si jamais tu en as besoin… poursuivit-il, offrant à Owen une porte de sortie qu'il n'avait jamais eu l'intention d'utiliser.

— Ce n'est pas ce que je voulais dire. Je pense…

— Owen !

La voix de Keri fendit la foule, et sachant qu'elle et Adam, à ses côtés, étaient les invités d'honneur, tous s'écartèrent afin de les laisser passer. D'une manière ou d'une autre, même si les deux PDG ne se touchaient pas, c'était comme si la jeune femme tirait Adam par l'oreille.

— Tout va bien ? demanda Owen.

— *Adam* voudrait s'excuser, dit Keri.

— Humm… dit Owen en clignant des yeux, confus. D'accord… Qu'est-ce que…

— Je n'aurais jamais accepté de rencontrer Marsh si j'avais su que vous étiez sorti ensemble, déclara Adam.

Oh, bon sang. Les rumeurs étaient parvenues à Adam ? Ou était-ce simplement que Keri l'avait toujours su ? L'expression de son visage indiquait qu'elle l'avait toujours su, que ce soit depuis longtemps ou parce que Frank était, eh bien, *Frank*.

— Je sais que ça a l'air moche, dit Owen en gardant le petit cercle, Cal, Adam et Keri, près de lui, que j'aie couché avec un cadre, même s'il n'était pas mon patron, mais je jure que nous avons commencé à sortir ensemble avant de travailler à Orion Labs. Ce qui… semble en fait *pire*…

Il grimaça.

— Owen, dit Keri. Je suis mariée au maire. Vous pensez qu'ils n'ont pas essayé de nous crucifier pour népotisme à l'occasion ? Les gens parleront toujours. Je ne pourrais pas moins m'en *soucier*…

— Pareil pour moi ! insista Adam. Nous savons que vous avez mérité votre place. Votre travail le prouve et votre intégrité aussi. Les ex peuvent s'avérer compliqués, surtout les amourettes de bureau. Est-ce le cas pour vous ?

Il baissa encore la voix.

— Est-ce qu'il essaye de vous causer des ennuis ?

— Parce que s'il vous a menacé de quelque façon que ce soit… intervint Keri.

— Non. Il ne l'a pas fait.

Ils étaient très gentils tous les deux, mais Owen devait mettre fin à tout cela.

— C'était désagréable, mais il n'a rien fait qui justifie d'ignorer la proposition. Nous devrions aller de l'avant avec Orion Labs.

— Vous en êtes sûr ? interrogea Keri.

— C'est un projet énorme. Je ne peux pas laisser ma vie amoureuse y faire obstacle.

Les deux PDG semblèrent apaisés, mais Keri croisa quand même les bras avec une grande autorité.

— N'oubliez pas que mon mari est le maire, si vous avez besoin de faire tuer quelqu'un.

— Je ne veux pas que Harry meure, répliqua Owen en riant.

Même s'il avait pu fantasmer sur un accident malencontreux.

— Donc, *Adam...* dit-elle en fixant son homologue.

Adam ressemblait à un enfant réprimandé.

— Il paraît que je dois travailler mes compétences sociales. Je suis vraiment désolé, Owen.

Tant de gens se préoccupaient de lui. Owen avait toujours eu des gens qui s'occupaient de lui, et il appréciait cela plus qu'il ne pourrait jamais le leur dire, mais il était temps qu'il s'occupe de lui-même maintenant.

— Merci. À vous tous. Mais en fait, j'étais sur le point d'obtenir l'avis de Cal sur quelque chose. J'ai une interview dans vos bureaux lundi, dit-il à Keri. Je pense que je devrais dire la vérité sur le fait que je suis sorti avec Harrison. Publiquement. J'y ai beaucoup réfléchi, et c'est la seule façon d'éviter d'autres rumeurs, en les faisant miennes.

Owen ne s'attendait pas à ce que Cal argumente sur ce point, mais Adam et Keri le surprirent en ne discutant pas non plus.

— Tout ce que vous voulez, Owen.

— Nous vous soutiendrons.

Cela lui rappela pourquoi il avait voulu travailler avec leurs entreprises au départ.

La paire retourna finalement dans la foule afin de continuer à jouer les hôtes.

— Vas-tu admettre ce qu'il t'a fait ? demanda Cal.

— Non, répondit Owen. C'est peut-être un serpent, mais s'il veut se racheter, je ne veux pas ruiner sa vie. Admettre que nous sommes sortis ensemble semble déjà assez moche, mais la plupart des gens s'en moqueront au bout d'une semaine. J'ai une autre chance, ici, à Atlas City. Une partie de moi espère qu'il pourra la trouver aussi.

Le regard que Cal lança à Owen fut à la fois étonné et adorateur, ce qui fit rougir le jeune homme jusqu'à son cou.

— Et une autre partie de toi ne voudrait pas l'exploser ?

Owen rit.

— Crois-tu que l'un des chefs de la mafia que mon programme n'a pas encore permis d'attraper pourrait organiser le truc des chaussures en ciment ?

Cal rit avec lui. C'était bien de faire la lumière sur quelque chose qui l'avait hanté si récemment. Il ne voulait pas que des fantômes de son passé planent sur son avenir. Il voulait juste passer à autre chose. Naturellement, ce fut à ce moment-là, tout en remarquant Lorelei et Tommy à travers la pièce avec Frank et Paul, qu'Owen repéra également Harrison se dirigeant vers eux. Il serra si fort le bras de Cal que l'autre homme sut instantanément ce qui l'avait effrayé.

— C'est lui ?

— Oui.

Le smoking de Harrison était simple aussi, classique et flatteur sous tous les angles. Ses yeux étaient fixés sur eux alors qu'il était encore à quelques mètres d'eux.

— Je ne pense pas qu'il soit ravi de me voir, déclara Cal.

— Vraiment ? Ce n'est peut-être pas si mal. Il sourit.

— Un sourire dangereux. Je sais lire les gens. Si tu veux rester à l'écart…

— Non.

Owen ne bougea pas, attendant que Harrison vienne à eux.

— Je ne m'enfuirai plus, effrayé. C'est le *but*. Il dit qu'il veut tout régler avec moi, alors je veux le laisser faire. S'il se comporte comme un enfoiré, *alors* nous pourrons l'exploser.

Cal renifla, mais il ne contesta pas, laissant cette décision à Owen.

Cela ressemblait à l'un de ces moments d'un film catastrophe, lorsque le météore se dirigeait vers la Terre, prêt à s'écraser.

— Owen, dit Harrison en les atteignant, laissant ouvertement ses yeux traîner le long du corps du jeune homme, mais pas d'une manière grossière. Le smoking te va bien. Je n'aurais jamais pensé te voir en porter un. Tu détestes les cravates.

Quatre ans ensemble signifiaient que Harrison le connaissait bien, mais cela ne changeait rien à ce qui s'était passé.

—Un bon tailleur fait la différence.

— C'est celui qui est à ton bras ? dit Harrison, son attention se tournant vers Cal, sa mâchoire plus tendue. Ton *tailleur* ?

Cal sourit cordialement tout en offrant sa main.

— Cal White. Le chargé de relations publiques d'Owen.

— Bien sûr. J'ai tellement entendu parler de vous.

Le météore venait d'entrer en collision avec leurs peaux, mais pas d'explosion. Owen se demanda si l'un d'eux jouait à ce vieux truc consistant à essayer d'écraser la main de l'autre, et si c'était le cas, il espérait que Cal gagnerait.

Attendez. Harrison *avait entendu* parler de Cal ? Il venait d'arriver.

— Par qui ?

— Les gens parlent, Owen, répondit Harrison en haussant les épaules avant de fixer Cal, une fois de plus. Un peu, en fait. Il doit bien vous payer pour assister à tous les évènements comme celui-ci.

— Owen est un client idéal, mais aussi un ami. Et je déteste laisser mes amis seuls dans des situations désagréables.

Oh, Owen *aimait* Cal. Il l'aimait vraiment.

— C'est une bonne chose que ce soit une belle fête, dit Harrison, puis il fixa Owen. Serait-il trop *déplaisant* de te parler en privé ? C'est important, sinon je ne le demanderais pas.

La vieille panique refit surface, mais Owen savait que la seule raison pour laquelle Harrison continuait d'avoir du pouvoir sur lui était qu'il le permettait.

— Nous sommes toujours en train de faire le tour, alors j'ai peur que… intervint Cal, venant à la rescousse d'Owen, mais celui ne pouvait pas continuer à laisser les gens faire ça.

— C'est bon, Cal, assura-t-il.

Puis il croisa l'expression inquiète de son compagnon et se pencha pour chuchoter.

— Cinq minutes, puis il arrêtera de me harceler. Mieux vaut ici que dans un coin du bureau. Mais s'il essaye quelque chose… *Feu.*

Cela semblait être la réponse appropriée, parce que Cal sourit en retour, mais il lui parla ensuite assez sérieusement.

— *Cinq* minutes, dit-il avant de le laisser partir.

Owen résista lorsque Harrison tenta de le faire sortir de la salle de bal. Il ne mettrait jamais les pieds dans un couloir sombre avec lui, mais il accepta un compromis en se réfugiant dans une alcôve qui leur donna l'intimité que Harrison voulait tout en lui permettant de s'échapper facilement pour retourner dans la foule.

— Qu'est-ce que tu veux ? demanda-t-il.

Harrison abandonna son expression sereine, sans pause ni tentative de bavardage, pour afficher une expression désespérée.

— Tu ne peux pas faire confiance à cet homme.

Incroyable.

— Je suis venu avec toi parce que je pensais que tu étais sérieux quand tu disais vouloir être meilleur, ne pas essayer de me manipuler, et tu recommences immédiatement.

— C'est dangereux, insista Harrison. Tu ne peux pas lui faire confiance. Sais-tu au moins ce qu'il est ?

— *Ce* qu'il est ? Tu…

— Parce que je le sais. Regarde tes e-mails.

Owen était pris de court, à quel jeu Harrison pensait-il jouer ? Le jeune homme avait prévu de l'avertir qu'il allait dire la vérité sur leur relation passée, et son ex était tout de suite revenu à ses vieilles habitudes.

Pourtant, par curiosité morbide, Owen sortit son téléphone de sa poche afin de jeter un coup d'œil. Sans surprise, il avait un nouvel e-mail de Harrison. Mais ce n'était pas un message. C'était une vidéo.

— Qu'est-ce que c'est ?

Il n'y avait pas de vignette révélatrice, donc tout ce qu'Owen voyait était un écran noir et un bouton Play.

— Regarde. Et tu verras.

D'autres météores se dirigeaient peut-être vers Owen. Il ne voulait pas céder à Harrison, mais il appuya quand même sur la touche Play, ne serait-ce que pour prouver que ce que l'homme espérait obtenir ici était faux.

L'écran noir s'éclaira pour montrer un lit sous un grand angle. Puis, quelques secondes plus tard, Cal tomba dessus. Il était à moitié habillé et un autre homme grimpa à sa suite et lui enleva rapidement les vêtements restants.

Pendant un moment horrible et déchirant, Owen crut que l'homme était *Harry*, mais même s'il ne pouvait voir l'homme que de dos, il savait qu'il était trop large pour être Harrison. Il était juste étrangement familier.

L'audio s'enclencha sous forme de halètements et de gémissements plaintifs, des bruits qu'Owen n'avait jamais entendu de la part de Cal. Puis l'autre homme commença à donner… des ordres, et Cal obéit à chacun d'eux sans poser de questions.

Les mains au-dessus de la tête.

Cambre ton cou.

Oui…

Comme ça.

Tu es une telle beauté, Calvin.

Tu te comportes si bien.

Owen voulait jeter son téléphone par terre, parce qu'il ne devrait pas regarder ça... pourquoi cette vidéo existait-elle même, et pour quoi cet homme lui était-il si familier, en particulier son profil lorsqu'il se tournait vers la caméra dont Cal ne connaissait manifestement pas la présence ? Mais Owen ne pouvait pas arrêter de regarder les images.

CAL essaya de garder un œil sur Owen lorsqu'il disparut dans la foule, mais il le perdit dans le flot de gens et le mouvement constant de smokings et de robes fluides. Il réfléchit à ses options. S'il le suivait, il ignorerait les souhaits d'Owen. Il ne voulait surtout pas s'aliéner son compagnon maintenant.

Il avait *démissionné* ce matin, après tout.

Après avoir vérifié sa montre, Cal décida de faire exactement ce dont ils avaient convenu. Lui laisser cinq minutes, puis *partir* à sa recherche. Peut-être qu'en attendant, il pourrait trouver Lorelei ou...

— Bonjour Calvin.

Merlin.

Il se tourna lentement pour regarder l'homme, qui s'était faufilé près de lui alors que son esprit était tourné vers Owen, et il découvrit que son ancien client affichait une expression pimpante et sarcastique, comme toujours.

— Sterling. Quel *déplaisir* de te revoir. Tu es encore mal à cause de ton lit froid ?

— Pas pour longtemps, répliqua-t-il d'une manière cryptique. Je voulais juste dire bonjour. Bien que je sois assez certain que ce sera bientôt... au revoir.

Il inclina la tête dans la direction dans laquelle Owen était parti.

— Ce garçon est exquis, ajouta-t-il. Dommage qu'il se soit enfui.

La menace était facile à interpréter, mais Merlin ne dirigea pas dans la direction d'Owen, mais vers la sortie. Il était clair, comme il l'avait dit quelques semaines auparavant, qu'il n'était pas celui à qui Owen devait faire attention.

Cal devait le trouver. *Maintenant.*

— **POURQUOI** as-tu fait ça ? demanda Owen, nauséeux, alors même qu'il continuait de regarder la vidéo sur son téléphone.

Il se sentait lubrique de voir Cal nu et exposé, inconscient de la caméra alors qu'il jouait un rôle plus soumis pour convenir à ce client... gémissant, *suppliant.*

— Vois-tu maintenant ce qu'il est ? dit Harrison, sa voix filtrant dans la minuscule bulle dans laquelle Owen était piégé. Je ne voulais pas te montrer ça, mais j'avais besoin que tu comprennes la vérité, une fois que j'ai réalisé à quel point tu fais confiance à quelqu'un qui ne fait que jouer un rôle.

Owen l'entendit à peine, trop concentré sur la vidéo, car il connaissait cet homme de quelque part...

— *Owen*, le pressa Harrison plus fort, alors qu'une main saisissait son menton afin de l'incliner vers le haut.

Harrison était trop près, et Owen était dos au mur, gardant le téléphone pointé vers la salle de bal.

— J'aimerais pouvoir rester à l'écart, pouvoir te donner l'espace que tu as demandé, mais tu es tout pour moi. Ne comprends-tu pas cela ? Je n'ai laissé personne d'autre me toucher pendant tous ces mois en attendant que tu rentres à la maison.

Owen essaya d'échapper à son emprise, mais il réussit seulement à s'enfoncer plus profondément dans l'alcôve, loin de la foule, et Harrison le poursuivit. Le son de la vidéo, les pensées d'Owen qui croyaient connaître le visage de l'autre homme perturbaient sa concentration, alors que son instinct aurait dû l'inciter à repousser Harrison.

— Tu me manques, dit-il en se rapprochant. Je ne te manque pas ? Ça ne te manque pas d'être avec quelqu'un digne de toi ?

Et il se pencha pour lui voler un baiser.

Owen se figea et se détesta de l'avoir fait, parce qu'il venait de si loin. Il était affamé de la sensation des lèvres d'une autre personne sur les siennes, et pendant un bref flash de mémoire, il se rappela pourquoi ces lèvres étaient celles qu'il avait tant désirées.

Mais maintenant, les seules qu'il voulait étaient celles de Cal. Il ne se souciait pas des rôles que Cal avait joués dans le passé, car il savait que l'homme qui l'accompagnait ce soir était le vrai Cal, même s'il portait des lunettes et utilisait un faux nom. Cal n'était pas défini par son travail. Personne ne l'était, quel que soit son gagne-pain. Le fait d'avoir vu ces images ne changeait rien à ce qu'Owen pensait de son ami, si ce n'était que cela avait suscité de la jalousie, parce qu'il voulait être celui qui arrachait des bruits de ce genre à Cal.

Il laissa tomber sa main tenant le téléphone sur son flanc, mais leva l'autre pour saisir le smoking de Harrison, prêt à le repousser... juste au moment où il se rappelait pourquoi cet autre visage lui semblait familier.

C'était l'ancien client de Cal. Dans des images qui ne devraient pas exister. Et Harrison avait les images.

Le serpent. Le bon à rien. Le pourri...

— J'ai toujours su qu'il y avait quelque chose de louche chez Merlin.

La voix de Cal interrompit Owen avant qu'il ne puisse éloigner Harrison de lui. Il le repoussa alors et se tourna vers la salle de bal où Cal se tenait, fixant le téléphone dans la main d'Owen qui était tourné vers l'extérieur pour révéler les images flagrantes de...

— *Non*, s'écria Owen en tournant l'écran afin de cacher l'image révélatrice.

Mais elle ne l'était pas ! Il n'était pas de mèche avec Harrison, il ne regardait pas ces images par plaisir.

— Cal...

— Qui aurait deviné qu'il y avait une caméra dans la chambre ? Ce qui est contraire au contrat qu'il a signé, d'ailleurs.

Calme, souriant, vide et horrible comme l'autre soir.

— Pire... identique à celui que *tu* as signé. Mais tu ne m'as engagé que pour la vengeance de Merlin, n'est-ce pas ? Passe une bonne soirée, Owen, dit-il.

Puis il hocha froidement la tête, tourna les talons et s'enfuit.

— Cal, attends ! S'il te plaît ! s'écria Owen en se précipitant afin de contourner Harrison, mais l'autre homme saisit ses épaules pour le maintenir en place.

— Laisse-le partir. Écoute-moi.

— C'est de ta faute ! s'écria Owen en le repoussant, obtenant seulement que Harrison lève les mains en signe de reddition, comme si, une fois de plus, le jeune homme était celui qui était déraisonnable.

160

— Ce n'est pas ainsi que j'avais prévu que cela se passe, mais tant mieux si cela te débarrasse de cet homme.

Prévu ?

Owen fixa la vidéo, arrêtée à présent, mais affichant clairement le visage du client de Cal, Merlin, alors que la vérité se précipitait dans son cerveau et que les schémas se mettaient en place, si évidents maintenant, depuis le début.

— Tu le *connais*. Tu as utilisé le client de Cal pour lancer ces rumeurs afin de me faire croire que j'avais besoin de toi. Tu les as lancées il y a des semaines, lorsque je refusais de répondre à tes e-mails. Ça a juste pris du temps pour qu'elles prennent de l'ampleur. Et tu as commencé à m'envoyer des e-mails seulement parce que tu as vu que j'allais de l'avant sans toi.

Harrison secoua la tête, affichant une expression tellement mensongère, mais ses mots ne démentaient pas ce qu'Owen avait dit.

— Rien de tout cela n'était pour te blesser. J'essayais de te *protéger.*

— *Va te faire voir*, Harry, grogna Owen alors qu'il glissait son téléphone dans sa poche.

Un soupçon de vraie malveillance glissa sur le visage de Harrison.

— C'est toi qui *baises* un prostitué. Sais-tu que cela pourrait ruiner ta carrière ? Ruiner tout ce que tu penses avoir construit ici ? Oui, je connais Sterling. Il a des amis dans de nombreux endroits, notamment chez Walker Tech et Nye Industries. Nous avons saisi une opportunité quand nous avons vu que nos intérêts étaient liés…

— Parce que tu es un serpent ! cria Owen, incapable de considérer Harrison autrement. Parce qu'utiliser les gens, c'est tout ce que tu sais faire. Mais je ne suis plus à toi, Harry, et je ne le serai plus jamais.

Il pivota pour sortir de l'alcôve, il avait le temps, il pouvait encore rattraper Cal. Il était prêt à laisser Harrison et toute pensée du « bénéfice du doute » derrière lui.

— Tu ne sais pas ce que tu dis. Tu as besoin de moi, affirma Harry, et avant qu'Owen ne puisse se dégager du coin, des doigts fermes s'enroulèrent autour de son bras gauche.

L'instinct prit le dessus au lieu de la panique, et avec une torsion et une traction vers l'intérieur pour faire tournoyer Harrison, Owen se précipita dans l'alcôve et le frappa tête la première contre le mur. Son cœur battait à tout rompre, mais il n'avait pas peur. *Il n'avait pas peur.*

161

— Non, Harry. Je n'ai pas besoin de toi.

Il poussa l'homme une fois de plus afin qu'il reste contre le mur, et il utilisa l'élan pour sortir de l'alcôve et se déplacer à toute allure le long de la salle de bal. Il ne pouvait pas laisser les choses se terminer ainsi. Il *ne le voulait pas*.

Il n'y avait aucun signe de Cal à la porte ou au vestiaire, mais s'il s'était arrêté pour récupérer son manteau, il n'avait pas pu prendre beaucoup d'avance. Il laissa sa propre veste derrière lui et sortit dans la nuit afin de retrouver Cal, peu importait le temps qu'il lui faudrait.

Chapitre Neuf

ILS avaient pris un taxi pour se rendre au gala. Cal devait en trouver un maintenant, rentrer chez lui, mettre tout ça derrière lui et trouver comment sauver ce qui restait de sa vie. Dick avait soupiré d'exaspération ce matin-là, lorsqu'il était entré avec un *client,* et avait annoncé qu'il partait.

— Pas *pour* mon client, avait-il expliqué en faisant un geste vers le jeune homme à côté de lui. J'ai mes raisons, mais avant de me sauter à la gorge pour avoir démissionné, pensez à mon remplaçant.

Étant donné que le départ de Cal avait été moins houleux que celui de Rhys, et que ce dernier *n'était pas parti,* mais avait simplement changé son type de clientèle, Dick était raisonnablement d'accord pour faire un échange avec un nouvel escort au lieu d'en perdre un.

Il serait peut-être prêt à le reprendre puisque cela ne faisait même pas vingt-quatre heures. Cal devrait appeler le bureau maintenant, aller de l'avant, ce qu'il avait besoin de faire en s'échappant du bâtiment derrière lui et d'Owen, qui l'avait escroqué depuis le premier jour.

Cal avait mis un client peu recommandable sur liste noire et, en moins d'une semaine, il avait reçu une demande d'un nouveau client qui monopolisait son temps et ne voulait qu'un câlin ? Comment avait-il pu être aussi *stupide* ? Il avait tout abandonné pour Owen, et ce n'était qu'un jeu entre lui, Harrison et Merlin, avec sa caméra, et qui savait combien de vidéos ils avaient regardées pour s'amuser.

Il réfléchit à appeler Lara alors qu'il cherchait son téléphone, ou peut-être Dick directement, au moment où deux larmes atterrissaient sur la manche de son manteau. Non. Owen ne méritait pas cette réaction, d'avoir brisé Cal si profondément juste par qu'il avait été si gentil et que Cal avait… *pensé…*

— Cal, attends !

Je suis sûr que l'univers va te donner une chance.

— Cal !

Oui, bien sûr. L'univers était un *enfoiré*, et le destin était une blague à laquelle tout le monde riait.

Il frotta furieusement son visage afin d'en cacher les preuves et continua à marcher, sans destination en tête, juste loin de cette voix et de tous les mensonges qui l'accompagnaient.

— Cal, s'il te plaît ! Arrête ! Ce n'est pas ce que tu crois !

Il pensait pouvoir escroquer Cal à nouveau, même pris sur le fait ? Aucune chance.

— *S'il te plaît,* s'exclama Owen en le rattrapant, sans essayer de le toucher, *un mouvement intelligent*, mais en restant proche.

Il n'avait pas son manteau, juste son smoking, l'air frais faisant ressortir sa respiration en bouffées.

Cal l'ignora, ne s'arrêtant qu'un instant au rouge à un passage pour piétons, puis il continua à avancer une fois que le feu passa au vert. Il ne savait même plus dans quelle rue il se trouvait. La circulation, les autres personnes allant dans la direction opposée, *Owen…* tout était flou.

— Parle-moi, dit Owen, qui était resté à sa hauteur. Parle-moi, Cal. Laisse-moi t'expliquer.

— Tout ça, c'était pour Merlin, dit Cal en gardant sa voix stable et en regardant droit devant lui. Tu es *doué,* Owen. M'engager la semaine même où je l'ai laissé tomber. J'aurais dû m'en douter.

— *Non.* Je ne connais pas Merlin. Je ne savais même pas que Harry le connaissait. Tu dois me croire !

Cal traversa un autre passage, déjà au vert, puis il prit ensuite un virage serré à droite afin de faire comprendre qu'il ne voulait rien avoir à faire avec les plans d'Owen.

Mais celui-ci était tenace.

— Je n'avais jamais vu cette vidéo ni aucune autre avant ce soir. Harry essayait de me retourner contre toi, mais voir quelque chose comme ça ne pourrait jamais me retourner contre toi, Cal. Il m'a coincé. Je n'avais pas envie de l'embrasser. C'était juste… un mauvais timing.

— Mauvais…

Cal ressentait le fiel dans les excuses d'Owen, mais lorsqu'il se retourna pour lui faire face, il hésita devant l'expression sincère sur le visage du jeune homme déjà gercé par le vent.

Un mensonge. Ça devait être un mensonge. Un *acte* convaincant.

— Je sais ce que je suis, dit-il. Ce que j'ai été. Les gens pensent qu'ils peuvent m'utiliser, et pourquoi pas. Dans leur esprit, je laisse les autres m'utiliser tous les jours. Être utilisé, c'est ma façon de gagner ma vie. Mais, au moins, c'est à mes conditions. Quand je pense que je n'ai même jamais couché avec la première personne qui m'a fait me sentir comme une pute.

Owen se redressa, si profondément blessé, que Cal attendit que les larmes coulent, que l'escroquerie reprenne, mais c'était en quelque sorte pire que ses yeux se voilent, s'humidifient, mais qu'il ne pleure pas.

— Tu ne crois pas vraiment que je pourrais penser à toi de cette façon, n'est-ce pas ?

Merde. Il était bon. Très bon. Très… crédible.

Cal essaya de repartir, mais il y avait une ruelle derrière lui, et il n'était pas sûr de la direction à prendre. Des pas qui s'approchaient firent sursauter Owen, qui tourna la tête vers la gauche où un homme dans l'ombre se dirigeait vers eux. Il n'y avait presque plus personne autour d'eux, les rues étaient très différentes de celles de quelques pâtés de maisons plus loin, où la haute société passait la soirée.

Owen retourna son attention sur Cal, ne versant toujours pas de larmes, mais il s'avança, l'air résolu, afin de saisir les bras de Cal et de le pousser dans l'allée. Ce dernier aurait dû riposter, ou du moins s'arracher de la prise d'Owen, mais il se rendit compte que ses réflexes disparaissaient sous le toucher du jeune homme.

— Tu ne crois pas ça, dit Owen, ses yeux pleins d'une puissante émotion. Je sais que tu n'y crois pas. Tu es blessé, et toutes les preuves pointent dans le mauvais sens. Mais c'est ce que je sais faire : construire une image à partir de données, des vraies données, et pour cela, il faut toute l'histoire. Tout comme mes modèles me disent que des agressions sont plus susceptibles d'arriver dans certaines rues, celle-ci en fait.

Il scanna l'étroite ruelle où il les avait poussés avec une pointe d'inquiétude.

— Euh… nous devrions peut-être…

Cal entendit le déclic derrière Owen, mais ce fut la façon dont il écarquilla les yeux qui fit comprendre à Owen qu'un pistolet venait d'être pointé dans son dos.

CECI n'était pas en train d'arriver. Owen avait passé des mois, voire des *années,* à élaborer des modèles de données afin de prédire ce genre de choses, et il marchait dans la rue du crime, littéralement. Il pouvait sentir le poids de l'arme dans la pression du canon contre sa colonne vertébrale.

— N'êtes-vous pas bien habillés tous les deux ? dit la voix derrière lui, jouant à être amicale. Vous vous êtes perdus en quittant la fête, c'est ça ? C'est dommage. Je serais heureux de vous donner des indications, mais vous devrez me donner quelque chose d'abord. Ton *portefeuille*, dit-il en poussant le canon de l'arme plus fort dans le dos Owen, son ton changeant. Le tien aussi, Wall Street.

Cal leva lentement les mains, les yeux brillants dans le noir, son indécision, sa colère et son chagrin s'envolèrent, laissant place à la peur, alors qu'il s'apprêtait à obéir.

— Dépêche-toi, insista le voleur, l'arme touchant de nouveau Owen.

— Je n'ai pas mon portefeuille, répliqua le jeune homme, levant à son tour ses mains qui tremblaient. Je l'ai laissé dans mon autre veste.

— Tu veux jouer à ce jeu ? demanda plus dangereusement la voix, alors que Cal sortait son portefeuille.

— Je le jure ! dit Owen en levant ses mains plus haut. S'il vous plaît. Vous ne voulez pas faire ça de toute façon. Faites-moi confiance.

— Ah oui ?

Un souffle d'air chaud frappa l'oreille d'Owen avec une bouffée d'humour.

— Parce que tu es un gros bonnet, c'est ça ?

Les yeux de Cal criaient à son compagnon de donner à l'agresseur quelque chose, n'importe quoi : la montre. Il hocha la tête avec insistance sur son poignet.

Je sais pourquoi nous nous entraînons, Owen, mais ne tente rien, à moins d'être sûr à 100% de pouvoir désarmer la personne. Donne juste à ton agresseur ce qu'il veut, dit la voix de Lorelei, s'introduisant dans ses pensées.

Il devrait le faire, portefeuille ou pas, mais il hésitait à donner quoi que ce soit alors qu'il était sur le point de perdre beaucoup plus.

— Parce que cette ruelle se trouve dans un rayon de cinq pâtés de maisons d'une forte activité criminelle enregistrée, déclara-t-il alors qu'il maîtrisait ses tremblements. Avec un évènement médiatisé se tenant à trois pâtés de maisons au sud, le ratio des patrouilles de ville est triplé par rapport aux autres endroits de la ville. Si vous tirez avec cette arme, il y aura au moins une voiture de police assez proche pour l'entendre. Ils vous rattraperont en quelques minutes.

Un rire retentit derrière lui.

— Tu essayes de me faire peur avec ce discours de technicien. Ça n'arrivera pas. Joue le jeu, comme ton pote ici.

— Je ne peux pas faire ça.

— *Owen*, supplia Cal.

— Écoute ton ami, mec. Tu ne veux pas être un héros ce soir.

Les yeux de Cal l'imploraient avec tant de force, mais Owen ne pouvait pas savoir si cela signifiait qu'il le croyait ou s'il était simplement un homme bon.

— Parfois, fuir est l'acte le plus courageux, dit Cal, évoquant un moment privé qui fit sourire Owen, lui offrant une lueur d'espoir.

— Je sais.

— Bon garçon, dit l'agresseur, supposant qu'Owen était prêt à écouter. Maintenant…

Mais Owen passa à l'action, alors que l'homme tendait sa main par-dessus son épaule afin de prendre de portefeuille de Cal.

Il leva sa main gauche pour attraper le poignet de l'agresseur, tordant son corps dans le même mouvement afin de pointer l'arme vers le sol au cas où elle tirerait. Ce qui ne fut pas le cas.

Il continua de pivoter, puis coinça son épaule dans la poitrine de l'agresseur, le faisant reculer, et il lui retira l'arme des doigts.

L'homme se tenait dos à la sortie de la ruelle et à la rue, tandis qu'Owen levait le pistolet et le pointait droit sur sa poitrine. Il fit un geste afin que le voleur se mette contre le mur, et juste comme ça, il prit le contrôle.

Il devait un verre à Lorelei.

— Parfois, fuir est l'acte le plus courageux, répéta-t-il, mais ce n'était pas le soir à me chercher.

— Waouh, mec, dit l'agresseur, les mains levées.

Il portait des vêtements sombres, un sweat-shirt avec la capuche relevée, mais n'avait pas les yeux injectés de sang comme un junkie.

— Tu assures.

— Je ne veux plus fuir, dit Owen en parlant par-dessus son épaule, déplaçant son attention vers Cal, tout en gardant l'arme pointée sur l'autre homme. Et je ne te laisserai pas fuir non plus. Je… je ne t'arrêterai pas si tu veux toujours partir après avoir entendu ce que j'ai à dire, mais laisse-moi t'expliquer, s'il te plaît.

L'expression de Cal était aussi effrayée que celle de l'agresseur. Il laissa tomber ses bras, son portefeuille toujours dans sa main.

— Owen, tu devrais peut-être baisser le pistolet…

— Tu as vu Harry m'embrasser, alors qu'une vidéo de toi passait sur mon téléphone. Je sais de quoi ça avait l'air, mais c'est une *perception*, pas la vérité. Pense aux données, aux preuves. Et pour Frank et Paul ? Lorelei et Tommy ? Mon travail. Ma *maison*. Ton empreinte est sur chaque partie de la vie que j'ai construite ici. Quelle probabilité, quel résultat a le plus de sens ? Que tout cela n'était qu'un complot élaboré pour te blesser ou juste un mauvais timing, alors que Harry essayait une fois de plus de me blesser ?

L'inquiétude de Cal concernant le fait qu'Owen brandisse l'arme fondit, laissant place à la réalisation.

— Et je t'ai laissé avec lui… Owen, je suis vraiment désolé.

— Je sais, affirma Owen avec un sourire soulagé. J'ai simplement besoin que tu saches que je n'ai rien à voir avec cette vidéo. Harry l'a envoyée sur mon adresse e-mail et m'a obligé à regarder. Ton client a dû la lui donner. Il veut l'utiliser comme moyen de chantage ou autre chose, et Harry a pensé que me la montrer changerait l'opinion que j'ai de toi. Ce n'est pas le cas. Je suis désolé de l'avoir regardée. Je n'aurais pas dû. Mais te voir ainsi ne m'a pas fait penser que tu étais… mauvais ou moins que rien ou quoi que ce soit d'autre que la façon dont je t'ai toujours vu.

Je me moque que tu sois un escort, Cal, mais je ne peux pas non plus nier que te voir avec quelqu'un d'autre... m'a rendu jaloux, admit-il, soutenu par le petit sourire se dessinant sur le visage de Cal. Je veux te caresser comme ça. Mais seulement si tu le veux, pas parce que ce sont les affaires. Je...

Il avait du mal à croire qu'il s'apprêtait à prononcer ces mots, mais il les ressentait et avait besoin que Cal sache.

— Je t'aime. Et je suis sûr que tu as entendu ça un million de fois...

— J'ai renoncé à tous mes clients.

— Quoi ? s'exclama Owen en clignant des yeux.

— J'ai démissionné ce matin. Les clients qui étaient programmés cette semaine ? Je n'ai couché avec aucun d'eux. Je ne voulais pas que quelqu'un d'autre me touche, alors que tout ce que je veux, c'est toi.

Il y eut un moment où le reste du monde disparut, ne laissant qu'eux, à quelques centimètres l'un de l'autre, avec tout sur la table, le bras tenant le pistolet commençant à tomber, et tout ce à quoi Owen pouvait penser était d'embrasser Cal.

— Tout cela est fascinant, intervint l'agresseur, gâchant le moment. Mais je dois dire...

— Vous n'avez pas le droit de parler maintenant, déclara Owen en recentrant l'arme, car il ne voulait pas que son bras tremble sous l'effet de la pression exercée par le maintien du pistolet lourd en position droite.

— Je *dis* juste qu'elle n'est pas chargée, dit l'homme en levant ses mains plus haut.

— Elle... quoi ?

Owen tira l'arme vers lui, puis il la pointa rapidement vers leur agresseur avant que celui-ci ne puisse tenter quoi que ce soit.

— Si vous pensez que je suis si stupide...

— Je te jure, mec, vérifie juste !

Owen partagea un regard incertain avec Cal, mais puisqu'il avait le pistolet et qu'ils étaient deux contre un, le pire qui pourrait arriver si l'inconnu mentait serait qu'il s'enfuie. Alors Owen baissa l'arme et vérifia le chargeur.

Vide.

— Qu'est-ce qui *ne va pas* chez vous ? s'écria-t-il en poussant l'arme dans les mains de l'agresseur, frappant son épaule pour faire bonne mesure. Pourquoi feriez-vous une chose pareille ?

— Tu préférerais qu'elle *soit* chargée, dit l'homme en remettant l'arme dans son dos, la coinçant dans la ceinture de son jean. Je n'allais pas tuer quelqu'un pour de la petite monnaie, d'accord. Je suis juste dans une situation difficile. Il me manque deux cents dollars pour le loyer, et mon nouveau boulot ne commence que dans une semaine. Ma fille et moi allions nous retrouver à la rue, alors j'étais désespéré. Si vous voulez crier pour alerter les policiers maintenant, je vous en prie.

Il recula afin de s'appuyer contre le mur, totalement loin de l'attitude de confrontation qu'il avait jouée.

Owen considéra ce que l'homme avait dit, alors que son pouls ralentissait.

— Il ne vous faut que deux cents dollars ?

— *Owen.*

— Quoi ? dit-il en regardant Cal avec un haussement d'épaules innocent.

Cal avait affiché toutes les expressions possibles ce soir, mais son regard exaspéré était l'une des préférées d'Owen, car il semblait toujours l'aimer.

— Tu ne donneras pas de l'argent à notre agresseur par bonté d'âme.

— Je sais, dit-il, plus indulgent maintenant que le danger est passé. Je n'ai vraiment pas mon portefeuille, mais le bureau du maire va annoncer lundi un programme de rachat d'armes. Je devrais avoir une carte…

Il commença à fouiller dans les poches de son pantalon, puis celles de sa veste, et il trouva finalement la petite pile de cartes de visite qu'il avait prises avec lui. Il en choisit une et la remit à leur voleur.

— Tenez. Rendez-vous au commissariat le plus proche, montrez-leur ma carte et dites-leur que j'ai donné ma permission pour un échange anticipé. Si quelqu'un a des questions, il peut m'appeler ou appeler le maire directement.

— Le *maire* ? répéta l'homme en acceptant la carte avec une bonne dose de scepticisme. Merde, mon pote, t'es vraiment un gros bonnet, hein ?

— Pas vraiment. J'ai juste de bons amis. Mais assurez-vous de montrer la carte et de tout expliquer avant de sortir le pistolet.

— Je ne suis pas stupide, répliqua-t-il, avant de renifler. Bien que tout cela puisse indiquer le contraire. Ils vont vraiment me donner de l'argent pour mon arme ?

— Je vais m'en assurer. Le programme est de deux cents dollars par arme à feu. Peut-être que l'univers s'occupe de vous, dit Owen en souriant, ne pouvant s'empêcher de regarder Cal encore une fois.

— Ce serait une première, mais je ne me plains pas.

L'homme rangea la carte de visite et retira la capuche de sa tête. Il avait une vilaine cicatrice sous l'œil droit, mais ses cheveux étaient bien coiffés et sa barbe soignée. Ce n'était pas un criminel, mais un homme désespéré qui profitait de la présence de tant d'autres criminels dans ces rues.

Il fallait espérer que les différents éléments du programme de police d'Owen permettraient d'en finir avec cela et amélioreraient la situation pour tout le monde à Atlas City.

— Quel que soit le problème que vous essayez de résoudre, bonne chance, dit l'homme avec un geste entre Owen et Cal. Il est évident que ce n'est pas quelqu'un que vous voulez laisser s'échapper.

Cal acceptait mal que quelqu'un ait essayé de les voler, mais il hocha la tête alors qu'il rangeait finalement son portefeuille.

— Je commence à m'en souvenir.

CAL n'avait pas pour habitude de sauter aux conclusions. Il prenait toujours son temps, vérifiait chaque angle, *planifiait*, mais voir Owen avec Harrison sur le point de s'embrasser, ainsi que la vidéo qui défilait sur le téléphone d'Owen, l'avait aveuglé, et il n'avait pas été capable de reconnaître la vérité.

Owen n'était pas un escroc. Il portait sa bonté comme une seconde peau, assez pour pouvoir offrir sa pitié à un inconnu qui les avait attaqués. La plupart des gens n'étaient pas comme ça, mais la plupart des gens n'étaient pas *Owen Quinn*.

Une ruelle dangereuse où ils avaient été agressés n'était pas l'endroit approprié pour partager un baiser. Ils devaient retourner au gala. Owen devait être présent, et quelqu'un devait intervenir au sujet de Harrison et de ses arrière-pensées.

Leur agresseur potentiel les accompagna sur les quelques pâtés de maisons menant à la salle de spectacle, les vrais criminels étaient moins susceptibles d'affronter *trois* hommes à découvert.

— Anton Ramirez, dit-il en serrant la main d'Owen lorsqu'il se sépara d'eux.

Seul Owen pouvait obtenir une telle fin.

Si le jeune homme n'avait pas fait partie intégrante du programme de la soirée, Cal l'aurait immédiatement emmené afin qu'ils puissent parler, notamment des trois mots impossibles qu'Owen avait prononcés.

Je t'aime.

Il l'aimait. Et il l'avait dit librement. Owen avait tort. Cal n'entendait pas cela tout le temps. Les clients normaux ne pensaient pas à lui de cette façon. En fait, Cal pouvait compter sur les doigts d'une main le nombre de personnes qui les lui avaient dits, et l'une d'entre elles était sa sœur.

Après avoir rendu sa veste au préposé au vestiaire confus, ils rentrèrent dans la salle de bal et scrutèrent les lieux à la recherche d'un signe de la présence de Merlin, qui semblait être parti, puis de Harrison, qui se dirigea vers eux dès qu'il vit Owen.

Ils bougèrent rapidement, cherchant à leur tour le maire King. Keri se tenait à ses côtés avec Adam et sa femme. Les deux PDG se préparaient à faire un discours sur le joint-venture et semblèrent ravis de voir Owen depuis qu'ils l'avaient vu sortir précipitamment.

Ce dernier ne perdit pas de temps pour expliquer pourquoi il s'était enfui, sans impliquer Cal dans quoi que ce soit d'illégal. Harrison lui avait tendu une embuscade, avait admis avoir lancé les rumeurs sur Owen et était venu ici pour ramener son ex dans ses griffes. Même si la collaboration avec Orion Labs devait se poursuivre, l'implication de Harrison devait prendre fin.

Cal s'attendait à ce que les expressions féroces de Keri et d'Adam se manifestent sans tarder, il avait vu à quel point la paire s'acharnait à protéger Owen, mais le visage sévère du maire fut bien plus intimidant.

— Je vais m'en occuper, Owen. Profitez de la soirée.

Adam, Keri et Owen montèrent sur une petite plate-forme au centre de la salle pendant que les gardes du corps du maire retenaient Harrison, s'assurant qu'il ne s'approchait pas du jeune homme, et l'escortaient hors de la salle de bal sans faire de scène.

Cal s'interrogea pendant un instant sur ces chaussures en ciment qu'Owen et lui avaient évoquées pour rire, mais il doutait que le maire aille aussi loin.

Voir Owen sur cette estrade recevoir l'attention et le crédit qu'il méritait rendait Cal si fier. Cet homme phénoménal l'aimait. Et Cal savait, en regardant la foule, qu'il aimait Owen tout autant.

— Il est vraiment beau, je te l'accorde.

Cal sursauta au son de la voix de son ami. Rhys s'était faufilé derrière lui, portant lui aussi un smoking pour se fondre dans la foule.

— Comment...

— *Docteur*, tu te souviens ? dit-il, et quand il se détourna, Cal remarqua la femme à son bras.

Elle avait une silhouette élancée et une stature plus légère, surtout lorsqu'elle se tenait à côté d'un homme aussi costaud que Rhys. Sa robe moulante dans les tons bleus et argentés ressemblait à un ciel nocturne d'hiver.

— Vous êtes Cal, dit-elle en tendant sa main.

— Et vous, vous êtes *Frost* [6], dit-il en l'acceptant avec plaisir.

— Il n'a plus le droit de m'appeler ainsi, dit-elle en riant.

— Pourquoi pas *Snowflake* [7], bébé ? dit Rhys en posant un baiser sur le côté de sa tête, la façon dont elle se pencha contre lui disant à Cal tout ce qu'il devait savoir. Ton garçon est incroyable, n'est-ce pas ?

Cal se retourna vers la plate-forme où l'annonce envahissait la pièce, avec Owen au centre. Mais la fin approchait, et bientôt il reviendrait vers Cal.

— C'est vrai. Mais si vous voulez bien m'excuser, dit-il en se tournant afin de prendre la main de la femme une fois de plus et de la baiser en guise d'au revoir. Nous aurons l'occasion de faire connaissance une autre fois.

— Un double rendez-vous ? dit Rhys avec un clin d'œil.

Lorelei et Tommy, ainsi que Frank et Paul, n'étaient pas loin, de l'autre côté de la salle.

— Même un dîner, répondit Cal, mais pour l'instant, je dois faire disparaître mon compagnon.

La salle éclata en applaudissements, alors que Cal s'avançait afin intercepter Owen dès sa descente de l'estrade.

— Amuse-toi bien, mon ami ! lança Rhys derrière lui.

Cal n'en savait rien. Il espérait qu'ils le feraient, que certaines choses sur lesquelles il avait fantasmé pourraient se réaliser, mais il n'avait jamais rien attendu d'Owen.

---

6 Givre

7 Flocon de neige

Cal suggéra qu'ils s'éclipsent, et Owen, en ayant fini avec ses responsabilités, s'en réjouit. Ils prirent un taxi à l'extérieur et laissèrent le gala dans le rétroviseur.

Cal n'aurait pas dû être aussi nerveux, alors qu'ils s'approchaient de l'appartement d'Owen. Il y avait des promesses tacites dans chaque regard qu'ils posaient à la dérobée sur l'autre, mais ils ne pouvaient pas avoir les nombreuses conversations intimes nécessaires à l'arrière d'un taxi.

Mais, dès qu'ils furent à l'intérieur de l'immeuble, Cal dut poser la question.

— Est-ce que cette interview va se dérouler différemment lundi ?

— Oui. Mais j'en discuterai d'abord avec Keri et Adam. Orion Labs mérite aussi d'être averti, sinon ils pourraient se retirer eux-mêmes de l'accord. Ils devront limiter les dégâts lorsqu'il sera rendu public que leur directeur technique est sorti avec un employé et lui a cassé le bras quand il a essayé de le quitter.

Owen dit tout cela avec conviction, mais l'homme endommagé qu'il avait été pendant si longtemps n'avait pas encore guéri de toutes ses blessures.

— C'est la bonne chose à faire, Owen.

— Je sais. Je suis presque heureux que tout ça soit arrivé ce soir. Pour la première fois, je n'ai peur de rien, affirma-t-il, un sourire éclatant prouvant qu'il était enfin fier de tout ce qu'il avait accompli, alors que l'ascenseur s'ouvrait.

Un éclair de paranoïa s'empara de Cal, et il se demanda s'ils allaient trouver Harrison en train d'attendre devant la porte d'Owen. Mais le destin était de nouveau en leur faveur. La liberté était agréable à regarder sur Owen.

— Peut-être que tu devrais arrêter l'héroïsme quand il y aura des armes à feu la prochaine fois, dit Cal.

— Ne t'inquiète pas, répliqua-t-il en riant. Je ne l'aurais pas tenté si je n'avais pas été sûr à 100% de pouvoir le faire sans que personne ne soit blessé.

— Je suis content que ces séances d'entraînement aient porté leurs fruits. Je pourrais peut-être en avoir besoin. Un futur rendez-vous avec une paire de sœurs ?

Il obtint un éclat de rire encore plus bruyant en réponse.

— Marché conclu.

L'appartement silencieux et sombre les enveloppa comme une étreinte chaleureuse lorsqu'ils entrèrent.

Owen actionna le plafonnier, mais garda les autres points de lumière éteints, laissant une ambiance douce et tamisée. L'anticipation de ce qui allait se passer était pire que tout ce qui avait précédé, alors qu'ils enlevaient leurs manteaux et se tenaient près de la porte.

— Cal ? chuchota Owen.

— Oui ?

— Puisque je n'ai plus peur, je *ne veux pas* passer un instant de plus sans t'embrasser, dit Owen en levant les mains pour saisir chaque côté du visage de Cal.

Il se pencha en avant, et lorsque leurs lèvres se touchèrent, Cal leva les mains afin de couvrir celles d'Owen, ravivant ce qu'ils avaient commencé l'autre nuit.

La chaleur d'Owen fit frémir Cal, le lent glissement de leurs langues, ce sentiment d'achèvement de ce qui avait été interrompu la première fois. Cal laissa tomber ses mains sur les poignets d'Owen et il s'y accrocha pendant qu'ils s'embrassaient et s'embrassaient encore, puis ils durent reprendre leur souffle, leurs fronts se touchant.

— Veux-tu que nous enlevions ces smokings, Owen ?

— Ou... oui.

L'échange rappelait tellement leur première soirée que Cal ne voulait pas présumer qu'il y avait plus que des câlins en vue, mais il avait besoin de savoir ce qui était autorisé. Il caressa la joue de son compagnon et déposa un autre baiser ferme, puis de plus en plus *profond,* sur cette jolie bouche, avant de reprendre la parole.

— Si tu n'es pas sûr, pas prêt, nous n'avons pas besoin de faire plus que cela ce soir. Si ça et notre routine habituelle sont tout ce que tu veux, c'est suffisant pour moi.

— Et si ce *n'est pas* tout ce que je veux ?

La poitrine de Cal palpita à la vue de la certitude dans les yeux d'Owen.

— Alors plus semble merveilleux.

Owen répondit par un sourire malicieux, puis il prit Cal par la main et recula vers la chambre.

Les palpitations de Cal se transformèrent en un vrai nœud à l'estomac. Il était nerveux. Il ne se souvenait pas de la dernière fois où il avait été nerveux. Une fois de plus, Owen le ravissait en étant Owen,

175

l'aboutissement de tout ce qui manquait à Cal dans la vie, mais qu'il n'avait pas été capable de comprendre ou d'accepter jusqu'à ce qu'il le trouve.

— Je veux que tu saches tout ce que je prévois de te faire avant de le faire, dit Owen. Pour que tu puisses me dire si c'est ce que tu veux aussi.

C'était Cal qui prononçait ces mots d'habitude.

— Et que veux-tu ?

Owen afficha de nouveau ce sourire malicieux, les mains levées vers sa cravate afin de la défaire, puis il tira sur le nœud pour le desserrer.

— Je veux te déshabiller. Entièrement, cette fois. Et ensuite…

Voilà, le Scarlet de Cal était de retour.

— En… ensuite… je veux poser ma bouche sur toi. Aimerais-tu ça ?

— *Oui*.

Owen commença à défaire les boutons de sa chemise en souriant encore plus largement. Cal aurait bien suivi, mais il pouvait difficilement refuser la demande d'Owen de le déshabiller, ce qui signifiait qu'il avait le luxe de regarder le jeune homme se déshabiller en premier. Une fois que son compagnon eut pris conscience de l'inversion des rôles, il saisit les mains de Cal afin de le conduire au lit et l'incita à s'asseoir sur le bord.

Cal avait toujours été enchanté par les lignes élancées et le tonus musculaire bien défini d'Owen, mais c'était différent à présent, meilleur, sachant qu'il pouvait toucher tout ce que ses yeux capturaient, alors que le jeune homme finissait d'ouvrir sa chemise et la laissait tomber de ses épaules avec sa veste.

Rougissant de partout face à Cal, il perdit son pantalon de smoking ensuite, si beau dans son seul sous-vêtement. Les lunettes perchées sur son nez furent la première chose qu'Owen attrapa lorsqu'il s'avança entre les jambes écartées de Cal.

— Je veux garder les miennes un peu plus longtemps, mais est-ce d'accord ? demanda Owen en les retirant du visage de Cal. Je t'aime avec, mais je ne veux pas les abîmer.

—Je peux voir assez bien sans elles.

— Bien. J'aurais préféré que la première fois que je t'ai vu nu n'ait pas été sur cette vidéo, ajouta-t-il avec une grimace.

— Ça n'a plus d'importance, maintenant. Nos ennemis ne peuvent pas nous toucher ici. Mais tu peux toucher tout ce que tu veux.

Un rire remplaça la détresse d'Owen, comme une ardoise qu'on efface.

— Je veux t'embrasser. Je peux ?

— Toujours.

Owen saisit le visage de Cal comme avant, il se glissa sur ses genoux et taquina ses lèvres avec sa langue avant de se glisser à l'intérieur. Cal n'était pas habitué à cette dynamique, avoir quelqu'un qui faisait tout pour lui.

— Oh, merde, s'exclama Owen en se reculant avec un sursaut.

— Qu'est-ce qu'il y a ?

— Je n'ai pas de capotes.

Cela répondait à la question de savoir comment Owen voulait que la soirée se déroule.

— J'en ai. Dans mon portefeuille. Ce n'est pas une attente. Juste une habitude. Je vais essayer d'arrêter de dire ça aussi souvent, dit-il en grimaçant, cette fois.

— C'est bon. Tout va bien.

Owen trouva l'extrémité du nœud de cravate de Cal, il le dénoua avec précaution, ses doigts habiles ne tâtonnant pas une seule fois alors qu'ils passaient au déboutonnage de sa chemise. Cal n'aurait pas dû supposer qu'Owen serait timide dans la chambre. Il aimait qu'Owen trouve ici la confiance qui lui manquait habituellement, ou peut-être était-ce en partie parce que Cal était son partenaire.

Les mains avides d'Owen posées à plat sur la poitrine de Cal et descendant sur son estomac promettaient tout ce qui allait suivre, son smoking et tout le reste tombant bientôt sur le sol, à l'exception de l'article sorti du portefeuille de Cal. Puis Owen s'agenouilla entre les cuisses de Cal et baissa son caleçon. Il l'avait à peine descendu sur les mollets qu'il leva les yeux et se pencha en avant afin de goûter Cal comme il le voulait.

Cal glissa directement ses mains dans les cheveux d'Owen, les mèches bien gominées s'ébouriffant sous une simple caresse de ses doigts et de légers tiraillements.

Le jeune homme ronronna à cette attention, et les vibrations remontèrent directement à la base de la colonne vertébrale de Cal. Les clients ne faisaient presque jamais ça pour lui, mais il savait maintenant qu'il ne voulait plus jamais d'une autre bouche sur lui ou de mains différentes sur ses cuisses pour faire levier.

Tout en continuant à caresser et à féliciter Owen, Cal se laissa aller à la liberté de ne pas avoir besoin d'être performant, car avec Owen, il pouvait simplement être lui-même.

Cal se laissa tomber sur le lit, alors qu'une des mains d'Owen glissait sur son ventre, l'autre l'assistant dans les attentions de sa bouche. Owen s'avança, invitant Cal à écarter davantage les jambes et se rapprochant encore plus de lui, et Cal, déjà au bord du précipice, ne put en supporter plus.

— Owen... lequel d'entre nous... va le porter ? demanda-t-il, en prenant le préservatif sur le lit.

— *Toi.*

— Alors tu ferais mieux d'arrêter... ou je ne vais pas tenir longtemps. Dis-moi, dit-il en regardant Owen avec toute l'adoration qu'il ressentait pour lui. Comment veux-tu que ça se passe ?

Owen se lécha les lèvres et fit glisser ses hanches habillées contre la peau nue de Cal en remontant le long de son corps.

— Comme notre premier soir, mais de la façon dont tu aurais fait les choses si je ne t'avais pas arrêté. Montre-moi ce que tu voulais me faire à l'époque, dit-il en se déhanchant afin de s'allonger sur Cal.

— Sur le lit, haleta Cal, certain de ne pouvoir bouger que si Owen le libérait.

Et son compagnon le fit, basculant sur ses pieds afin de se mettre debout tout en saisissant le bord de son sous-vêtement.

— *Non*, il reste pour commencer. Nous avons ça, dit Cal en montrant le préservatif. Et les autres fournitures ?

— Tiroir du bas, répondit Owen avec un signe de tête vers la table de nuit.

Cal s'en occupa, tandis qu'Owen grimpait sur le lit pour rejeter les draps sur le côté. Une fois qu'ils furent prêts, Cal plaça les articles dont ils auraient besoin plus tard à portée de main et s'installa derrière Owen, comme ils l'avaient fait pendant tant de semaines, de mois maintenant, dans le passé.

CAL était dur. Bien sûr qu'il l'était. Owen l'était aussi. Mais ce soir, il pouvait sentir la peau contre l'arrière de ses cuisses. Il se poussa contre le corps derrière lui et sentit la main de Cal s'enrouler autour de sa taille, taquiner la ceinture de son caleçon et plonger sous l'élastique. Le premier contact des doigts le fit gémir. Owen avait toujours été bruyant, et Cal adorait cela, car il voulait qu'il sache à quel point c'était bon.

— C'est ce que j'aurais fait, chuchota Cal. Mais seulement si tu me l'avais demandé avant. Dis-moi ce que tu veux, Owen. Dis-moi comment te toucher.

Ça faisait si longtemps, et Harrison n'avait jamais été comme ça, il se souciait toujours plus de son propre plaisir, alors que Cal se synchronisait avec tout ce que demandait Owen.

— Plus lentement, dit-il en saisissant la main de Cal pour le guider.

Dans le passé, il avait toujours cédé aux caprices de son partenaire. C'était enfin l'échange qu'il avait tant désiré, où chaque coup de poignet de Cal reflétait les vagues du corps d'Owen se balançant contre lui.

— Cal…

Il ne tarda pas à gémir, et Cal sut ce qu'il voulait sans qu'il le dise.

Ce ne fut qu'à ce moment que le sous-vêtement d'Owen tomba, et le glissement lisse d'une nouvelle connexion arracha des bruits bien plus forts à sa gorge. Quelques minutes d'attention s'écoulèrent afin de s'assurer qu'il était prêt, avant que Cal ne se déplace et approfondisse la connexion.

— Prêt ? dit-il, demandant d'abord la permission.

— Oui, dit Owen avec une forte inspiration. S'il te plaît…

Owen saisit le poignet de Cal, une fois que leurs corps furent reliés, afin de les connecter davantage, tandis que Cal se glissait de nouveau entre ses cuisses. Ils cherchèrent la libération ensemble, et lorsqu'ils la trouvèrent, se chevauchant et essoufflés, tout ce qu'Owen voulait était garder Cal près de lui, et il arqua le cou pour lui voler un baiser. Se détacher fut encore meilleur, parce que cela signifiait qu'il pouvait embrasser Cal correctement avec la même passion que s'ils pouvaient tout recommencer.

— Es-tu insatiable ? dit Cal, sur un ton bas et sulfureux contre ses lèvres.

— Pour toi ? Toujours !

C'était peut-être la poussée d'endorphines, l'euphorie de la première fois, mais Owen s'en moquait. Il voulait se délecter de ce sentiment pour le reste de la nuit.

Une fois qu'ils furent propres et prêts à s'allonger confortablement sous les couvertures, se blottir comme ils le faisaient avant fut très différent.

Owen ne pouvait s'empêcher de sourire. Au point que ses joues lui faisaient mal, parce que les doigts de Cal étaient entrelacés aux siens, leurs jambes emmêlées, rien que de la peau entre eux. Il y avait trop de raisons de sourire, surtout quand Cal continuait de presser des baisers sur sa tempe, sa joue et ses lèvres.

— Il y a plusieurs choses sérieuses dont nous devrions parler, dit Cal lorsqu'il sembla qu'ils allaient s'embrasser et rester ainsi pour toujours.

— Comme quoi ?

— Comme... et si, après ce soir, j'étais vraiment ton chargé de relations publiques ?

— Pour de vrai ? s'exclama Owen. Est-ce que tu aimerais ça ? Pourrions-nous faire ça ?

— De la façon dont je le vois, nous devons simplement établir un salaire raisonnable, une description claire des tâches que je devrai accomplir, et nous sommes déjà à mi-chemin. *Si* tu aimes l'idée. Imagine qu'il y ait un évènement dont tu ne veuilles pas t'occuper, dit Cal avec un sourire taquin. Tu peux faire une apparition si nécessaire, mais ensuite ton *chargé de relations publiques* pourrait devoir t'emmener pour un autre engagement, ce qui pourrait ou non conduire à un comportement inapproprié dans une limousine.

Owen rit, mais il pouvait voir que Cal était nerveux de proposer cela.

— Donc je te paye toujours pour rester dans le coin ?

— Non. Tu me payeras pour faire quelque chose que j'aime. Je resterai dans le coin après les heures de travail parce que je le veux. À moins que ce ne soit trop bizarre pour toi...

— Non. J'aime ça. Mais tu es sûr ? Je n'arrive toujours pas à croire que tu as démissionné pour moi.

— C'est ce que je veux, assura Cal. Au cas où tu n'aurais pas remarqué, j'aime bien être ton chargé de relations publiques, et je suis *fantastique* dans ce domaine.

— Tu l'es, dit Owen avec un autre rire.

— En plus, il y a un bonus à cet arrangement.

— Tu veux dire ça ? demanda le jeune homme en resserrant sa prise sur la main de Cal.

— *Ceci* était génial. Mais je veux dire autre chose, dit Cal en embrassant le bout des doigts d'Owen, le bleu de ses yeux brillant lorsqu'il dit : Je t'aime, Owen.

— Tu... *vraiment* ?

Le cœur d'Owen s'arrêta presque, parce qu'il l'avait dit plus tôt, mais ne s'attendait pas à l'entendre en retour.

Cal acquiesça, mais tous les mots qu'il aurait pu prononcer furent aspirés par le baiser d'Owen.

— Tu sais ce qui est génial avec les modèles de données ? dit Owen dans la calme intimité entre eux. Ils donnent l'impression que tu sais ce que tu fais depuis le début, même si tu viens de comprendre les choses quelques minutes seulement auparavant. Ils mettent tout en perspective, de sorte que même un passé confus puisse brosser un tableau clair de l'avenir. Parfois, c'est tout ce dont nous avons besoin.

Cal embrassa doucement Owen en réponse.

— Je n'aurais pas pu mieux le dire.

— Alors, euh… dit Owen en fixant le visage à quelques millimètres du sien. Tu veux prendre une douche, faire du pop-corn et regarder un film de science-fiction ringard avant de te coucher ?

Un rire ravi lui répondit.

— Je t'aime, répéta Cal.

Ce rire, ces mots. Owen ne se lasserait jamais de les entendre.

— Je t'aime aussi.

Chapitre Dix

CAL et Owen avaient connu des jours de paresse auparavant, glissant d'une nuit à l'autre, mais le dimanche était différent de n'importe quel autre jour. Cal n'avait pas de vêtements de rechange avec lui, alors après qu'ils s'étaient douchés la nuit précédente, il avait volé un des tee-shirts et un des bas de pyjama d'Owen pour regarder leur film. Il serait volontiers resté indéfiniment dans ces vêtements, vu la façon dont le jeune homme le regardait pendant que ses doigts traçaient l'impression d'écran de la DeLorean de *Retour vers le futur.*

Mais ils ne pouvaient pas se cacher éternellement du monde, et finalement, le lendemain, Cal dut se rhabiller, sans veste ni nœud papillon et rentrer chez lui. Owen l'accompagna.

— Es-tu sûr que je ne m'impose pas ?

Cela aurait pu être le cas quelques mois auparavant. Cal ne laissait pas les gens entrer chez lui. Il ne laissait personne entrer dans *sa vie*. Owen avait tout changé.

— Tu ne t'imposes pas. En plus, mon appartement est plus proche de Nye Industries pour lundi, et j'espère que tu ne voudras pas partir avant.

Le sourire d'Owen aurait pu éclairer une pièce sombre.

Ils se rendirent à l'appartement de Cal, sans plus discuter, avec un sac de voyage pour Owen. La soirée fut remplie de nouvelles façons de s'explorer l'un l'autre, mais bientôt, ce fut à nouveau le lendemain matin, et il était temps que la vie continue.

— Tu peux venir avec moi, dit Owen en regardant le réveil sur lequel ils avaient déjà appuyé deux fois sur le bouton Snooze. J'ai ma séance avec Lorelei. Je dois lui dire pour Harry. Ensuite, je dois le dire à Frank. Appeler Alyssa et Casey, et Mario ne peut pas attendre éternellement non plus, et je devrais contacter Keri et Adam avant l'interview. C'est tellement... beaucoup. Je n'ai pas besoin que tu restes à mes côtés toute la journée...

Il détourna le regard, embarrassé.

— Mais tu pourrais venir à ma séance d'entraînement, puis m'accompagner au travail, voir un peu le bâtiment. Je sais que je serai bien après ça. Mais c'est bizarre de penser à dire ce qui m'est arrivé à un étranger.

Cal tint la main d'Owen près de sa poitrine, encore impressionné par le fait de pouvoir être allongé avec lui comme ça après avoir dû se retenir pendant si longtemps.

— J'étais un étranger au début. Tout comme Lorelei. Et Frank. Je sais que c'est différent, mais tu n'as pas besoin de dramatiser ce qui s'est passé. Dis ce qui doit être dit, ce que tu es à l'aise de dire, et garde le reste pour toi. Ce sera suffisant.

— Je me sens... coupable, dit Owen en gardant les yeux sur leurs mains jointes. Je ne pense pas qu'Harrison veuille être une mauvaise personne.

— Owen...

— *Je sais*. Je le fais encore, mais... j'ai tenu à lui autrefois. Je ne suis pas mesquin, n'est-ce pas ? s'inquiéta-t-il, levant ses yeux noisette pour rencontrer le regard de Cal.

— Non. Tu es honnête. Tu te protèges. Cela fait moins d'un an. Tu peux toujours porter plainte pour agression si tu le souhaites.

— Oh, je ne sais pas. Il essaierait probablement de me faire inculper pour la nuit dernière.

— Tu t'es défendu d'une agression précédente.

— Ma parole contre la sienne.

— Ce qui est totalement différent, du fait que tu as un dossier médical avec un bras cassé faisant suite à la véritable agression, dit Cal. Même si ça ne tient pas, la vérité sera là pour mieux te protéger, toi et tout futur partenaire tombé dans ses griffes.

Il ne voulait pas insister, mais il avait tendance à s'enflammer lorsqu'il s'agissait de ses proches.

— Tu as raison, dit Owen. Je sais que tu as raison. C'est juste que ça semble tellement plus réel à présent.

— Je sais, mais tu es si fort. Tu ne l'as pas seulement prouvé au gala, mais pendant des mois, tu as continué d'avancer sans lui. Tu es remarquable, Owen. Ne le laisse jamais te faire douter de ça. Pour le reste, Orion Labs verra l'intérêt de l'entreprise. Si Harrison se retrouve sans emploi, excuse-moi de ne pas verser de larmes.

C'était peut-être froid de dire ça, mais cela brisa l'humeur sombre d'Owen.

— Et toi ? demanda-t-il en se blottissant contre lui au lieu de se séparer comme ils auraient dû le faire. Merlin et cette vidéo.

Comme une nouvelle sonnerie de réveil, le téléphone de Cal sonna sur la table de nuit. Ils clignèrent des yeux en voyant le nom de *Lara*.

— Découvrons-le. Tu t'es levée tôt, répondit-il jovialement, après avoir pris l'appareil.

— S'il te plaît, comme si vous aviez dormi ces derniers jours, malgré le fait que vous n'ayez pas quitté la chambre, le taquina-t-elle.

— Nous avons dormi. *Et* nous avons quitté la chambre.

— Oh, vraiment ? Où êtes-vous maintenant ?

Owen étouffa un rire dans l'épaule de Cal.

— Il est sept heures et demie du matin, se défendit Cal. Des nouvelles de Merlin ?

Lara rit au changement de sujet.

— Tu n'auras pas à t'inquiéter pour lui.

— Que s'est-il passé ? demanda Owen en se redressant à côté de Cal.

— Marsh et Merlin n'avaient pas prévu que vous feriez front commun, dit-elle plus fort à son attention. Maintenant que nous avons cette vidéo, celui qui pourrait être soumis au chantage change. Vous pensiez vraiment qu'il pouvait en faire une preuve de prostitution sans se rendre coupable ? S'il y a le moindre souffle machiavélique dans cette

184

ville, surtout en direction d'un quelconque service d'escorts, c'est lui qui sera poursuivi. Non pas que Dick te jetterait aux loups en révélant cette vidéo.

Elle laissa tomber son côté taquin avant de poursuivre.

— Mais il a certainement su être convaincant devant Merlin.

— Dis-lui que je lui dois un panier de fruits, dit Cal.

Une des nombreuses raisons pour lesquelles il avait été si loyal envers Nick of Time était que Dick pouvait être un bâtard effrayant quand c'était nécessaire.

— Ça va vraiment bien se passer ? dit Owen en se penchant sur Cal pour parler dans le téléphone.

— Merlin n'a pas de munitions, Owen, répondit la jeune femme. Et son lit va rester froid pendant un très long moment. Occupe-toi de Calvin et toi. Et invite-moi au prochain dîner. J'apporterai le vin.

Voir rire Owen de nouveau apaisa Cal mieux que n'importe quelle nouvelle sur la chute de Merlin. Ils s'en sortiraient, mais ils devaient d'abord finir de descendre Harrison.

Après avoir raccroché, ce fut comme une journée dans la vie d'Owen Quinn. Se rendre en ville pour assister à sa leçon avec Lorelei, puis sa routine sur le chemin du travail afin de prendre son café matinal préféré et, enfin, pénétrer dans Nye Industries où tout le monde, y compris la sécurité, montrait une telle déférence que Cal se sentit humble de voir qu'une grande partie de la ville comprenait la valeur d'Owen aussi bien que lui.

La structure de soutien d'Owen grandit, avec Lorelei et Frank en particulier, qui proposèrent tous les deux d'occasionner des dommages corporels à Harrison après avoir entendu parler de samedi soir.

— Je suis conscient que mes réflexes de combat sont presque nuls, mais je peux toujours avoir l'air intimidant, dit Frank.

Il était assez grand et large, mais Cal ne l'aurait pas qualifié d'intimidant. Ils avaient été arrêtés par l'homme dans le hall en allant voir Keri.

— Il s'avère qu'Owen peut se débrouiller tout seul de manière assez impressionnante, dit Cal.

Frank sourit avec une réponse prête à l'emploi, avant de flancher, ses yeux s'écarquillant en se concentrant sur un point au-dessus des épaules de Cal et d'Owen

— C'est, euh, bien… parce qu'apparemment la sécurité est nulle aujourd'hui.

Cal se retourna, anticipant déjà qui ils allaient trouver avant que ses yeux ne se posent sur Harrison, qui se dirigeait vers eux. L'expression sévère de l'homme prépara Cal à se mettre devant Owen pour le protéger, mais ce dernier le tira en premier derrière lui.

— Owen, si tu ne veux pas…

— Je m'en occupe. Frank, préviens Keri et la sécurité pour moi, d'accord ?

— Si tu es sûr, dit son ami, avant de reculer et tourner les talons pour foncer dans la direction opposée.

Le dégoût que Cal ressentait pour Harrison n'avait pas besoin d'être encouragé. Quand Owen lui avait raconté ce qui s'était passé, Cal avait imaginé son père. Il avait vu les similitudes entre les deux hommes, pas dans leurs apparences, mais dans le fondement de leurs ricanements, comme s'ils croyaient avoir le droit de faire ce qu'ils voulaient, peu importait qui était blessé en cours de route. Le fait qu'Owen puisse tenir tête à son ex maintenant était une preuve du chemin qu'il avait parcouru.

— Tu me repousses, dit Harrison, s'arrêtant trop près d'Owen au goût de Cal. Tout cela mis en danger, et pour quoi ? *Lui* ?

Owen toucha le bras de Cal en le gardant derrière lui.

— Si Orion Labs est prêt à sortir du joint-venture, cela ne change rien au fait que nous continuerons à aller de l'avant. Quand tu es arrivé ici, tu as dit que tu comprendrais si c'était ce que je voulais. Mais tu ne le pensais pas, n'est-ce pas ? Tu as seulement dit ça pour me piéger, et quand je n'ai pas agi comme tu l'entendais, tu as perdu ta peau comme le *serpent* que tu es.

Au lieu de la colère, Harrison sortit un plaidoyer sympathisant mensonger. Cal voyait maintenant qui était le véritable escroc.

— Ne vois-tu pas le danger de fraterniser avec quelqu'un comme lui ? Étant donné ta position, ta carrière ?

— Après ce que tu m'as fait, tu oses…

— Je *t'aime*, Owen, affirma-t-il en se rapprochant, faisant reculer le jeune homme, qui entraîna Cal dans son sillage. Je t'ai toujours aimé. Je veux seulement ce qu'il y a de mieux pour toi.

— Non, c'est faux. Tu veux ce qu'il y a de mieux pour toi. Et ça inclut que je me plie à tout ce que tu veux. Ce n'est pas un partenariat, Harry, et il est temps qu'Orion Labs et tous les autres apprennent ce que tu es.

Le masque soigneusement construit de Harrison vacilla.

— Tu me menaces ?

— Tu *m'as* menacé. Tu as menacé *Cal*. Je ne fais que dire la vérité.

— Est-ce le cas maintenant ? souffla-t-il, avec un geste vers le bureau au-delà du couloir. Tous ces gens savent ce qu'est vraiment ton chargé de relations publiques ? As-tu été honnête à ce sujet ?

Des têtes avaient commencé à surgir des espaces ouverts environnants et des portes de bureaux, créant la scène exacte désirée par Harrison, supposant qu'il pourrait prendre le dessus si seulement il acculait de nouveau Owen.

— Tu as lancé ces rumeurs pour me discréditer, se défendit Owen. Pour me forcer à penser que j'avais besoin de toi, et tu attends de moi que je te remercie pour ça, que je retourne dans tes bras ? J'aurais pu être n'importe qui avec toi. Tu ne t'es jamais soucié de moi. Tu voulais quelqu'un qui soit facile à contrôler. Mais tu n'as jamais été assez bien pour moi, Harry, et tu ne le seras jamais.

— Alors tu dois *payer* pour ça à la place ? aboya-t-il.

Ce fut alors, bien sûr, que Frank revint avec Keri. Cal les entendit arriver et il jeta un coup d'œil derrière lui pour voir qu'il y avait plus que deux paires de pieds, car Adam et le maire King étaient avec elle.

— Je le paye, répondit Owen, sans savoir à quel point leur public avait grandi. *Et* je couche avec lui. Mais je ne le paye pas pour coucher avec moi. Cela n'a jamais été le cas.

— Penses-tu que je vais te croire ? se moqua Harrison. C'est un *prostitué*.

Ce mot avait suffisamment de poids pour que Cal ressente l'examen minutieux des nombreux yeux posés sur lui, mais Owen ne faiblit pas.

— Tu peux penser ce que tu veux, affirma-t-il en se retournant pour prendre la main de Cal. Je suis heureux. C'est une honte que tu ne saches que rendre un partenaire malheureux. Tu n'as jamais valu les efforts que j'ai faits pour toi, et ça fait du bien d'en avoir enfin conscience.

— Owen, intervint le maire en tant que première voix de l'autorité.

Le jeune homme se retourna, se mettant sur le côté pour les inclure à leur cercle, tandis que King jetait un regard glacial à Harrison.

187

— Je vois que vous avez géré le problème. Nous avions craint que vous ayez besoin d'un soutien supplémentaire aujourd'hui. Dommage que nous ayons eu raison.

— Monsieur Marsh, dit Keri en s'adressant directement à Harrison. La sécurité est en route afin de vous escorter hors du bâtiment. J'espère que vous ne résisterez pas.

Même Adam, que Cal considérait comme un chiot surdimensionné, avait l'air menaçant, et Frank donnait l'impression d'assister à un accident de voiture au ralenti.

Harrison, reconnaissant qu'il était largement en infériorité numérique, chercha quelque chose, n'importe quoi, pour reprendre la conversation.

— Owen, tu fais une erreur. Tu…

— Non, répliqua celui-ci, descendant l'homme qu'il avait travaillé si dur à mettre derrière lui. Mon erreur, c'est toi. Maintenant, je vais de l'avant.

Cal vit la rage naître sur le visage de l'autre homme comme la mèche allumée d'un explosif, mais Owen s'était tourné vers son cercle d'amis pour partir et ne le remarqua pas. L'expression était familière à Cal, alors, lorsque Harrison se précipita en avant, fou de rage, il était prêt à l'intercepter.

Il saisit son poignet avant que l'homme ne puisse saisir celui d'Owen et utilisa sa prise comme levier afin de donner un coup de poing féroce à la mâchoire de Harrison. Ce dernier trébucha, étourdi, lorsqu'il le lâcha. La main de Cal piquait, mais ça valait le coup pour voir ce bâtard s'effondrer.

— Faites attention à votre tempérament, *Harry*. Il vous causera plus d'ennuis que vous ne le pensez.

Les spectateurs applaudirent à tout rompre, même Frank laissa échapper un rire qu'il étouffa avec sa main. Keri, Adam et le maire restèrent stoïques. La réaction d'Owen était tout ce qui intéressait Cal, et il avait l'air si ému de voir que, même s'il n'avait pas besoin d'être secouru, Cal était là pour surveiller ses arrières.

Cal attrapa la main d'Owen qui lui avait été durement arrachée lorsqu'il s'était interposé pour arrêter la projection en avant de Harrison.

—Il… il m'a agressé, bafouilla celui-ci.

— Pas de notre point de vue, monsieur Marsh, dit Keri en croisant les bras et en faisant un signe de tête à la sécurité, qui arrivait enfin du bout du couloir.

Ils encadrèrent Harrison et le soulevèrent du sol.

— Attendez, essaya-t-il, mais personne ne l'écoutait plus.

Il fut emmené en peu de temps, laissant Owen tenir avec reconnaissance la main de Cal pendant qu'il regardait les trois puissants personnages qui étaient devenus ses amis, Frank qui était un ami cher à présent, et leur public qui commençait à reprendre le travail.

Aussi fort qu'Owen avait pu être face à son ex, il était toujours réservé au fond de lui et il se repliait sur lui-même maintenant que l'agitation était terminée.

— À propos de ce que Harrison a dit…

— Votre vie vous appartient, l'interrompit Adam, souriant de nouveau avec sympathie. Si vous avez trouvé l'amour avec votre… chargé de relations publiques, c'est juste un coup de chance, puisque vous passez beaucoup de temps ensemble.

— Vous êtes le bienvenu pour rester jusqu'à la fin de l'interview, monsieur White, et aussi longtemps que vous le souhaiterez après cela, ajouta Keri.

Il était évident pour Cal, dans le cas du maire King en particulier, qu'ils savaient qu'il y avait du vrai dans l'accusation de Harrison, mais ils respectaient trop Owen pour s'en soucier.

— Je pense que je vais rester, répondit-il en regardant Owen à côté de lui. Si tu le souhaites.

— Oui. Merci. Merci, redit-il aux personnes qui s'étaient réunies pour lui, Frank compris. Et puisque tout le monde est d'accord, puisque vous êtes tous là… j'aimerais vous dire ce que je compte dire dans cette interview.

TOUT avait un modèle. L'astuce pour comprendre les données se trouvait dans les modèles. Les algorithmes. Les points le long d'une ligne de temps qui indiquaient la probabilité de ce qui arriverait ensuite.

Le monde entier d'Owen tournait autour des modèles, mais certaines choses étaient imprévisibles. Il repensait à ce que sa mère lui avait dit un jour chaque fois que cela se produisait.

— Affronte chaque surprise de la vie comme si tu avais un plan depuis le début.

Owen n'avait toujours pas de plan. Mais il commençait à être d'accord avec ça. Il pouvait prévoir certaines choses, il avait construit toute sa carrière là-dessus, mais le reste s'arrangerait avec le temps, les efforts et la conviction qu'il se battait enfin pour ce qu'il voulait.

Ensuite, il devait présenter Cal à sa famille.

Son père adoptif, Doug, Alyssa et Casey venaient lui rendre visite, et Mario les accompagnait. La sœur de Cal, Claire, venait aussi. Ils avaient organisé plusieurs dîners au cours des dernières semaines, depuis que l'interview avait rendu la vie privée d'Owen publique. Lara, Rhys, l'ami de Cal, et sa petite amie, Danielle, s'étaient ajoutés aux convives habituels. Même Keri et Wesley, ainsi qu'Adam et Teresa avaient participé à quelques-uns d'entre eux. Mais c'était la première fois que leurs proches de Middleton se retrouvaient tous dans la même pièce.

Orion Labs avait licencié Harrison à la suite du scandale, mais ils avaient apprécié que Keri les prévienne avant la publication de l'article, et ils étaient heureux de poursuivre leur partenariat avec un nouveau représentant envoyé à Atlas City.

Harrison finirait probablement par trouver un nouvel emploi, une fois le scandale passé, mais Owen essayait de ne pas y penser. Il se surprenait parfois à se demander ce que Harrison faisait, s'il avait bien fait de dire la vérité, mais ensuite, il regardait Cal, son appartement, la vie qu'il avait construite ici et se rappelait pourquoi il avait laissé cet homme derrière lui en premier lieu. Il méritait d'être heureux, et c'était *ici* qu'il avait trouvé le bonheur.

Merlin n'avait pas montré son visage depuis, pas dans les cercles qui comptaient. La vie continuait, et le jeune homme allait de l'avant, se sentant pour une fois en sécurité et excité à la perspective de ce qui allait suivre, même si c'était inattendu.

— Qu'est-ce que tu veux dire par *pirater* les nanomachines ? dit-il, s'affairant dans la cuisine, tandis que Cal organisait l'îlot.

— Je veux dire, si ce projet avec Nye et Walker tourne autour de la technologie des puces et des nanomachines pour la thérapie génique… que se passerait-il si quelqu'un piratait le programme ? Pourrait-il manipuler la quantité de médicaments administrés ou la direction que prend la thérapie génique ? Causer des dommages irréparables peut-être ? Ou même transformer quelqu'un en singe ?

Owen rit.

— D'accord, *Bowser*. Maintenant, tu penses comme un super méchant. Bien que….

L'esprit d'Owen bourdonnait de probabilités.

— Je devrais probablement m'assurer que ce n'est pas possible.

C'était Cal qui riait maintenant. Il avait manifestement eu l'intention de taquiner son compagnon, mais cela l'avait fait réfléchir. Il y avait toujours plus à considérer, plus de travail à faire, et Cal inspirait Owen, le conduisait sur des chemins auxquels il ne s'attendait pas. Se lancer des défis, faire ressortir le meilleur de l'autre, c'était comme ça qu'une relation était censée fonctionner. Owen était parfois surpris de ne l'avoir jamais réalisé avant de le vivre.

Tout était prêt maintenant pour l'arrivée de leurs familles. Le dîner attendait, l'appartement était impeccable, tous les objets de Cal qui avaient trouvé leur place dans la maison d'Owen étaient fièrement exposés. Cal avait toujours son appartement, mais ils passaient rarement des nuits séparés. S'ils réussissaient à éviter le désastre ce soir, et même s'ils n'y parvenaient pas, Owen prévoyait de demander à Cal d'emménager avec lui le lendemain au petit déjeuner.

Owen traversa l'appartement afin de mettre de la musique d'ambiance, pendant que Cal finissait de disposer des verres à vin et à bière pour les apéritifs qui permettraient de briser la glace. *Someone to Watch Over* d'Ella Fitzgerald fut la première chanson à démarrer, tout comme durant la soirée de leur rencontre.

Owen sourit, les yeux fermés, fredonnant et se balançant sur place. Plus tard, des doigts se posèrent sur son poignet, hésitants d'abord, puis plus sûrs dans leur prise lorsque Owen ne broncha pas, et le monde sembla avoir bouclé la boucle alors qu'il tournait sur lui-même et était attiré contre le corps de Cal pour une danse.

— Hé… commença-t-il à protester.

— Je porte des chaussures. Tu n'en portes pas. C'est pourquoi je suis plus grand pour le moment, dit Cal en continuant à mener la danse avec un bras autour de la taille d'Owen. En plus, comme ça, je peux enfin te prouver que je n'ai pas que deux pieds gauches.

Owen laissa échapper un rire alors qu'il cédait, bien entraîné à être le partenaire qui suivait, mais il pouvait être les deux avec Cal. Il pouvait être tout, y compris lui-même.

Les pas n'avaient plus d'importance depuis longtemps, juste le contact de la main de Cal qui le guidait, leurs doigts entremêlés entre eux et la tête d'Owen tombant en avant pour se reposer sur l'épaule de son compagnon. Il fredonna encore une fois et commença finalement à chanter.

— Tu as une belle voix, tu sais.

— Vraiment ? J'ai toujours été trop timide pour chanter devant des gens.

— Vu ta nouvelle vie, je dirais qu'il faut faire un karaoké ce week-end.

— Oh non ! s'exclama Owen en se redressant en riant. Ne dis pas ça à Mario. Il va insister. Mais ce serait probablement amusant. Il faut que tout le monde s'amuse pendant qu'ils sont là, non ?

Cal entraîna Owen sur la piste de danse improvisée, de plus en plus vite, dans un tourbillon, le faisant tourner vers l'extérieur et en le ramenant contre lui dans un plongeon bas qui fit rire Owen encore plus fort.

— Je cède, dit-il. Tu es bien meilleur lorsque tu connais les pas.

— Tu vois ? Mais ça ne me dérange pas dans l'autre sens, dit Cal en recommençant à se balancer plus lentement. Tu vas devoir m'apprendre davantage, Scarlet.

Ça sonnait bien. Tout était merveilleux quand Cal l'appelait Scarlet.

— Rappelle-toi, quoi que dise Doug une fois ici, s'il essaye de faire le coup du passif agressif « tu n'es pas assez bien pour mon fils », il est comme ça. Il veut bien faire et il ne changera rien à mon opinion.

— Je ne suis pas inquiet, répondit Cal, seule la confiance irradiant son visage. Il va m'aimer. Malgré mon âge, je ne suis pas Harrison, et tout ce qu'il aura besoin de voir pour le comprendre est combien tu es heureux et combien je t'aime. Tu es heureux, n'est-ce pas, Owen.

Il brossa une mèche de cheveux égarée sur le front d'Owen, attendant sa réponse.

— Plus que je ne l'ai jamais été, parce que je t'aime aussi.

Ils s'embrassèrent doucement, intimement, et se balancèrent un peu plus longtemps, jusqu'à la chanson suivante. Owen pensa à la soirée où Harrison était entré dans sa vie et se dit qu'il n'avait jamais vraiment aimé Harry, parce qu'il n'avait jamais su ce qu'était l'amour jusqu'à maintenant.

Une alarme provenant du téléphone de Cal leur rappela qu'il ne restait plus beaucoup de temps avant l'arrivée de leurs invités. Ils s'embrassèrent encore une fois avant que Cal n'aille chercher son téléphone portable sur le plan de travail de la cuisine.

Il grimaça en lisant le message.

— Apparemment, Claire a croisé ta famille dans le métro. Elle a reconnu Alyssa. Elles ont appris à se connaître à Impulse, tu sais.

— Je sais, dit Owen en traversant la pièce pour le rejoindre. J'aime ça, en quelque sorte. A-t-elle dit autre chose ?

Cal tourna le téléphone vers lui afin qu'il puisse lire la fin du message.

Pourquoi ne m'as-tu pas dit qu'Owen avait un ami célibataire sexy ?

— Est-ce qu'elle parle de Mario ?

— Ça devrait être amusant, commenta Cal en riant. Prêt ?

C'était une question simple pour un tournant majeur, mais Owen avait une réponse tout aussi simple.

— Oui. Il y a des choses qu'on ne peut pas prévoir, mais quand ça arrive...

— Fais comme si tu avais un plan depuis le début, termina Cal en attrapant les doigts d'Owen pour les porter à sa bouche et embrasser ses articulations.

Le jeune homme sourit en voyant à quel point Cal le connaissait bien, à quel point il écoutait, à quel point il s'intégrait bien dans ce merveilleux désordre qu'était la vie qu'ils partageaient.

— Exactement.

Quelques minutes plus tard, tout comme leur première soirée ensemble, l'étape suivante de leur vie commença par un coup à la porte.

www.ingramcontent.com/pod-product-compliance
Lightning Source LLC
Chambersburg PA
CBHW022150240626
47153CB00007B/2593